Hans-Heinz Gerhardson

Wenn das Schicksal die Reißleine zieht

Eine Sehnsuchtsgeschichte

Herstellung und Verlag: BoD - Books on Demand, Norderstedt, 2013
ISBN: 978-3-7322-8828-1

Sabine und Holger

gewidmet

1

Endlich zurück in Plymouth!
Jennifer Lund hatte sich so lange danach gesehnt, gerade in dieser Stadt ihren für ihr Sprachstudium vorgeschriebenen Auslandsaufenthalt zu absolvieren. Hier in *Devon* und bei den *Donaldsons*, ihren früheren Gasteltern während ihres Austausches in den Tagen ihrer Schulzeit am Gymnasium. Diese lebten in einem gemütlichen Haus im Stadtzentrum. Im Zweiten Weltkrieg hatte dieser Teil des Ortes schwere Zerstörungen erlitten und war während der fünfziger Jahre wiederaufgebaut worden; allerdings nicht so, wie er ursprünglich einmal ausgesehen hatte, sondern vielmehr im architektonischen Stil jener Jahre.
Jennifer war während ihres ersten Aufenthaltes eine ausgezeichnete Botschafterin ihres Heimatlandes gewesen und hatte die Herzen der Donaldsons im Sturm erobert.
Von deren Haus war es nicht weit bis zur so genannten *Hoe*, einer historisch bekannten Rasenfläche mit weitem Meeresblick. In einem ausrangierten alten Englischbuch hatte Jennifer eine Anekdote gelesen, in der berichtet wurde, dass genau hier *Sir Francis Drake* zuerst noch unbedingt sein Bowle-Spiel gewinnen wollte, bevor er gegen die spanische Armada siegreich in die Seeschlacht zog. *Diese Ruhe müsste man haben,* hatte sie damals gedacht. Noch heute war diese Stelle ein beliebter Treffpunkt für Jung und Alt. Oft hatte Jennifer im Hafen an den Treppenstufen gestanden, von denen aus die *Pilgrim Fathers,* die Pilgerväter, im Jahre 1620 mit der *Mayflower* in die Neue Welt aufgebrochen waren.
Ob sie deren Mut aufgebracht und es ihnen gleichgetan hätte?
Wie groß musste der religiöse und soziale Leidensdruck jener Menschen damals gewesen sein?
Wie gut ging es ihr dagegen doch heutzutage!
Jennifer hatte später ihr Abitur hervorragend bestanden und sich dazu entschlossen, Englisch und Musik zu studieren. Sie war einerseits sprachbegabt und beherrschte andererseits fast alle Tasteninstrumente sowie das Flötenspiel; doch ihre beiden Studienfächer waren gar nicht so einfach unter einen Hut zu bringen. Deshalb hatten sich die Universitätsjahre länger als erwartet hingezogen. Die Zeit war dennoch vergangen und mittlerweile war sie schon Ausgang zwanzig. Nun aber stand sie vor dem Ersten Staatsexamen, das sie möglichst bald ablegen

wollte. Zugegeben, *bald* war eine höchst unbestimmte Zeitangabe, aber sie war fest entschlossen, ihre Abschlussprüfung nun wirklich schnell hinter sich zu bringen und nicht mehr auf die lange Bank zu schieben. Jetzt war es Herbst und im nächsten Frühjahr, so hoffte Jennifer, würde sie alles hinter sich haben.

Hier in Plymouth hatte sie eine Stelle als Assistenzlehrerin erhalten, die allerdings nicht sehr hoch dotiert war. Jennifer jedoch hatte es gelernt, bescheiden in ihren Ansprüchen zu sein. Noch wohnte sie daheim in ihrem geräumigen Elternhaus, aber sie wollte ihren Eltern nicht ständig auf der Tasche liegen, auch wenn ihr Vater und ihre Mutter sehr großzügig waren. Aus diesem Grunde jobbte sie nebenher, sofern es ihre Zeit erlaubte. Jennifer hatte zwar schon in jungen Jahren den Führerschein erworben, aber sie brauchte zu Hause kein eigenes Auto! Ihr genügte ein Fahrrad. Und wenn es sein musste, dann ging sie eben zu Fuß oder benutzte Bahn und Bus. Sie kleidete sich zweckmäßig und von der Stange. Sie aß mäßig und wenn sie Durst hatte, tat es für sie zur Not auch Wasser aus der Leitung. Sie war von Natur aus derart hübsch, dass sie kaum ein *Make-up* zu verwenden brauchte und *Schmuck* war ein Fremdwort für sie.
Die Miete, die die Donaldsons bei Jennifers nunmehr zweitem Daueraufenthalt bei ihnen von ihr erbaten, war eher ein symbolischer Freundschaftspreis und für ihren täglichen Lebensunterhalt würden ihre Einkünfte sicherlich reichen, ohne dass ihre Eltern, die dies allerdings bereitwillig getan hätten, etwas hinzuzuschießen brauchten.
Mr und Mrs Donaldson hatten Jennifer vom Bahnhof abgeholt und sie mit ihrem goldblonden Haar und ihren kleinen Sommersprossen sofort wieder erkannt. Jennifer war im Grunde genommen die schlanke und anmutige Austauschschülerin von damals geblieben, bei deren Lachen sich zwei reizende Grübchen auf ihren Wangen bildeten. Sie sah wirklich sehr gut aus – immer noch, selbst nach all den Jahren! Mit wachem Blick betrachtete sie ihre Umgebung und nahm die Menschen mit einem gewinnenden Lächeln und mit ihrer sanften Stimme schnell für sich ein. Hatte ihr Freund in Berlin eigentlich je bemerkt, dass ihre Augen graugrün waren und dass sie eine winzige kleine Narbe über der linken Augenbraue hatte? War ihm jemals aufgefallen, dass sie, wenn sie ausnahmsweise einmal auf einen Lidschatten Wert legte, sich derart dezent schminkte, dass es kaum zu sehen war? Sie war sich darüber keineswegs sicher!

Endlich einmal wieder unterwegs nach London und bald zur Landung angesetzt!

Björn Bergwald war leitender Lehrer einer Schülergruppe und saß im Flugzeug zwischen *Christine Koch*, der ihn begleitenden Referendarin zu seiner Linken, und *Lisa*, die zu einer zehnten Klasse gehörte, welche er jedoch nicht unterrichtete. Er hatte sie, ehrlich gesagt, im Alltagstrubel noch nie bewusst wahrgenommen. Es gab schließlich alljährlich immer mehr Schüler an seiner Schule und das Kollegium war in den vergangenen Jahren gleichfalls mächtig angewachsen – da blieb es nicht aus, dass man oft aneinander vorbei lief.

Heute nun war die allgemeine Nervosität beim Anflug auf London unter allen jugendlichen Reiseteilnehmern deutlich zu spüren. Es lag da ein gewisses Knistern in der Luft, ein beklemmendes Schweigen, eine Mischung aus großer Vorfreude und geballter Anspannung.

Christine, seine charmante Begleiterin, fühlte sich an frühere Tage erinnert und erzählte Björn von ihrer eigenen Austauschreise als junges Mädchen in die USA.

„Als ich mit meinem Gepäck in der Flughafenhalle des mir völlig fremden Ortes stand, war niemand da, der auf mich wartete. Ich kam mir völlig verlassen vor und war bitter enttäuscht. Am liebsten wäre ich sofort umgekehrt, aber dann habe ich mich auf eigene Faust zu meiner Gastfamilie durchgeschlagen. Irgendwie. Meine Gasteltern traf eigentlich keine Schuld. Sie *wollten* mich ja abholen, waren aber auf der Fahrt zum Flughafen in einen Stau geraten".

Nach einer kurzen Gedankenpause fuhr sie fort: „Hoffentlich geht heute nichts schief".

Björn zeigte nachträgliches Mitgefühl und sagte: „Ich kann mir gut vorstellen, wie verunsichert Du damals warst und wie traurig; dass da allerdings eine höhere Macht im Spiel war, konntest Du ja nicht wissen. Ich glaube, uns blieb diesmal nicht mehr übrig als alles sorgfältig zu planen und zu verabreden. Der Rest ist Risiko!

Mit einer früheren Schülergruppe bin ich auf der Rückfahrt von Forest Hill nach Gatwick auf der Zufahrtsstraße gleich zweimal im Charterbus stecken geblieben. Am Ende haben wir trotz des Staus das Flugzeug nach Berlin gerade noch erreicht, weil es sich auf dem Flug nach London zu unserm Glück um fast zwei Stunden verspätet hatte".

Björn schmunzelte. Er schien heute die Ruhe selbst, in der er sich nur einmal geradezu erotisch gestört fühlte, als nämlich Christine in ihrem Sitz in die Brücke ging um an ihre nach hinten gerutschte flache Sicherheitstasche zu gelangen, die sie eigentlich auf dem Bauch trug. Christine sah mit ihrer schlanken und durchtrainierten Figur einfach atemberaubend aus! Ob sie Björns verstohlenen Seitenblick bemerkt hatte?

Lisa zu seiner Rechten hatte ganz andere Probleme, die sie ihrem Maskottchen, einem kleinen Stoffhund, leise anvertraute: „Ob uns Tobias treu bleibt oder ob er uns vergisst"? Sie war dem Weinen nahe und ihre Augen schimmerten voller Traurigkeit. Björn versuchte sie zu besänftigen: „Hat Dich Tobias nicht vorhin zum Flughafen gebracht"? „Hat er", sagte Lisa.

„Ich jedenfalls hatte den Eindruck, dass er Dich sehr mag und dass ihm viel an Dir liegt", setzte Björn seine tröstenden Gedanken fort. Lisa sah ihn dankbar an. „Ich werde ihm nachher gleich eine SMS schicken und alles wird gut", beschloss sie.

Es war heute offenbar regnerisch und neblig in der britischen Hauptstadt. Der Herbst hatte eingesetzt. Beim Landeanflug war Björn immer leicht nervös. Ob die Schubumkehr des Flugzeugs auch diesmal funktionieren würde? Flugzeuge und Schiffe hatten ja bekanntlich keine mit dem Auto vergleichbaren Bremsen und Björn malte sich immer wieder aus, was geschehen würde, sollte das Flugzeug nicht rechtzeitig zum Stillstand kommen, sondern über die Landebahn hinausschießen. Hatte er vielleicht dann und wann doch geheime Ängste?

Wie immer waren sie auch heute sicher in Gatwick gelandet, am Ende der Rollbahn an der vorgesehenen Stelle zum Halten gekommen, weitergetuckert und vom Bodenpersonal bis zur hervorspringenden Gangway des Terminals eingewinkt worden. Alles war im grünen Bereich! Sie hatten dem Piloten applaudiert, auch wenn es wohl nicht mehr als ein Routineanflug gewesen sein dürfte. Trotzdem!

Als Björn die beiden englischen Kollegen ihrer Partnerschule im bunten Getriebe der Vorhalle entdeckte, stieß er Christine an. „Wir sind gut gelandet, wir werden pünktlich abgeholt und *wir Beide* sind ein tolles Team! Verlass Dich drauf! Das habe ich ganz sicher im Gefühl"!

Christine sah ihn mit ihrem bezaubernden Lächeln von der Seite an: „Ich freue mich auf die kommenden Tage, Björn. Ich freue mich wirklich"! Ach, sie konnte so warmherzig und zuversichtlich sein! Schon wieder geriet er aus seinem inneren Gleichgewicht!

„Willkommen in Deinem zweiten Zuhause", wurde Björn von einem der zwei englischen Kollegen, die beide Peter hießen, jovial begrüßt. Sein zweiter Kollege war im Gedränge soeben verloren gegangen. Da dieser Peter hier in der Big Band *The Sound of Seventeen* Trompete spielte, die *trumpet*, war er für Björn aus Gründen der besseren Unterscheidung der Beiden der „Trumpeter". Wenn sie sich begegneten, unterhielten sie sich abwechselnd auf Deutsch und auf Englisch, weil jeder von ihnen die Sprache des Anderen praktizieren wollte. Trumpeter begutachtete Christine sehr wohlwollend. „Und wer ist Deine reizende Begleiterin"? wollte er wissen. Björn stellte die Beiden einander kurz vor, aber sie hatten jetzt wirklich keine Gelegenheit zu einem längeren Gespräch, weil um sie herum viel Hektik, Geschubse und Gedränge herrschten. So steuerten sie auf den bereitstehenden Charterbus zu, der die deutsche Reisegruppe und ihr Gepäck komplett und vollzählig nach Lewisham bringen würde. Das ist der 21. Stadtbezirk im Südosten Londons.

3

Die Begeisterung für England war unter den Neunt- und Zehntklässlern an Björns Gymnasium riesengroß, ähnlich stark wie seine eigene. Er selbst war überzeugt vom tiefen Sinn internationaler Begegnungen. Am liebsten wären jedes Mal mindestens sechzig Mädchen und Jungen mitgeflogen, aber nie konnten in London mehr als zwanzig von ihnen in Familien untergebracht werden, weil sich einfach keine größere Anzahl von Gastgebern mehr auftreiben ließ. Manchmal hatten die Londoner Gasteltern aufgrund ihres vorangeschrittenen Alters schon gar keine eigenen Kinder mehr im Haus und waren einfach nur aus Gutherzigkeit und alter Tradition eingesprungen, weil sonst nicht genügend Gastgeber bereit gewesen wären, einen deutschen Schüler zu beherbergen. Daher kam es, dass beim Gegenbesuch der Engländer in Berlin gar nicht jeder deutsche Teilnehmer einen englischen Austauschschüler abbekam, leer ausging und lediglich für den Notfall als Ersatzadresse bereit stand. Leider waren es immer weniger englische Schüler, die an der Londoner

Partnerschule Kurse in Deutsch belegten – die meisten lernten lieber eine romanische Sprache. Björn hatte oft das Gefühl, dass Deutschland und die Deutschen vielen Engländern gefühlsmäßig eher fremd waren. Aus diesem Grunde war es stets ein bewegendes Erlebnis, wenn durch persönliche Begegnungen Freundschaften gestiftet wurden, die mitunter lange hielten.

Hier in Lewisham lebten außerdem viele Familien am Rande des Existenzminimums und konnten sich den Luxus von Gästen und Auslandsreisen kaum leisten. Also wurden daheim in Berlin unter Aufsicht der Schülervertretung die begehrten Plätze alle zwei Jahre nach einem ausgeklügelten Verfahren verlost; denn alle teilnehmenden Klassen sollten berücksichtigt werden und manche Gasteltern wollten oder konnten entweder nur Mädchen oder nur Jungen aufnehmen. Es gab am Ende so manche Träne zu trocknen bei jenen, die eine Niete gezogen hatten. Sie wurden auf weitere Austauschprogramme der Schule mit den USA, Frankreich und Spanien, mit Russland oder China vertröstet. Ob das wirklich immer half?

Mit Beginn der zehnten Woche vor Fahrtantritt fanden nachmittags regelmäßige und verpflichtende wöchentliche Vorbereitungstreffen statt, auf denen die Berliner Austauschschüler zu diversen Themen über Land und Leute auf der Insel referieren mussten. Es wurde regelrecht gebüffelt! Sie wurden mit dem Reiseprogramm vertraut gemacht und spielten verschiedene Situationen durch, mit denen sie unterwegs durchaus konfrontiert werden konnten.

Was sollten sie beispielsweise tun, wenn das aufgetischte Essen der Gastgeber gewöhnungsbedürftig war?
Wie sollten sie sich bei Verständigungsproblemen verhalten?
Bei diesem Training lernten sie sich einerseits selbst besser kennen. Andererseits konnten sie sich auf die sie begleitenden Lehrer einstellen. Und umgekehrt! Björn hatte, nebenbei gesagt, einmal staunend zur Kenntnis nehmen müssen, dass er an seiner Schule als *streng und lernintensiv* galt. Das hatte ihn zum Lachen gebracht und zugleich nachdenklich gestimmt.

Die Schüler konnten bei diesen Treffen zugleich die übrigen Reiseteilnehmer genauer beobachten; denn es war schon ein Unterschied, ob man sich lediglich auf dem Schulhof begegnete oder zu einer Gemeinschaft zusammenwachsen sollte, in der man sich nicht mehr fremd war. Am Ende musste sich unterwegs der Eine auf den Anderen unbedingt verlassen können!

Björn hatte sich schon oft gefragt, woraus sich das große Interesse der deutschen Schüler an England erklärte. In erster Linie lag es wohl an der englischen Sprache, einer vielerorts verwendbaren Weltsprache. Englisch, das wusste jedermann, hatte sich längst zu einer bedeutenden Sprache der Wissenschaft entwickelt. Englisch war die Sprache der Popkultur. Englisch schien einfach wichtig, weil wir in Europa meistens westwärts schauen – egal, wo wir uns gerade befinden. England, Frankreich und die USA galten auch den Schülern als die Kernländer der westlichen Kultur und deren Wertewelt. Wer drehte sich schon um und schaute nach Osten?
Was hatte Björn neulich auf einem U-Bahnhof gesehen?
Eine bekannte Schuhfirma warb mit dem Slogan *Always cushion, every step!* Nur wer über genügend Englischkenntnisse verfügte, konnte sich darauf einen Reim machen!
Björn selbst hatte, sehr intensiv und so gut es ging, Englisch leider nur als Fremdsprache erlernt und einen großen Teil seiner Sprachkenntnisse aus dem Studium englischer und amerikanischer Literatur gezogen. Er kam sich manchmal vor wie Professor Higgins – also wie ein Sprachwissenschaftler, der es genau wissen will. Natürlich vermittelte er seinen Schülern so viel von seinem Wissen und von seinen Lieblingswerken wie nur irgend möglich!
Er selbst hatte Nonsens-Verse auf Englisch geschrieben und hatte eine Vorliebe für englische Musik.
Wenn er in London war, konnte er viele Stunden in der *Tate Gallery* verbringen und sich an der englischen Landschaftsmalerei erfreuen. Wenn er im deutschen Fernsehen die Übertragung von *The Last Night of the Proms* verfolgte, war er jedes Mal beeindruckt von der großen Zahl von Menschen, die wie selbstverständlich und mit vollem Ernst *Jerusalem* oder die englische Nationalhymne auswendig singen konnten. Er mochte den zuweilen etwas kauzigen englischen Humor, der allerdings oft nicht ohne Gebrauchsanweisung zu verstehen war.

*

Unterwegs in London und Umgebung absolvierten seine Schüler tagsüber ein lange zuvor geplantes und von den englischen Kollegen in Absprache mit ihm vorbereitetes Programm, aber danach und am langen

9

Wochenende musste sich ein jeder selbständig in seiner Gastfamilie zurechtfinden. Wenn da nur nicht die englische Sprache als Stolperstein gewesen wäre! Warum mussten die Engländer auch alle schneller sprechen als es die Schüler zu Hause im Klassenzimmer gewohnt waren? Und weshalb war zum Beispiel ihr *Cockney* kaum verständlich? Björn versuchte sie zu trösten:

„Wenn ich als Feriengast auf „meinen" Bauernhof ins Ostallgäu fahre, habe ich immer wieder Anfangsschwierigkeiten, meine Wirtsleute und die Einheimischen zu verstehen.
Im Karneval muss ich bei Büttenreden aus Köln auch ganz genau hinhören. Trotz dieser Schwierigkeiten lasse ich mir aber doch nicht einreden, dass ich meine Muttersprache nicht beherrsche! Wenn also ein Deutscher schon auf Probleme mit deutschen Dialekten stößt, weshalb wundert Ihr Euch dann, dass er seine liebe Not mit der englischen Sprache hat und dabei noch ganz besonders mit der Redeweise der Iren und Schotten, Waliser und Londoner? In der Schule legen wir lediglich die *Grundlagen* einer Sprache – mehr nicht. Die *Praxis* erlernen wir immer erst vor Ort"!

*

Eine Austauschfahrt war für die Teilnehmer immer ein persönliches Wagnis, weil Kompromisse eingegangen und jede Menge gegenseitiger Rücksichten genommen werden mussten.
Werden mich meine Gastgeber mögen? Werde ich sie leiden können? Zuhause habe ich mein eigenes Reich und hier muss ich mir vermutlich ein Zimmer mit meinem bisherigen Briefpartner teilen. Wird das klappen? Seit er den London-Austausch vor einigen Jahren mitverantwortlich übernommen hatte, beobachtete Björn bei der Hinreise jedes Mal eine spürbare Beklommenheit unter seinen Schülern, eine Beklommenheit, die um so stärker wurde, je mehr sie sich dem Flughafen London-Gatwick näherten. Ohne Kuscheltier lief jetzt bei vielen gar nichts mehr. Er konnte die innere Spannung in jedem einzelnen der Mädchen und Jungen fühlen und er verstand sie nur zu gut. Ehrlicherweise hätte er zugeben müssen, dass er selbst überhaupt nicht für Austauschreisen geboren war! Er hatte sich ihrer angenommen, aber so richtig heimisch fühlte er sich unterwegs nie, weil er eben *nicht* zuhause war! Zuhause hatte er sein eigenes Reich, seine eigene Badestube, seine eigene

Toilette, die er selbst bei Dunkelheit mit schlafwandlerischer Sicherheit fand. Zuhause konnte er ohne weitere Erklärungen schlafen gehen und wen kümmerte es schon, wenn ihm die Augen unerwartet zufielen? Unterwegs jedoch musste er Interesse und Anteilnahme zeigen, auch wenn er abgekämpft und müde war oder überhaupt keine Lust mehr zum Aufbleiben hatte. Er musste Rücksichten nehmen und Kompromisse eingehen. Oft musste er spätabends essen und trinken bis zum Abwinken.

Björn war am liebsten sein eigener Herr – war er deshalb schon ein Eigenbrötler?

4

In diesem Jahr hatte es besondere Schwierigkeiten gegeben; denn Björns langjährige Begleiterin, die er wegen ihrer mütterlichen Art und Umsicht sehr schätzte, war unerwartet zu einer dringenden Operation ins Krankenhaus eingeliefert worden. Als er plötzlich telefonisch davon erfuhr, tigerte er in seiner darauf folgenden Freistunde hilflos im Lehrerzimmer herum und hielt verzweifelte Selbstgespräche.

„Was mach' ich nur? Was soll ich denn tun"? Er versuchte, diese Hiobsbotschaft erst einmal innerlich zu verarbeiten. Ihm war gar nicht aufgefallen, dass Christine Koch, eine Referendarin im dritten Ausbildungshalbjahr, still am Fenster stand und ihm bei seinem lauten Denken gezwungenermaßen zuhörte. Sie überlegte nicht lange, fasste einen kühnen Entschluss und erklärte ihm, dass sie mitfliegen würde, falls er mit ihr als Begleitperson einverstanden wäre. Und ob er das war! Das war die Rettung! Er war zwar nicht ihr Mentor, weil sie ganz andere Unterrichtsfächer hatte als er, aber sie mochten einander, ohne es je ausgesprochen zu haben – einfach so!

Björn in seiner schwärmerischen Natur mochte sie sogar sehr – fast ein wenig zu viel! So hieß am Ende die Devise: Auf zur Forest Hill School nach Sydenham, diesmal mit einem neuen Gespann!

*

Björns zwei befreundete Kollegen im Land der Angelsachsen waren also P & P, nämlich Trumpeter und der andere Peter, der Kartenleger. Da sie

Björns Namen wegen des Umlauts „ö" unaussprechlich fanden, hatten sie ihn kurzerhand *George* getauft – der Wortstamm war schließlich derselbe.

Was hieß hier *befreundet*? Björn fand, dass er mit dem Begriff der Freundschaft nicht zu unbekümmert umgehen sollte. *Wer ist überhaupt mein Freund?* fragte er sich manchmal. *Jemand, den ich schon lange kenne? Jemand, der zu mir hält und mich nicht verrät? Jemand, der mir zuhört und meine Probleme gemeinsam mit mir auszuhalten versucht? Jemand, der, bildlich gesprochen, dazu bereit ist, in meinen Schuhen umherzulaufen? Jemand, der gern mit mir lacht und redet? Mit mir, aber niemals über mich?*

Schon wieder begann Björn innerlich zu philosophieren. Das tat er ständig! Er war noch nie der Mann einfacher Antworten gewesen und vieles von dem, was er dachte und sagte, erschien seinen Schülern sehr differenziert und kompliziert, weil er immer erst alles zerlegen musste, bevor er die Einzelteile irgendwie in neue Zusammenhänge brachte. Selten kam bei ihm eine Antwort *wie aus der Pistole geschossen!*

Konnte eine Freundschaft auch über große Entfernungen bestehen? Gehörte zur einer Freundschaft nicht auch ein großes Maß an Nähe und an gewachsener Vertrautheit? Galt sie nur sonntags oder auch wochentags?

Er beschloss für sich, dass P & P auf der anderen Seite des Kanals eher verlässliche *Partner* als enge Freunde waren.

Ob sie ihn im Gegenzug je als ihren Freund bezeichnete hätten? War er ihnen nicht viel zu zurückhaltend, zu ruhig, zu geduldig, zu diszipliniert, zu humorlos, kurzum, viel zu Deutsch und – durchschnittlich?

*

Björns englische Kollegen wussten recht genau, was *George* besonders liebte: nämlich abendliche Besuche in einem englischen Pub und indisch essen gehen! Björn war Nichtraucher. Obwohl er Alkohol nicht grundsätzlich ablehnte, trank er doch nur wenig davon. Er liebte Pubs mit Live-Musik und Tänzen nach landesüblicher Art. P & P hatten sich still seufzend damit abgefunden, dass er im Pub – wenig mannhaft, wie es ihnen schien – anstatt eines kräftigen Biers oft nur Orangen- oder Tomatensaft trank und hielten sich dafür später im indischen Restaurant mit scheinbar harmlosem Blick schadlos an ihm, indem sie die Speisen für ihn klammheimlich derart *hot*, also scharf gewürzt, bestellten, dass ihm die Kehle heftig brannte und beim Essen heiße Tränen in die Augen stiegen. *We are not amused* hätte Björn in solchen Augenblicken am liebsten in bewusster Anspielung auf die Royals gesagt. Nein, er fand das wirklich nicht so komisch, aber er bewahrte jedes Mal Haltung und schluckte das scharfe Zeug trotz Hustenreizes mit Todesverachtung hinunter. Sie wussten auch, dass, wenn Björn in London über die Straße ging, er am liebsten, wie von zuhause gewohnt und gedankenabwesend, wie er es häufig sein konnte, zuerst nach links blickte, was gar nicht rechtens war. Er hatte seinen Schülern die Regeln des Linksverkehrs eingeschärft um sie dann gelegentlich in eigener Sache doch außer Kraft zu setzen. Manchmal war er eben wider Willen ein wenig trottelig und man musste ihn an die Hand nehmen!

5

Björn Bergwald mochte seine englischen Kollegen und er spürte in sich eine Vorliebe für die Britischen Inseln. Er hatte zahlreiche englische Kathedralen und weitere architektonische Kunstwerke skizziert und einige dieser Skizzen voller Stolz gerahmt und in seiner Wohnung aufgehängt.
Er zeichnete gern und spürte, wie ihm das Zeichnen zu jener inneren Ruhe verhalf, die er oft so nötig brauchte.
Er hatte im Übrigen auch weite Teile der Republik Irland mit dem Fahrrad erkundet und im Nebel den *Croagh Patrick*, den heiligen Berg der Iren, bestiegen. Er war mit dem Auto durch Schottland gefahren und hatte dort – ebenfalls im Nebel – am Gipfelkreuz des *Ben Nevis* gestanden, Schottlands höchstem Berg. Er war beeindruckt von Wales und hingerissen von Cornwall. Er hatte P. & P., den beiden Peters, von seinen Vorlieben allerdings nur sehr vorsichtig berichtet; denn sie waren beide überzeugte Engländer und er wollte niemanden in seinem Patriotismus verletzen. Wie töricht war es einst von ihm gewesen, als er auf einer Chorreise durch Südengland einem waschechten Engländer die gute kleine *Elisabeth* aus dem Sopran mit der von ihm an sich witzig gemeinten Bemerkung vorstellte, sie spräche *a slight Scottish accent*. Na klar, Lizzi, die gebürtige Schottin, sprach unüberhörbar Englisch mit schottischem Akzent! Warum auch nicht? Aber sie hatte ihm hinterher

wegen seines fehlenden Feingefühls entrüstete Vorwürfe gemacht, ihm diesen Tritt ins Fettnäpfchen nie verziehen und die gelbe Karte gezeigt! In der Republik Irland war er tatsächlich im Vertrauen einmal gefragt worden, ob er seine englischen Freunde genau so möge wie die Iren und in Cornwall hatte er deren Nationalhymne, die *Cornish Anthem* gehört, die, in freier deutscher Übersetzung, folgendermaßen begann:

Mit scharfem Schwert und starker Hand und frohen Herzens würde es die Jugend aus Cornwall den Pappnasen von König Jakob schon zeigen!

Als Björn zum ersten Male das Lehrerzimmer der Forest Hill School betrat, wurde ihm andächtig bedeutet, dass der blonde Kollege am Fenster zwar ganz nett sei, jedoch aus Wales stamme.
Björn wollte seine Gefühle nicht preisgeben und wusste nun, dass er sich künftig grundsätzlich in Acht nehmen musste, wenn es um die Herkunft einzelner Menschen ging.
Wie war das eigentlich zuhause in Deutschland mit dem gegenseitigen Verhältnis der Preußen zu den Bayern? Und weshalb musste es Ostfriesenwitze geben?
Trotzdem fühlte er sich irgendwie überall auf den Britischen Inseln wohl. London jedoch und die beiden Peters waren ein besonders positiver Fall. Beide waren übrigens auch Berlin-Fans!

In ihrer Begleitung wurden die *Houses of Parliament, Eton* und *Windsor Castle* stets zu lohnenden Reisezielen für Björns Schülergruppen. Bis nach *Stonehenge* hatten sie sich letztens trotz der großen Entfernung gewagt und auf keiner Reise durfte der Nullmeridian in *Greenwich* fehlen, wo man mit dem einen Bein auf der östlichen, mit dem anderen auf der westlichen Erdhalbkugel stehen konnte.

Björn hörte gern Musik, aber noch lieber musizierte er selbst aktiv. Da er also Musikliebhaber war, wurden von seinen Gastgebern für ihn stets auch Eintrittskarten zu Veranstaltungen in *Covent Garden* oder in der *Royal Festival Hall* gebucht. Er liebte englische *Christmas Carols*, die so leicht schwebend gesungen wurden. Er mochte englische *Puns*, Wortspiele, die sich in ihrem besonderen Witz allerdings kaum ins Deutsche übertragen lassen.

Am letzten Abend der diesjährigen Fahrt hatte Björn nach einem Konzertbesuch eine merkwürdige Vorahnung. Eine innere Stimme sagte ihm, dass er noch vor Mitternacht werde singen müssen.

Aber wo? Und was?

Er hatte seinen Schülern immer geraten, wenigstens *ein* deutsches Lied zuhause einzuüben, weil es durchaus geschehen könne, dass sie unterwegs bei irgendeinem unerwarteten Anlass spontan zum Singen aufgefordert werden könnten. Und heute geschah es doch tatsächlich, nämlich ihm selbst!

Auf der mitternächtlichen Abschiedsparty wurde er von seinen englischen Freunden und Kollegen doch tatsächlich aufgefordert, nein, regelrecht herausgefordert, in Begleitung eines Gemshornspielers gleich ein ganzes Repertoire aus deutschen Liederbüchern zu singen – hier und jetzt. Da sich alle seine anwesenden deutschen Landsleute als unpässlich oder heiser entschuldigten, wurde er zum Alleininterpreten.

Als „Belohnung" war Peter, der Kartenleger, anschließend gern bereit, ihm in einem Nebenzimmer die Karten zu legen und einen Blick in seine Zukunft zu werfen. *Fortune-telling from the cards* heißt das auf Englisch.

Björn sträubte sich vehement dagegen. Nie im Leben hätte er einer Wahrsagerin seine Hand hingestreckt und nie wäre er zu einem Kartenleger gegangen – weder hier noch irgendwo und überhaupt! Einem befreundeten Kommilitonen waren einmal eine steile politische Karriere und ein jäher Tod geweissagt worden. Als sich erstere Voraussage zu erfüllen schien, war er in Bezug auf die letztere ganz unsicher und kleinlaut geworden und seitdem wie ein Wattepaket durch die Welt gegangen!

Björn glaubte nicht an solchen Hokuspokus, weder an Karten noch an Kaffeesatzleserei oder an Sterndeutung – aber wissen konnte man ja nie!

Zu spät. Peter verkündete ihm bereits, er sei ein *family man*, ein Familienmensch, na ja,…

…und dass er das, was er morgen verliere, schon bald zurückgewinnen würde.

Auf seiner Heimfahrt versank Björn in tiefes Grübeln: er würde bald etwas verlieren. Aber wen? Aber was?

Morgen – das war eine klare Zeitangabe!

Morgen würde er nach Berlin zurückkehren und die Schüler am Ende der Austauschfahrt nach einem sicheren Flug hoffentlich wohlbehalten

ihren Eltern übergeben! Würden ihm etwa am letzten Tag seine Reiseunterlagen oder seine Brieftasche abhanden kommen und später wieder gefunden werden?
Morgen würde doch bei Ankunft in Berlin-Tegel das Gepäck eines jeden von ihnen hoffentlich vollzählig und unversehrt auf dem Laufband stehen und es keine Reklamationen geben – oder?
Morgen würde ihn doch Pia, seine langjährige Freundin, am Flughafen mit einer gelben Rose und einem zärtlichen Kuss herzlich willkommen heißen und in die Arme schließen – so wie immer!

Beim abendlichen Zähneputzen betrachtete er sich im Spiegel: dunkelblondes Haar, blaugraue Augen, kleiner Bart (war dieser überhaupt sexy?), kräftiger und durchtrainierter Oberkörper – trotz Tomatensaft oder gerade deswegen? Dass er nur 173 Zentimeter groß war und längst nicht mehr zu den Twens gehörte, verriet ihm der Spiegel allerdings nicht. Er fand, dass er überhaupt nie älter wurde; denn Tag für Tag blickte ihm dasselbe Gesicht entgegen – wie es schien, seit Jahren schon und stets unverändert! Wie er jedoch wirklich aussah und auf andere Menschen wirkte, konnte er natürlich nicht genau wissen; denn er kannte ja lediglich sein Spiegelbild! Er kannte sich sozusagen nur seitenverkehrt, nie aber richtig!

Morgen, das konnte auch *demnächst* bedeuten. Warten müssen! Schreckliche Vorstellung! Nein, Björn wollte an Weissagungen irgendwelcher Art nicht glauben, aber trotzdem schlief er unruhig ein und wälzte sich von der einen Seite auf die andere.

6

Die Londoner Austauschschüler und auch einige Gasteltern standen gemeinsam mit Björns Berliner Reisegruppe an deren Tag des Rückflugs in gedämpfter Stimmung vor der Forest Hill School. Sie würden in den nächsten Minuten Abschied voneinander nehmen müssen. Wie zum Trost und zur Aufheiterung der Gemüter schien heute abermals die Sonne.
Gestern noch waren die deutschen Gäste zum allerletzten Male in der City of London *shoppen* gewesen. Ob die vielen Reiseandenken in den

16

Koffern bequem Platz gefunden hatten? Später waren sie zu einem *Lunchtime Concert* ins *Barbican Centre* gegangen. Wie so oft, hatte Björn im Konzertsaal auch diesmal die Augen geschlossen um sich, von äußeren Einflüssen ungestört, in die Musik versenken zu können. Prompt hatten sich zwei Schülerinnen schräg hinter ihm feixend angestoßen und einander zugeflüstert, er sei eingeschlafen. Björn hatte es gehört und ihnen hinterher erklärt, dass er sich gern für einige Augenblicke, wenigstens in seinen Träumen, in eine schönere Welt entführen lasse. Ob sie ihm das wohl glaubten?

Heute schlenderte er in Gedanken noch einmal hinüber zum *Mayo Park* und bis zur nächsten Straßenecke mit den schmalen Reihenhäusern und ihren *chimney stacks*, den kleinen runden und vielfach ockerfarbenen Schornsteinröhren auf den Dächern. Er war oft bei Peter, dem Kartenleger, untergebracht gewesen. Auch dieser besaß solch ein Reihenhaus auf einer vergleichsweise kleinen Grundfläche. Rechts führte eine schmale Treppe in den ersten Stock. Geradeaus gelangte man parterre in die kleine Küche, die sehr ökonomisch ausgestattet sein musste, weil sie nur wenig Platz bot. Linker Hand war ein rechteckiges Wohnzimmer, ebenfalls von eher bescheidener Größe. Im Obergeschoß verfügte er über drei kleine Zimmer und ein Badezimmer mit Dusche und WC. Auf der rückwärtigen Hausseite gab es noch eine betonierte Terrasse und einen Garten in Handtuchgröße. Trotz der räumlichen Enge war er über sein eigenes Reich glücklich; denn es war sein persönliches *Home and Castle*, das freilich einem Vergleich mit den großzügigen Villen und Gärten der deutschen Schüler im Südwesten Berlins und auch anderswo nicht standhalten konnte. Auf der anderen Seite lebten leider viele Berliner notgedrungen in Betonburgen der Satellitenstädte, weil sie sich eine höhere Wohnqualität nicht leisten konnten und weil die politischen Verhältnisse der Vergangenheit den Erwerb von Baugrund im Umland nicht zugelassen hatten. In Berlin war zwangsläufig in die Höhe gebaut worden, weil die Fläche gefehlt hatte.

Björn war in den letzten Tagen eigentlich nie wirklich beunruhigt gewesen, wenn sich einzelne Schüler einmal wegen des morgendlichen Berufsverkehrs und der dadurch ausgelösten Staus geringfügig verspäteten, weil er stets irgendwo wie angewurzelt stand und geduldig zeichnete. Er brauchte diese meditativen Momente in seinem Leben. Er konnte warten, weil er ja wusste, dass sie sich alle grundsätzlich gewissenhaft an Verabredungen hielten und dass Verlass auf sie war. In seine Tagesprogramme hatte er immer kleine Zeitpuffer eingebaut, so dass am Ende ein jedes Ziel pünktlich und ohne Hast erreicht werden konnte.

„Im kommenden Frühjahr werden wir uns noch einmal in Berlin wieder sehen", orakelte Trumpeter beim Abschied. Björn horchte auf; denn diese Ankündigung verhieß wenig Gutes. „Im nächsten Jahr werde ich nämlich beruflich wahrscheinlich an die *University of London* wechseln. Der andere Peter wird sich vermutlich frühpensionieren lassen und eine lohnende Abfindung erhalten. Sei nicht traurig, George, wir werden hoffentlich rechtzeitig neue Kollegen für Euch finden, die den Austausch auf unserer Seite weiterführen werden".

Björn war wie gelähmt, als er Peters Ankündigung vernahm. Er war sich so sicher gewesen, dass immer alles weiterginge wie gewohnt und er hatte gehofft, dass das von ihm übernommene Austauschprogramm auch künftig personell auf festen Füßen stehen würde. Heute, morgen und auch übermorgen!

Kollegen und Menschen waren doch nicht einfach austauschbar, so wie Trumpeter sich das vorstellte! Um einen Austausch tragfähig zu machen, bedurfte es großen menschlichen Vertrauens auf beiden Seiten und Vertrauen wiederum musste geduldig und stetig aufgebaut werden! Dieser Aufbau freilich brauchte Zeit. Die Chemie, so sagen wir in Deutschland doch immer wieder, also, die Chemie zwischen den Kollegen hüben und drüben musste stimmen. Allerdings sagen wir auch, Reisende könne man nicht aufhalten. Man müsse sie loslassen. Das waren herbe Erfahrungswerte, die immer dann besonders schmerzten, wenn sie einen selbst betrafen!

Was Du morgen verlierst...
War diese traurige und unverhoffte Botschaft soeben etwa schon des Rätsels Lösung für das gestrige Orakel, mit dem Peter, der Kartenleger, aufgewartet hatte? War es vielleicht dessen Strategie gewesen, Björn vorsichtig auf Veränderungen vorzubereiten?

Als der Charterbus schließlich um die Ecke bog, kam Bewegung in die kleine Ansammlung von Menschen. Björn beobachtete eher geistesabwesend die vielen Umarmungen, die verstohlenen Blicke und verträumten Augen. Er hörte die Vorfreude auf ein Wiedersehen in Berlin und die gegenseitigen Versprechungen, miteinander ab sofort ständig in

Kontakt zu bleiben. Nun ging alles sehr schnell: Verladen des Gepäcks, ein letztes freundliches *Good-bye*, die Aufforderung „*Get in, please!*", ein wehmütiges Winken und schon waren sie unterwegs auf dem Weg nach *Gatwick Airport* – diesmal hoffentlich ohne Stau!

Nach dem *Check-in* hielten die Schüler für Björn und Christine, ihre unermüdliche und aufmerksame Betreuerin während der ganzen Reise, im Warteraum eine liebevolle Überraschung bereit. Christine bekam einen *Beefeater*, einen uniformierten Aufsichtsbeamten vor dem *Tower of London*. Er war aus Stoff. Björn erhielt aus den Händen von *Henriette*, einer hübschen fünfzehnjährigen Schülerin unter Andeutung eines vollendeten Hofknickses weiße Shorts mit aufgedruckten Londoner Motiven. Als er die Shorts ohne zu zögern überstreifte und sich fröhlich im Kreise drehte, brandete Beifall auf. Mit dieser Spontanaktion hatten die Jungen und Mädchen bei ihm wirklich nicht gerechnet! Mitten neben den Fenstern zur Abfertigungshalle! Auch Christine lachte herzlich. Die Schüler hielten Björn für eher reserviert und beherrscht, für berechenbar und bewusst unauffällig; aber sie wussten nun, dass er auch aus dem Augenblick heraus reagieren und ausgelassen sein konnte. Sie hatten diese Geschenke besorgt um für eine gelungene Reise Dank zu sagen.

Schweigsam saß er im Flugzeug neben Christine, als diese ihn aus seinen Gedanken weckte: „George, Henriette hat mir gestern anvertraut, dass sie Dich später heiraten wolle. Ich glaube, Sie meint es trotz ihrer Jugend relativ ernst damit".
„Ich hatte eher an Dich als Partnerin gedacht", gab er trocken zurück. Dann fuhr er fort: „Weißt Du, Christine, ich würde Henriette davon ernsthaft abraten! Allein schon wegen des Altersunterschiedes, der sich später noch heftiger bemerkbar machen dürfte als jetzt. Unsere Lebenserfahrungen und -erwartungen sind doch sehr unterschiedlich! Ich glaube, ihre Gefühle für mich gleichen einer Wunderkerze. Zuerst brennt sie lichterloh, doch sie verglüht binnen kurzer Zeit und zurück bleibt nichts als ein abgebrannter Metalldocht, mit dem niemand mehr etwas anfangen kann".
„Gleiche ich auch einer Wunderkerze"? hakte Christine schelmisch nach.
„Nein, Du bist wie eine..., wie eine Elfe von einem andern Stern"!
Christine sah ihn nachdenklich von der Seite an.
„Deine Bilder beschreiben ein trauriges Problem. Das Licht der Sterne wärmt nicht und Elfen von dort verströmen polare Kälte".

„Lass mich schnell nach einem anderen Bild suchen", bat Björn betroffen.

„Zu spät, Björn. Immer nur *ein* Bild! Schade für Dich, aber Du *hattest* Deine Chance! Mich als Elfe gibt es übrigens schon gar nicht mehr, weil ich mit meinem Stern längst erloschen bin".

Hatte Christine Björns unübersehbare Sympathie für sie hier in London wahrgenommen? Wollte sie ihm nun in einem geeigneten Augenblick leise signalisieren, dass es für sie Beide nicht einmal in Gedanken eine gemeinsame Zukunft gäbe? Sie war als Björns Begleiterin ohne Vorbehalte und ohne Berechnung spontan ersatzweise eingesprungen. Es kam unter dem Strich vermutlich wenig für sie dabei heraus; denn es stand noch nicht einmal fest, ob sie nach ihrem Examen überhaupt an seiner Schule würde bleiben können.

Weshalb nur, so fragte sie sich, hatte sie ihm geholfen?

Wäre sie mitgefahren, auch wenn sie Björn überhaupt nicht gemocht hätte?

Mochte sie ihn sehr oder nur ein wenig?

Er war ein kluger Gesprächspartner, aufmerksam und ernst und keineswegs humorlos! Er kam ihrem Ideal eines geeigneten Partners schon sehr nahe, nur – diese Frage hatte sich bereits erledigt!

„Björn, was wirst Du in Deinem Bericht an die Schulbehörde als Erfolg dieser Austauschfahrt verbuchen"? wollte sie von ihm wissen und mit dieser Frage ihre Gedanken in ein neutrales Fahrwasser lenken.

„Dass ich Dich näher kennen gelernt habe und dass manchmal unverhofft Hilfe kommt, wenn die Not am größten ist", gab er lachend zur Antwort. „Nein, im Ernst, genau das habe ich mich vorhin auch gefragt Was bedeuten schon zehn gemeinsame Reisetage im Leben eines jungen Menschen – und was bedeuten sie für uns?

Gewiss, da sind Eindrücke, die langsam verarbeitet werden müssen. Es ist ein weiteres Stück Selbsterfahrung. Entweder weiß ich jetzt, dass ich mich in ungewohnter Umgebung zurechtfinden und auf andere Menschen zugehen kann – oder ich habe in mir den Einzelgänger entdeckt. Ich habe mich in der Landessprache verständigen können, einmal mehr und einmal weniger gut. Ich habe eingesehen, dass mir die Schule wichtige Grundkenntnisse vermittelt hat. Was habe ich vergessen?" wollte er von ihr wissen.

„Vielleicht kommt der Tag, an dem wiederum *Du* jemandem helfen kannst, der in seiner Not nicht ein und aus weiß! Möglicherweise wirst Du es erst später merken, was Du ohne Berechnung an Gutem bewirkt hast. Oft geben wir Gutes ja nicht unmittelbar zurück, sondern einfach nur weiter.

Björn war verwundert über Christines unerwartete Gedankenschwere. Dann aber kam sie zur eigentlichen Sache: „Weißt Du, für mich war die Erfahrung erlebter Gemeinschaft ein besonders angenehmes Ergebnis dieser Fahrt. Ein paar schöne Tage in Gemeinschaft zu genießen und sie im Leben nie mehr zu vergessen, das ist doch auch schon ein Wert an sich! Glaube mir, die Schülerinnen und Schüler werden es noch ihren Enkeln stolz erzählen! Und wir Beide vielleicht auch.
Und *Du* hast mich mitgenommen und darauf vertraut, dass ich Dich nicht enttäuschen werde. Dafür dankt Dir Deine erloschene Elfe von Herzen".

Den letzten Satz hatte Christine nur noch geflüstert und Björn glaubte, in diesem Augenblick eine gewisse Traurigkeit in ihr zu spüren. Woher kam plötzlich ihre Melancholie?
Er war von ihren schlichten Worten ergriffen und streichelte in Gedanken mit seinem Handrücken zärtlich ihre Wange – nicht wirklich, eben nur in Gedanken. Aber sie spürte es wohl trotzdem.

7

Das, was er – nunmehr heute – verliere, werde er schon bald zurückgewinnen. Björn saß nach seinem Gespräch mit Christine still in seinem Flugzeugsitz und musste immer noch ständig an Peters Vorhersage denken. Hatte sich der erste Teil der Voraussage mit Peters begründeter Aufkündigung ihrer Zusammenarbeit vorhin bei der Abreise bereits erfüllt? Ging es bei dem ganzen Zauber also um die Fortführung des Austauschprogramms unter neuen Vorzeichen? Was gäbe es am Ende dabei zu gewinnen? Er war nun nicht mehr sehr gesprächig, sondern grübelte verbissen vor sich hin. Hätte er sich doch bloß von den auf dem Tisch ausgebreiteten Spielkarten entfernt! Andererseits – hätte Weglaufen etwas an Peters Vorhersage geändert? Sie hatte doch substantiell sowieso schon festgestanden!

Er konnte sich nicht vorstellen, dass seiner Familie in Berlin etwas zugestoßen oder dass sein Auto oder sein Wohnhaus abgefackelt worden waren. Auch die Schule würde sicherlich noch stehen! Seine Schüler riefen doch täglich per Handy ihre Eltern an und ein schlimmes Ereignis zu Hause hätte mit Sicherheit im Nu die Runde gemacht. Die Schubumkehr musste einfach auch diesmal wieder funktionieren und das Flugzeug würde gewiss sicher landen; denn sonst gäbe es ja für ihn nichts mehr zurück zu gewinnen, weil buchstäblich *alles* verloren wäre. Das war eine Schlussfolgerung, wie er sie liebte!

So blieb eigentlich nur noch Pia übrig. Ach ja, die Sache mit Pia...

Sie war anfangs seine Märchenfee gewesen. Mit ihrem Charme und ihrer Ausstrahlung zog sie nahezu alle Menschen in ihren Bann. Sie krempelte die Ärmel hoch, wenn sie meinte, dass ihre Hilfe gebraucht würde und schloss ihr Herz in besonderer Weise für die Schwachen am Rande der Gesellschaft auf, die Schwachen, die eben nicht auf der Sonnenseite lebten. Sie kümmerte sich um Menschen mit Behinderungen, ging mit ihnen auf Reisen und half ihnen, ihre Freizeit sinnvoll zu gestalten. Manchmal fragte sich Björn allerdings, ob sie bei ihrer Geschäftigkeit und den zahllosen Kontakten zu anderen Menschen überhaupt genügend Zeit hatte, diesen Beziehungen und vor allem der Partnerschaft mit ihm die genügende Ruhe und vor allem Tiefe zu geben. Wann nahm sie sich je genügend Zeit um auszuspannen? Konnte sie überhaupt *Nein* sagen, wenn ihr Einsatz gefordert wurde? Sie war bereit, sich für andere Menschen buchstäblich zu verströmen.
Viele Jahre schon hatten sie einander gekannt, geliebt, miteinander als Partner gelebt und wurden im Freundeskreis als ein ideales und unzertrennliches Paar empfunden.
Pia war eine umsichtige Gastgeberin, die sich unermüdlich darum kümmerte, dass alles rechtzeitig vorbereitet war und es den Gästen an nichts fehlte. Ihre Fähigkeiten als Köchin waren nahezu unübertrefflich und jedermann war voll des Lobes über all die herrlichen Köstlichkeiten ihres kalten Buffets.
Sie hatten ihre Ferien gemeinsam in verschiedenen südlichen Ländern Europas verbracht und manche riskante Unternehmung mit viel Glück heil und gesund überstanden. Sie hatten Freundschaften gepflegt – meistens solche von Pias Seite – und einander berichtet, was sie so im

Alltag jeder für sich erlebt hatten. Sie hatten aufmerksam aneinander Anteil genommen und verwandtschaftliche Pflichtbesuche auf beiden Seiten abgestattet. Obwohl sie beide anfangs mit dem Geld rechnen mussten, war Großzügigkeit ihr Markenzeichen und wenn sie sich gegenseitig beschenkten, dann spürten sie, dass der Andere nachgedacht hatte und dass ihre Gaben und kleinen Aufmerksamkeiten von Herzen kamen.

Zugegeben, sie waren Beide vom Temperament her sehr unterschiedlich, aber was machte das schon? Björn konnte sich nicht daran erinnern, dass sie je laut gestritten hätten. Hätten sie das nötig gehabt oder möglicherweise tun sollen?

Pia war flink, blitzgescheit, unermüdlich aktiv und voller Elan. Sie war ständig außer Atem und lehnte es ab, sich mit Problemen zu beschäftigen, wo sie keine sah – das galt auch für Fragen ihrer gemeinsamen Zukunft, Fragen, deren Beantwortung sie vor sich her schob. Im Laufe der Zeit kam es Björn ein wenig merkwürdig vor, dass sie eigentlich nur wenig von sich und ihren Gefühlen preisgab, sondern sich vorwiegend auf stereotype Berichte von Erlebtem beschränkte. Was in ihrem Leben nahm sie überhaupt so richtig ernst und was ging ihr unter die Haut? Was bedeutete *er* ihr? War Björn für sie lediglich der sprichwörtliche Lebensabschnittsgefährte und kein bisschen mehr? Wem, außer ihm, wollte sie *noch* gefallen? Er war sich allmählich unsicher, was ihre Beziehung betraf.

Dennoch – wenn sie Björn küsste, ihn zärtlich berührte und umarmte oder müde an seiner Seite einschlief, weil sie sich tagsüber wieder einmal völlig verausgabt hatte, dann fühlte er sich als der glücklichste Mensch weit und breit, weil das Bild, das er sich von ihr machte, immer noch stimmig schien. Manchmal fragte er sich insgeheim, womit er dieses anscheinend lebensfrohe und anmutige Geschenk in Person überhaupt verdient und was er ihr zu bieten habe, etwas, das ihr auf Dauer gefallen könne und stark genug wäre, sie an ihn zu binden.

Björn wusste, dass sich Menschen in einzelnen Lebensphasen auf mancherlei rätselhafte Weise verändern – oft schleichend und kaum wahrnehmbar.

Nach dem Studium hatte auch Pia ihren eigenen beruflichen Vorbereitungsdienst abzuleisten. Björn beobachtete im Laufe der Zeit Wesensveränderungen an ihr. Täglicher Stress, diffuse Ängste und Misserfolge, zumindest von ihr, der Erfolgsverwöhnten, als solche empfunden, schienen ihr Selbstbewusstsein zu kränken. Eine spürbare

Unzufriedenheit nagte an ihr. Das war ihr deutlich anzusehen und anzumerken und er bekam sie durch ihre Launen zu spüren. Ihr Verhältnis zeigte Risse. Dazu kam, dass sie weiterhin allen Fragen nach einer gemeinsamen Zukunft beharrlich auswich. Björn spürte, dass er derlei Tabuthemen besser nicht ansprach. Wollte sie überhaupt heiraten und eine Familie mit ihm gründen? Wenn ja, warum schwieg sie dazu? Wenn nein, welche gemeinsamen Zukunftsperspektiven ließen sich da noch erhoffen?

Björn verglich sich selbst gern mit einem Pfahlwurzler. Er hielt sich für einen Mann, dem Treue und Loyalität und Bodenständigkeit etwas bedeuteten. Dennoch schwärmte er gern für schöne Frauen oder zumindest für das, was er an ihnen für begehrenswert hielt. Christine, zum Beispiel, gehörte zu diesen Frauen von besonderer Ausstrahlungskraft. Sein Herz war zwar nicht ganz feuerfest, das musste er sich eingestehen, aber da war immer noch sein Verstand, der ihn stets vor Versuchungen bewahrte. Sein Beruf und die Begegnung mit überwiegend jungen Menschen waren ja keineswegs ohne Versuchungen und da bedurfte es schon großer Standfestigkeit!

Björn vertraute Pia immer noch blindlings – oder etwa nicht?

Er wollte lange Zeit niemals an ihrer Loyalität ihm gegenüber zweifeln – oder etwa doch?

Ja, er nahm zunehmend kleine Zeichen der Veränderung an ihr wahr, Veränderungen, die ihn nachdenklich stimmten und verunsicherten. War ihre gemeinsame Schnittmenge noch groß genug um Pia weiter an ihn zu binden und festhalten zu können? Dennoch erschien es ihm lohnenswert, sein liebendes Bemühen in diese von ihm ernst gemeinte Beziehung zu investieren und daran zu arbeiten, sie zu erhalten. Andererseits konnte er Pia ja nicht ernsthaft darum bitten, ihm treu zu sein und ihn weiterhin zu lieben, wenn sie seit geraumer Zeit dabei war, sich innerlich schrittweise von ihm zu entfernen und auf die Suche zu gehen. Vielleicht wollte und musste sie neue Wege beschreiten und ihre fraglos immer noch vorhandene Anziehungskraft woanders auf die Probe stellen um vor sich selbst bestehen zu können! Björn sagte sich, dass das, was geschehen müsse, so oder so auch zwangsläufig geschehen würde – wenn nicht heute, dann doch morgen!

Nun kam Peters Voraussage hinzu, die eine krisenhafte Stimmung in ihm auslöste und seine Vorahnungen verstärkte.

8

Christine stand neben Björn an der Gepäckausgabe. Sie warteten so lange, bis auch der letzte Schüler seinen Koffer vom Laufband genommen hatte, um sich schwer schleppend auf den Ausgang zuzubewegen. Beim Abschied wurden sie von vielen der zwanzig Schüler ein letztes Mal zum Dank umarmt.

Als Lisa ihren Tobias hinter der Glasscheibe entdeckte, kam sie auf Björn zugestürmt und drückte ihn mit großer Heftigkeit: „Tobias liebt mich doch! Er ist hierher gekommen um mich abzuholen. Da steht er! Sehen Sie ihn? Sie hatten auf dem Hinflug Recht, als Sie ihn in Schutz nahmen. Die Reise war schön! Ich bin so glücklich! Danke"! Lisas Gedanken und Worte sprudelten nur so aus ihr heraus.

In der Eingangshalle erhielten Christine und Björn von den zufriedenen Eltern Blumensträuße als kleines Zeichen des gemeinsamen Dankes und der Anerkennung. Viele Eltern wussten es zu schätzen, was die Beiden da unterwegs wieder einmal gewagt und geleistet hatten!

Christine wurde von ihrem Bruder herzlich begrüßt und dennoch entging es ihr nicht, dass Björn nach freundlichen Worten in alle möglichen Richtungen am Ende mit seinem Koffer und dem Blumenstrauß in der Hand einsam und ganz allein zurückblieb. Er wirkte ein wenig niedergeschlagen und hilflos – wie ein Gestrandeter auf der Suche nach einer sicheren Behausung. Gemeinsam warteten sie noch einige Zeit. Auf wen eigentlich und wie lange noch?

Schließlich entschied Christine: „Mein Bruder holt jetzt seinen Wagen vom Parkplatz. Dann lädt er uns Beide mit unserm Gepäck ein und wir fahren Dich zu Dir nach Hause, egal, wie groß der Umweg sein sollte. Widerrede bereits im Vorfeld abgelehnt"!

Christine wusste, was sie wollte und ihre Entschlüsse fasste sie meist binnen kurzer Zeit. Als Sportlerin hatte sie es gelernt, ihr Ziel nie aus den Augen zu verlieren. Sie hatte es gelernt, zu gewinnen und auch zu verlieren.

Sie war eine kluge Beobachterin und erkannte Zusammenhänge sofort. Sie entschärfte Situationen schnell, bevor es brenzlig wurde.

Björn beschrieb ihnen den Weg zu sich nach Hause. Dort angekommen und ausgestiegen, zupfte Christine unauffällig an seinem Ärmel und nahm ihn für einen Augenblick still zur Seite. Sie sah ihn mit warmherzigen Augen an.

„Wie oft habe ich Dich mit Deinem Skizzenblock in der Hand beobachtet. Du hast ein scharfes Auge und nimmst Licht und Schatten und Kontraste aufmerksam wahr! Du bist geduldig, bringst zu Ende, was Du einmal angefangen hast und strahlst eine ansteckende Ruhe aus. Man fühlt sich bei Dir sicher und gut aufgehoben. Für einen Mann hast Du meiner Meinung nach sehr viel Gefühl und ein weiches Herz. Du versuchst, Dich in andere Menschen hineinzuversetzen. Ich habe beobachtet, wie sehr Dich Erfolge freuen. Aber mit wie viel Gleichmut kannst Du wegstecken, was nicht auf Anhieb gelingen will. Mir ist aufgefallen, dass Du gerne Bäume und Natureindrücke abbildest und besonders jene Gegenstände, die fest stehen – also Türme und Häuser“.

„Welche Schlussfolgerung ziehst Du daraus“?

„Ich glaube, Du liebst Standhaftes und stehst selbst auf festem Grund. Dir ist Konkretes lieber als Abstraktes. Du bevorzugst das Beständige. Als ich Dich gestern Abend singen hörte, da habe ich gemerkt, dass Du auch Mut hast und Dich etwas traust.

Du wolltest Deine Zukunft aus den Karten nicht hören. Das verstehe ich. Du bist nicht bereit, Dein Leben als ein unabänderliches Schicksal hinzunehmen. Du willst es selbst lenken und gestalten. Du hasst es, Dir Ängste einreden zu lassen.

Wenn Du nun wirklich etwas verloren hast oder noch verlieren solltest, wirst Du zuerst tief erschüttert sein und schwanken; aber Du wirst Deine alte Fröhlichkeit und Dein Gleichgewicht wieder finden, da bin ich mir sicher. Wenn Du zurück schaust, dann wirst Du Dich an Schönes erinnern. Bewahre Dir diese Erinnerungen ohne Groll!

Und noch etwas will ich Dir sagen, etwas, was mich selbst betrifft: Du hast mir vom ersten Tag der Reise an Mut gemacht. Ich war Deine Juniorpartnerin. Du hast mich neben Dir nicht nur geduldet, sondern auch anerkannt – mich, als Mensch und auch als Frau. Egal, wohin uns unsere Wege führen werden – nie werde ich unsere gemeinsamen Tage vergessen! Nie, Björn! Danke“!

Christine trat auf ihn zu und sah ihm fest in die Augen. Dann umarmte sie ihn in ungewohnter Weise und zog ihn an sich – so kräftig, wie sie es noch nie getan und wie er es von ihr auch nicht erwartet hätte.

„Good-bye, George, bis zum Wiedersehen. Ich habe das starke Gefühl, dass wir uns nicht so schnell und vielleicht auch niemals verlieren werden“.

Björn war von ihren persönlichen Worten wie betäubt und winkte ihr und ihrem Bruder versonnen nach. Er winkte immer noch, selbst, nachdem ihr Auto an der nahen Kreuzung längst abgebogen war und er sie nicht mehr sehen konnte.

9

Pia hatte in seiner Wohnung noch einmal pflichtschuldig nach dem Rechten gesehen. Sie hatte während seiner Abwesenheit die Post aus dem Briefkasten genommen, Blumen und Pflanzen gegossen und anschließend die Tür beim Gehen nur einfach hinter sich ins Schloss gezogen – merkwürdig!

Als er seine Wohnung betrat, sah er ein zusätzliches Paar Wohnungsschlüssel und seine Fahrzeugpapiere auf der Anrichte liegen. In einem weißen Umschlag daneben lagen der Autoschlüssel und ein Abschiedsbrief, nach einer über sechsjährigen Beziehung immerhin aus drei Zeilen bestehend:

„Ich will Dich nicht betrügen und uns nichts mehr vormachen müssen!
So, das war's dann wohl! Mehr gibt es von meiner Seite aus nicht zu sagen. Schlüssel und Fahrzeugpapiere anbei. Gruß, Pia"

Björn rang nach Atem und war auf unerwartete Weise zugleich gefasst.
„So, das war's dann wohl!" hatte sie am Ende eiskalt und lakonisch festgestellt. Er hatte sie nicht festhalten können, sondern verloren und sie war nach den vielen gemeinsamen Jahren ohne Umschweife für immer aus seinem Leben verschwunden – am Ende schneller als vermutet und rascher als ein Schiff nur sinken konnte!

Er spürte, dass Pia für ihn nicht mehr erreichbar war und dass er mit dem Kopf nur gegen die Tür rennen würde, wollte er es versuchen, sie zurückzugewinnen. Björn mochte keine „Aussprachen" und er wusste, dass ein Riss zwar zu kitten war, dass aber die Schönheit des Originals für immer dahin gewesen wäre! Er erinnerte sich an die römische Weisheit, dass uns unsere Worte und Taten uneinholbar vorausfliegen. Nichts ist umkehrbar!

In seinen Augen hatte Pia ihn aussortiert, ihn deklassiert und sie würde ihm keine zweite Chance mehr geben. Wozu auch?

Er hatte ihr nicht genügt! Oder hatte *sie* sich nicht vielmehr gerade selbst disqualifiziert?

Dieser Verlust würde ihn noch lange lähmen und schmerzen; denn es war ja soeben nichts weniger als ein ganzer Lebenstraum zu Bruch gegangen!
Nun wusste er, was er heute in Wahrheit endgültig verloren hatte; dennoch blieb abzuwarten, *wer* dabei am Ende wirklich der Verlierer und wer der Gewinner war!
Die Aussicht, dass er schon bald etwas zurückerhalten sollte, erschien ihm im Augenblick unwichtig und wenig tröstlich!
Menschen ließen sich nun einmal nicht beliebig austauschen und billiger Trost war hier nicht angesagt!
Nur jetzt nichts Hals über Kopf herbeiführen wollen!
Mit diesem Entschluss hatte er einstweilen für sich geklärt, dass m*orgen* ohnehin viel zu früh wäre. Er war zurückgewiesen worden und für Pia bestenfalls zweite oder dritte oder gar keine Wahl mehr gewesen. Sie hatte ihn, bildlich gesprochen, aus ihrem Ersatzteillager entsorgt – wie eine ausgeleierte Schraube, die nicht mehr ins Gewinde passte.
Wäre Björn ein Meister pathetischer Worte gewesen, so hätte er in die Welt hinausgeschrieen, er hänge angeschlagen wie ein Boxer in den Seilen! Aber er beschloss, den aufrechten Gang bewusst beizubehalten und still nach vorn zu schauen!
Ob Pia nun in den Mahlstrom geraten oder ob ihr Lebensweg irgendwo im Morgenland versanden sollte – dies würde weder Björns Untergang bedeuten noch den des Abendlandes!
Aber er musste sich ehrlich eingestehen, dass er unendlich traurig war und die Dimension des Dramas noch gar nicht fassen konnte.

10

Jennifer und ihr Freund *Michael* waren Kommilitonen und sie hatte sich als Studienanfängerin schüchtern in ihn verliebt, als er ihr Sprachtutor wurde. Er hatte die Fähigkeit, komplizierte Dinge humorvoll und verständlich zu erklären, so dass alle Kursteilnehmer rasch begriffen, worum es sich drehte und er bereitete die jungen Semester in seiner

Gruppe mit großer Sorgfalt auf ihre Zwischenprüfungen vor und verhalf ihnen zu erfolgreichen Klausuren.

Michael konnte fröhlich und ausgelassen sein wie ein großer Junge und in seiner Gegenwart fühlte man sich wohl und geborgen. Er konnte gut zuhören und wusste meistens Rat. Jennifer hätte sich eine wirklich viel engere Beziehung zu ihm gewünscht, aber er ließ seltsamerweise niemanden so richtig an sich heran – oder war sie möglicherweise nicht wirklich sein Typ? Jennifer tanzte gern und besuchte eine studentische Tanzgruppe. Ging sie ihm damit etwa auf die Nerven? Musik war ihr Leben, er aber spielte leider kein Instrument und gab vor, nicht einmal singen zu können. Wenn sie – was eher selten geschah – ins Restaurant gingen, dann war er oft unzufrieden mit dem geringen vegetarischen Angebot auf der Speisekarte. Wenn Jennifer in der Oper von der Musik und von der zuvor schon ungezählte Male gesehenen und ergreifenden Handlung stets aufs Neue hin- und hergerissen war und ihr die Tränen über die Wangen kullerten, hatte sie immer das Gefühl, es sei ihm unbehaglich in ihrer Gegenwart, so als schäme er sich. Hielt er sie etwa für eine verweichlichte Heulsuse? Dabei war Jennifer eine gute Sportlerin und hart im Nehmen! Verletzungen konnten ihr nur wenig anhaben! Wenn sie ihren Körper von oben bis unten im Spiegel betrachtete, befand sie, dass sie sich ihrer selbst nicht zu schämen brauchte, weil ihr Aussehen und ihre Figur überhaupt keinen Anlass zum Mäkeln boten. Auf den Laufsteg hatte es sie zwar nie getrieben, aber für Michael musste ihre Erscheinung allemal genügen! Sie hätte sich in ihrer Beziehung ein wenig mehr Leidenschaft und Feuer gewünscht; denn sie wollte ja nicht als Nonne enden!

In ihren Briefen berichtete sie ihm ausführlich von ihrem Schulunterricht hier in England, von Anfängerfehlern und von spürbaren Fortschritten. Sie wurde von ihren Schülern und von ihren Kollegen akzeptiert. Sie schrieb ihm über ihre Unternehmungen an den Wochenenden – gelegentlich zusammen mit den Donaldsons. Erst neulich hatten sie sich in der Nähe eines Parkplatzes oben in den Bergen auf einer Decke zum Picknick niedergelassen und die fröhliche Zeit des Beisammenseins und den Meeresblick genossen! Die Donaldsons behandelten sie wie ihre eigene Tochter und Jennifer brauchte dieses Gefühl der Geborgenheit.

Wie oft besuchte sie das *National Marine Aquarium,* das besonders große und tiefe Wasserbecken hatte! Immer wieder ging sie in den

Plymouth-Dome, wo sie liebend gern und ausgiebig im Meerwasser-Schwimmbad *Tinside Pool* schwamm. Wenn sie am Leuchtturm *Smeaton's Tower* stand, wünschte sie Michael bei sich an ihrer Seite und hätte am liebsten gemeinsam mit ihm verträumt der Brandung zugeschaut. Gern wäre sie mit ihm durchs *Barbican* geschlendert, wobei sie die eine oder andere Hafenkneipe hätten mitnehmen können. Worüber aber hätten sie denn auf Dauer reden sollen?

Regten sich da etwa unterschwellige Zweifel in ihr, dass ihnen womöglich bald der Gesprächsstoff hätte ausgehen können?

Na ja, Plymouth war, ehrlich gesagt, im Vergleich zu Berlin überschaubar, aber da sich Jennifer gut mit sich selbst beschäftigen konnte, verspürte sie niemals Langeweile – oder manchmal vielleicht doch?

Wenn die Donaldsons Gäste hatten, war sie stets als Haustochter dabei – aber es war keineswegs so, dass sich neue englische Freunde bei ihr in großer Zahl eingefunden hätten und Schlange standen. In der Kirchengemeinde *St. Andrews* sang sie im Chor mit und unterstützte den Chorleiter bei den Proben, indem sie sich ans Klavier setzte und die einzelnen Stimmen begleitete. Es gab da zwar erstaunlicherweise einige nette jüngere Herren im Tenor und im Bass, aber lohnte sich denn der verhältnismäßig kurze Gesamtaufenthalt, krampfhaft nach einer neuen Beziehung zu suchen? Wäre das Michael gegenüber fair gewesen? Hätte das überhaupt einen Sinn ergeben? Trotzdem war da so ein Ziehen in ihrer Brust, vergleichbar mit einer nicht ganz klar definierbaren Sehnsucht. Wonach eigentlich? Oder war es die unbewusste Angst in ihrer Seele, dass ihr die Jahre und damit ihre Jugend davonliefen?

Über Weihnachten wollte sie zu Hause sein und ihre Familie sehen. Und vor allem natürlich ihn – Michael! Er würde Augen machen!

Nun ließ es sich einrichten, dass sie entgegen dem ursprünglichen Plan sogar einen Tag früher nach Berlin fliegen konnte und was lag da näher als ihren Freund spontan und ohne Ankündigung mit ihrem Besuch zu überraschen?

Als sie unverhofft an seiner Wohnungstür klingelte, dauerte es seltsamerweise eine ganze Weile, bis sich dahinter endlich etwas polternd und schlurfend regte. Hatte sie sich verhört oder vernahm sie eine merkwürdig krächzende Falsettstimme?

„Ach, bist Du schon da? Warte, ich muss nur noch meine Absatzschuhe anziehen und dann komme ich sofort"! Jennifer war zutiefst irritiert und innerlich sprachlos. Sie stand etwas seitlich von der Tür, verhielt sich ganz still und sagte kein Wort. Als Michael dann zaghaft öffnete, sah sie, dass er sich in eine für ihre Begriffe ordinär geschminkte und mit einer Perücke und künstlichem Busen aufgedonnerte *Michaela* in Frauenkleidern verwandelt und sie offenbar überhaupt nicht erwartet hatte – jedenfalls nicht *sie, Jennifer,* und nicht schon *heute!* Mit weit geöffneten Augen sah er sie erschreckt an und stammelte: „Ja, weißt Du, Jennifer, es hat schon eine ganze Weile gedauert, bis ich mein wahres Ich entdeckt habe"!

Jennifer wähnte sich anfangs im falschen Film, ehe sie begriff, in welcher Vorstellung sie sich wirklich befand. Ohne ein Wort zu verlieren, machte sie auf dem Absatz kehrt, musste sich in einem Anfall von Übelkeit krampfhaft am Treppengeländer festhalten und irrte eine Zeit lang fassungslos durch die Straßen – heim zu ihren Eltern. Glücklicherweise war sie auch heute nicht geschminkt; denn sonst hätten ihre heißen Tränen der Wut, der Enttäuschung und der empfundenen Demütigung aus ihrem hübschen Gesicht schnell ein abstraktes Gemälde gemacht! Sie fühlte sich auf schreckliche Weise verraten und um ihre Hoffnungen betrogen. Ohne vorherige Ankündigung hatte Michael sozusagen die für Beide gültig geglaubten Geschäftsbedingungen einseitig aufgehoben. Vielleicht hatte aber auch das Schicksal nur rechtzeitig die Reißleine gezogen!

11

Jennifers Stimmung beim diesjährigen häuslichen Weihnachtsfest war sehr gedämpft, auch wenn ihre Eltern und ihre ganze Familie sich redlich mühten um sie aufzuheitern und ihr Mitgefühl nur sehr dezent zeigten.
Michael war also Transvestit! Oder war er gar transsexuell?
Das war zwar nichts Kriminelles, ihr aber erschien es abartig und nicht hinnehmbar! Mit ihm würde sie nun nicht mehr gemeinsam alt werden wollen! Wie sehr würden ihre gemeinsamen Kinder darunter leiden, wenn ihr Vater nicht wüsste, wo er hingehört?

Ihr Assistenzjahr in Plymouth hatte mit Schwung und fröhlich in Dur begonnen, aber es würde sich nun hinschleppen und am Ende gedämpft in Moll ausklingen.

Alles, was ich in unserer Beziehung gesagt und getan, erlebt und erhofft habe, war meinerseits tief empfunden, sagte sich Jennifer, *doch nichts wird je wieder so sein können wie früher – jetzt, nach dem, was Martin gesagt und getan und mir damit zugemutet hat! Ich fühle mich unglaublich verraten und verletzt und beschämt – aber ich verspreche mir hier und heute feierlich, dass ich mir mein Selbstbewusstsein nicht nehmen lassen werde. Nein, ich lasse mich nicht unterkriegen! Und ich werde.., und ich werde…*
An dieser Stelle versagte ihre innere Stimme und sie schluchzte sich ihren tiefen Schmerz mit bitteren Tränen von der Seele.

Sie würde die Restzeit ihres Assistenzjahres in Plymouth schon noch überstehen! Sie würde nur noch manchmal weinen und in Sachen Liebe eine Auszeit nehmen. Mindestens ein Jahr oder, wenn nötig, noch mehr – oder für immer? Männer! Irgendwann musste sie unbedingt zu ihrer Tante *Lena Bergström* nach Hannover fahren; denn Lena würde sie in die Arme nehmen und nicht viele Worte machen. *Such is Life,* würde sie sagen, – *so ist das Leben nun einmal und es geht immer vorwärts.* In dieser Weise würde sie den Tatbestand vermutlich mit stoischer Ruhe gelassen bewerten, in der traurigen Situation immer noch Trost wissen und Jennifer liebevoll an sich drücken.

*

Nachdem ihr Assistenzjahr beendet war, hatte sich Jennifer zu ihrer letzten Teilprüfung beim Prüfungsamt angemeldet. Sie hatte bei ihrer Abreise aus Berlin Fachliteratur zur Vorbereitung der Allgemeinen Pädagogischen Prüfung zur Genüge eingesteckt, diese aber in Plymouth nur mehr oder weniger halbherzig studiert. Sie war ständig müde und ohne Antrieb. Sie konnte noch so lange schlafen und fühlte sich in ihrer Niedergeschlagenheit trotzdem ausgelaugt und nicht erholt!
Oft schreckte sie nachts hoch, lag dann lange wach und grübelte. Es war so schwer, sich tagsüber zu konzentrieren und nicht dauernd an die Schmach denken zu müssen, die ihr Michael angetan hatte! Ihre Beziehung war zwar all die Jahre nicht besonders eng gewesen, aber Jennifer hatte sich immerhin Hoffnungen gemacht, dass es eines Tages

bei ihm funken würde. Es war gar nicht so einfach, den richtigen Partner zu finden; denn Traumprinzen begegnete man nicht alle Tage!

Als Jennifer dann im Sommer zu ihrer letzten Teilprüfung antrat, war sie am Ende zwar fachlich einigermaßen vorbereitet, aber sie hatte den Blick für den tieferen Sinn von allem aus den Augen verloren. Sie war ernst geworden und wirkte depressiv. Nie zuvor hätte sie geglaubt, dass eine zerbrochene Freundschaft und zerstörte Illusionen sie einmal derart aus der Bahn werfen würden. Es sagte sich immer so leicht, dass man Vergangenes nicht ändern könne, ja, dass man es loslassen und vergessen solle!

Am Prüfungstag war sie überhaupt nicht in Form und als sie gefragt wurde, ob sie sich gesund und prüfungsfähig fühle, hätte sie ehrlicherweise mit *Nein* antworten sollen. Ohne ärztliches Attest wäre dies jedoch schwierig gewesen. Die Prüfung hätte vermutlich als *nicht bestanden* gegolten. Daher stellte sie sich tapfer der Herausforderung und musste zugeben, dass es ihre beiden Prüfer wirklich gut mit ihr meinten. Wenn da nur nicht jener unausstehliche Prüfungsvorsitzende gewesen wäre, dieser hagere ernste Typ, der ihr nicht gewogen schien, der wichtigtuerisch in seinen Papieren kramte und eine Eiseskälte im Raum verbreitete, dass sie zu frösteln begann. Ihr Prüfungsergebnis wäre – streng genommen – zwar noch knapp *ausreichend* gewesen, aber das genügte eben nicht. Sie war durchgefallen!

Jennifer wollte danach alles hinwerfen und sich beruflich völlig neu orientieren. Sie hatte jedoch nicht mit Christine Koch gerechnet, die mit Jennifers Bruder *Sven* befreundet war, der sich zurzeit für ein Jahr in den USA aufhielt.
„Jenny, Du meine Güte! Du hast enorm viel Zeit in Dein Studium investiert und Deine beiden Fachprüfungen wirklich gut bestanden. Du kannst etwas"! Christine versuchte sie zu bekehren. „All die Jahre Deines Lebens und Dein aufwendiges Studium können doch nicht umsonst gewesen sein! Als Deine Freundin werde ich die Wiederholungsprüfung gemeinsam mit Dir vorbereiten. Du musst nur an Dich glauben und Du wirst es schaffen! Zeig's ihnen"!
„Aber wenn mir wieder dieser unangenehme Prüfungsvorsitzende vom letzten Mal über den Weg läuft"? wandte Jennifer zaghaft ein. „ Der wird

mich doch wieder erkennen und ich werde schon aus purer Angst vor ihm weiche Knie bekommen und versagen".

Christine überlegte eine Weile und sagte dann voller Zuversicht: „Ich glaube, ich weiß eine Lösung, die niemandem wehtun wird. Ich werde jemanden aufsuchen, mit dem ich reden kann. Ich möchte darüber jetzt noch nicht sprechen, aber, bitte, vertraue mir und lass es mich wenigstens versuchen. Ich habe das Gefühl, dass es mir gelingen wird. Warte ab! Alles wird gut"!
Jennifer wollte Näheres von ihr erfahren, aber Christine sagte ihr, dass dies fortan eine geheime Kommandosache sei!

Dieses Gespräch letzten Sommer mit Christine hatte Jennifer neuen Mut eingeflößt, aber sie wollte sich für den nächsten Prüfungsversuch bis zum folgenden Frühjahr Zeit lassen und einstweilen die ihr an der Universität angebotene und leidlich bezahlte Stelle als studentische Hilfskraft annehmen.

Christine selbst hatte nun die Schlussphase ihres Vorbereitungsdienstes vor sich und ließ keinen Zweifel daran, dass ihr der Unterricht an ihrer Stammschule großen Spaß mache. Die meisten Schüler wollten doch tatsächlich etwas lernen und die Kollegen waren stets kooperativ und hilfsbereit. Jennifer musste sich eingestehen, dass Christine wirklich sehr patent war und dass sich Sven glücklich schätzen konnte, sie zur Freundin zu haben. Zwar mussten sie sich im Moment mit einer Fernbeziehung begnügen, aber sie meinten beide, dass Liebe eine Entscheidung von Herz *und* Verstand sei. Ihre Trennung würde bald zu Ende und schnell vergessen sein!
Als Jennifers Tante Lena aus Hannover neulich zu Besuch in Berlin war, hatte sie Christine im Hause der Lunds endlich kennen gelernt. Die beiden Frauen verstanden sich trotz ihres Altersunterschiedes auf Anhieb, führten lange Gespräche und kicherten immer wieder wie Backfische.
Ach, Christine musste man mögen! Und Lena erst! Die war eine liebenswerte Tante, gerade wie aus der Puppenstube!

Mehrere Monate waren vergangen und der nächste Frühling war gekommen. Lena Bergström hatte ihre Nichte Jennifer nach Hannover eingeladen. Einfach so! Sicherlich würde sich Jennifer für das Thema der anstehenden Fortbildungsveranstaltung interessieren; denn noch hatte sie ihr Berufsziel hoffentlich nicht aufgegeben, auch wenn sie letztes Jahr ihre abschließende Examensprüfung in den Sand gesetzt hatte. Lena jedenfalls würde alles tun, um sie davon zu überzeugen, dass es sich nicht lohne, die Flinte vorzeitig ins Korn zu werfen. Sie war für ihre Nichte schon immer eine Anlaufstelle gewesen, wenn Jennifer Kummer hatte. Einar und Antje Lund waren zwar vorbildliche Eltern und hatten geradezu einen siebenten Sinn für die inneren Nöte ihrer Kinder; aber im Grunde war die familiäre Bindung zwischen ihnen allen so eng, dass sehr schnell starke Emotionen hochkamen, die manchmal die Gesprächsatmosphäre belasteten. Lena hingegen wohnte ziemlich weit weg und sie sah manche Probleme ihrer Familie in Berlin sozusagen wie durch ein Fernrohr, gefiltert und mit eher nüchternem Blick. Sie mochte Jennifer wegen deren geradliniger Art und genoss ihre Rolle als deren Vertraute.

Lena war Organisatorin einer pädagogischen Frühjahrstagung und Christine Koch wusste davon. Christine hatte ihr für diese Veranstaltung als Referenten einen relativ jungen Kollegen aus Berlin empfohlen. Seltsam! Und sie hatte Lena außerdem auf die Idee gebracht, gleichzeitig Jennifer zu sich nach Hannover einzuladen. Ihre Nichte könnte ihr doch zur Hand gehen und im Hintergrund ein kleines Büffet vorbereiten. Merkwürdig!

Lena hatte ihn, den ihr empfohlenen Kollegen, angerufen und gefragt, ob er bereit sei, über das Thema *Ängste in der Schule* zu referieren. Seine Stimme klang am Telefon besonnen und freundlich und was er sagte, wirkte kompetent Er hatte ohne Umschweife zugesagt und dabei erfreulicherweise überhaupt keine Bedingungen gestellt! Das war äußerst ungewöhnlich; denn viele Einladungen waren schon im Vorfeld der Planungen nicht nur an Terminproblemen der Referenten, sondern vor allem auch an der Honorarfrage gescheitert!

Björn Bergwald, so hatte ihr Christine mitgeteilt, habe trotz seines jugendlichen Alters bereits ein Fachbuch auf den Markt gebracht. Was heißt hier *Markt*? Es habe kaum Käufer gefunden, sei ihrer Meinung nach aber dennoch sehr anschaulich geschrieben und lesenswert. Björn gehöre eben noch nicht zu den Großmeistern der Vermarktung und würde vorerst vermutlich leider unbekannt bleiben! Sie halte ihn aber für völlig uneitel und glaube daher, dass er damit leben könne, sich einstweilen nicht im literarischen Ruhm sonnen zu dürfen.

Lena hätte Christine eigentlich fragen können, *woher* sie ihn denn überhaupt kenne – aber sie hatte da so eine merkwürdige Eingebung und tat es nicht! Sie wusste am Ende selbst nicht so genau, weshalb.

Jennifer hatte Lenas dringliche Einladung nach Hannover bereitwillig angenommen, weil ihr eine kurze Verschnaufpause und neue Eindrücke sicherlich gut täten. Sie sagte im Gesprächsverlauf, sie wäre gern bereit, ihrer Tante bei der Bewirtung der Seminarteilnehmer zu helfen, aber da sie noch längst kein Profi sei, wolle sie sich vom berufserfahrenen Teilnehmerkreis lieber fernhalten.

„Lena, darf ich denn wie immer bei Dir übernachten"? hatte sie am Telefon bescheiden gefragt.

„Eine Nacht nur? Aber natürlich! Es ist jammerschade, dass Du nicht mehr Zeit hast für Deine alte Tante", hatte Lena geschmollt.

Jennifer schien gut aufgelegt: „Erstens wirkst Du viel jünger als Du bist. Nenne Dich also nicht meine *alte Tante*! Zweitens sitze ich mitten in den Prüfungsvorbereitungen. Es ist mein zweiter und leider auch letzter Versuch! Eigentlich habe ich gar keine Zeit, aber Christine hat gedroht, mir die Freundschaft aufzukündigen, wenn ich nicht endlich eine Lernpause einlege. Außerdem glaubt sie, dass man seine eigene Angst nur überwinden könne, wenn man ihr ins Auge sehe. Sie weiß, dass mir ein wenig mulmig zumute ist. Ich verspreche Dir aber, dass ich bei meinem nächsten Besuch mehr Zeit für Dich mitbringen werde, Lena. Ehrenwort"!

Lena versuchte ihre Nichte zu verstehen, wenn auch schweren Herzens.

So stand Lena wieder einmal treu auf dem angezeigten Bahnsteig des Hauptbahnhofes Hannover, als der Zug aus Berlin einfuhr. Lena war eine schlanke und hochgewachsene Frau jenseits der sechzig, inzwischen mit silbrigem Kurzhaarschnitt und gütigen Augen, Augen, die eine große Wachheit verrieten. Sie trug eine lange elegante dunkle Hose, Schuhe mit niedrigen Absätzen und über ihrer hellen Bluse eine praktische beigefarbene Weste mit ungewöhnlich vielen Taschen, in denen sie jede Menge Dokumente und wichtige Utensilien verstauen konnte. Sie hatte sich offensichtlich in die Herrenabteilung eines Bekleidungsgeschäftes verirrt. Körperlich war sie gut durchtrainiert und hatte nach dem Tode ihres Mannes mehrere Abenteuerreisen durch Afrika, Asien und Südamerika unternommen. Von dort hatte sie spannendes Filmmaterial über Land und Leute und Tiere in freier Wildbahn mitgebracht, das sie zu Dokumentarfilmen verarbeitete. Diese Filme waren sehr beliebt, weil neben ihrem reinen Unterhaltungs- und Informationswert Lenas Kommentare geschätzt wurden, an denen sie jedes Mal lange gefeilt hatte, – und natürlich ihre sinnliche Stimme, die fast ein wenig sexy klang! Sehr viel Aufmerksamkeit schenkte sie jedes Mal der Auswahl passender Hintergrundmusik. Natürlich lag es bei diesem Hobby nahe, dass Lena in Hannover den Entschluss fasste, aktives Mitglied der geographischen Gesellschaft zu werden, einer Gesellschaft, die gern über den Tellerrand blickte und sich ab und an – so wie diesmal – auch mit politischen, pädagogischen oder psychologischen Themen befasste. Schnell wurde sie dort mit organisatorischen Aufgaben betreut, die sie gern und gekonnt wahrnahm.

Jennifer hatte zu Hause ihre wichtigsten Siebensachen in einer bequemen Umhängetasche verstaut, die sie nun kurz auf dem Bahnsteig abstellte um ihrer Tante unbeschwert einige Schritte entgegenzugehen und sie herzlich zu umarmen. Lena drückte Jennifer fest an sich und strich mit ihrer Hand liebevoll über ihr Haar – genau so, wie sie es schon immer getan hatte, auch als ihre Nichte noch ein kleines Mädchen war. Jennifer empfand das Verhältnis zu ihren eigenen Eltern zwar als sehr innig und vertrauensvoll, aber hier in Hannover bei ihrer Tante fühlte sie sich auf neutralem Boden. Wenn sie ausnahmsweise einmal Kummer hatte, dann war sie hier viel eher bereit, sich von ihrem seelischen Ballast zu befreien.

„Jenny, was hältst Du davon, wenn wir eine kleine Spritztour nach Herrenhausen unternehmen und dort eine kurze Runde spazieren gehen, bevor wir dann gemütlich einkehren"?
„Lena, wie sehr ich mir das gewünscht habe! Kannst Du etwa meine Gedanken lesen? Ich habe zwar großen Appetit, aber ein wenig halte ich es noch aus"!
„Weißt Du, Liebes, ich bin heute einfach noch nicht dazu gekommen zu kochen und wir müssten wohl den Pizzadienst nach Hause bemühen", entschuldigte sich Lena und schmunzelte.

Es war zwar inzwischen weit über ein Jahr ins Land gegangen, aber als das Gespräch ganz beiläufig auf Jennifers geplatzte Beziehung zu Michael kam, da wurde Lena klar, dass Jennys seelische Wunden immer noch frisch und längst nicht vernarbt waren. Lena dachte bei sich, dass es ihre Nichte überhaupt nicht verdient hatte, dass ihr wehgetan worden war und dass sie bei ihrer Empfindsamkeit gleichzeitig wie ein schutzloser Mensch wirkte, den man einfach nicht verletzen *durfte*. In ihrem künftigen Beruf würde sie sich allerdings noch einen Panzer anlegen müssen, der ihr Halt gab.

„Und nun irrst Du im Labyrinth Deiner Gefühle herum"? wollte Lena von ihr wissen.
„Ach, Lena, vielleicht war es gar nicht so sehr Michael selbst, den ich geliebt habe, sondern lediglich das Wunschbild, das ich mir von ihm gemacht hatte. Ich glaube, ich habe nur *das* an ihm gesehen, was ich sehen wollte. Ist es nicht immer so, dass wir an anderen Menschen genau das sehen, was wir unbedingt sehen wollen"?
Lena hatte sie verstanden und sagte:
„Und nun weißt Du, dass das, was Du zu sehen glaubtest, kein Abbild der Wirklichkeit war und dass das, was geschehen ist, sich nicht umkehren lässt und es kein Zurück gibt – stimmt's"?
Mit nachdenklichem Blick erklärte Jennifer: „Nein, nichts wäre mehr so wie früher. Ich war immer ehrlich zu ihm und ich habe ihm vertraut – wahrscheinlich naiv und blindlings! Ich hatte so sehr gehofft, dass er unsterblich in mich verliebt sei! Sicherlich habe ich mir da etwas

vorgemacht; denn ich habe ihn im eigentlichen Sinne gar nicht für mich gewinnen können und das hängt nicht nur damit zusammen, dass unsere Freundschaft im letzten Jahr zu einer Fernbeziehung geworden war".

An dieser Stelle hakte Lena ein: „Jenny, Du sprichst von *Freundschaft*. Ich frage mich, ob denn diese Art von Freundschaft genau das gewesen war, nach dem Du gesucht hattest. War dies bereits die Erfüllung Deiner Träume oder war es nicht ein wenig mehr, was Du wolltest? Eine Beziehung zwischen Mann und Frau kann sich doch nicht in einer Freundschaft erschöpfen"!

Nach einer kurzen Pause setzte Lena ihre Gedanken fort: „Was ist Dir geschehen? Du hast jemanden verloren und Du wirst am Ende jemanden gewinnen! Überlege doch einmal! Vor welchen unlösbaren Herausforderungen hätte denn Michael bei seinen Neigungen am Ende vermutlich gestanden, wenn aus dieser Freundschaft mehr geworden wäre?
Wo wärst Du da hineingeraten und wann wäre diese Beziehung an ihre Grenzen gestoßen und gescheitert? Wie hätte wohl *dann* das Ende ausgesehen"?

Jennifer dachte nach: „Vermutlich hätte er unter großen inneren Spannungen gelitten; denn er hätte sein wahres Ich ständig vor mir verbergen müssen. Er hätte sich verstellen müssen und jede Menge Heimlichkeiten vor mir gehabt. Vielleicht hätte er mich am Ende verabscheut, weil er immer das Gesicht und den schönen Schein hätte wahren müssen. Wie sehr hätte ihn sein schlechtes Gewissen geplagt"!

Lena blieb einen Augenblick lang stehen und sah Jennifer eindringlich an: "Jenny, Du hast das Wort *müssen* soeben mehrmals hintereinander verwendet. Ist Dir das aufgefallen? Ich glaube, Du hast Recht. Michael hätte vermutlich auf Dauer unter dem Zwang der Verstellung gelebt und diesen Zustand als Einengung seiner selbst empfunden. Vielleicht hätte er darunter gelitten und wäre am Ende krank oder aggressiv geworden".

„Lena, müssen Menschen denn immer so bleiben, wie sie einmal sind? Gibt es da keine Hoffnung auf Veränderung"?

„Das hängt davon ab, wie gravierend ihre Neigungen oder Eigenarten sind. Jenny, als ich Deinen Onkel kennen gelernt habe, da war es Liebe auf den ersten Blick. Am Anfang waren wir unsterblich ineinander verliebt, obwohl wir in punkto Wesensart und Temperament sehr unterschiedlich waren. Stell Dir vor – da lernt eine Achtzehnjährige einen jungen Mann kennen, der vier Jahre älter ist als sie. Sie haben ganz verschiedene Talente und Interessen und sind durch ihre Elternhäuser sehr unterschiedlich geprägt. Nach fünf Jahren heiraten sie und wissen ganz genau, dass der Erfolg ihrer Partnerschaft nicht zu garantieren ist. Er kann es auch gar nicht anders sein, weil sie sich Beide mit Sicherheit verändern werden und weil sie nicht wissen, in welche Richtung und ob es ihnen gelingen wird, sich genügend anzupassen, einander zu tolerieren und ihre Verliebtheit in dauerhafte Liebe zu verwandeln.

Frag mich bitte nicht, was *Liebe* ist. *Ich liebe Dich* – dieser Satz kann zum abgegriffenen Klischee werden, wenn er vorschnell ausgesprochen wird. Liebe braucht Zeit und Geduld. Liebe muss warten können.

Lässt sich Liebe in ihrer Tiefe und Weite messen? Wenn ja, wie denn? Sicherlich schwankt sie an Intensität und nie dürfte sie bei beiden Partnern gleich stark sein!

Dein Onkel und ich, wir haben uns in all den Jahrzehnten nacheinander gesehnt, wenn wir uns für eine Weile trennen mussten. Es ging mir nur gut, wenn es meinem Mann gut ging und umgekehrt. Wir haben uns erbärmlich gestritten, aber am Ende stets versöhnt. Die berühmte gemeinsame Interessengemeinschaft war bei uns merkwürdigerweise gar nicht so nennenswert groß; aber wir haben aneinander Anteil genommen und uns gegenseitig viel Freiheit gelassen. Wir konnten diese Freiheit sehr großzügig bemessen, weil unser Grundvertrauen zueinander unerschütterlich war und weil wir verspürten, dass wir uns auf einander verlassen konnten". Lena seufzte leise und flüsterte: „Ein Glücksfall. Wir hätten natürlich auch scheitern können".

Jennifer überlegte: „Vielleicht seid ihr deshalb nicht gescheitert, weil ihr gemeinsame Wünsche und Träume und Ideale hattet".

„Da stimme ich Dir zu. Sicherlich geht es nicht ohne gemeinsame Werte und Zielvorstellungen", räumte Lena ein, „aber wer sagt denn, welche dieser Ziele erreichbar sind? Sie wären doch nur erreichbar, wenn der Weg dorthin völlig geradlinig verläuft, auf keine Widerstände stößt und sich jegliches Scheitern ausschließen lassen würde. Ziele sind doch nicht mehr als reines Wunschdenken. Absichtserklärungen. Ein

Augenblick genügt, um Dich aus der Bahn zu werfen! Das kann eine ärztliche Diagnose sein oder ein Unfall oder die Unerfüllbarkeit Deiner Wünsche, unerfüllbar, weil sie sich an der Wirklichkeit nicht messen lassen können. Weißt Du, wann immer ich in meinem Leben auf ein unüberwindbares Hindernis gestoßen bin, musste ich Umwege gehen oder meine Ziele neu definieren. Natürlich brauchen wir Ziele, aber wir dürfen ein Scheitern niemals ausschließen. Je weiter unsere Ziele gesteckt sind, desto größer ist wohl auch das Risiko des Scheiterns. Leben ist kaum planbar; es findet einfach statt – mal mit und mal ohne unser Einwirken"!

„Lena, dann war Euer Leben ja vermutlich viel komplizierter, als Ihr am Anfang gedacht hattet", mutmaßte Jennifer.

„Stimmt, Jenny. Es war zu keiner Zeit so ganz vorhersehbar und barg unergründliche Geheimnisse in sich. Auch Enttäuschungen. Auch Niederlagen"!

Als Jennifer ihre Tante ansah, entdeckte sie trotz ihres Eingeständnisses ein vergnügtes Lächeln auf ihrem Gesicht. Lena war mit sich selbst offenbar im Reinen!

14

Als sie im Restaurant unterm Sonnenschirm am Tisch saßen und ihre Bestellungen aufgegeben hatten, nahm Lena Jennifers Frage noch einmal auf:

"Du wolltest vorhin von mir wissen, ob Menschen denn immer so blieben, wie sie nun einmal seien. Ich bin zwar nicht sicher, ob ich Dir darauf schon eine klare Antwort gegeben habe – aber wie siehst *Du* es denn"?

Jennifer überlegte einen Augenblick:

„Ich denke, wir verändern uns in dem Maße, wie sich unser Körper, unser Geist und unsere Seele verändern. Du kennst mich ja seit meiner Geburt, Lena. Mit acht war ich in meinem Wesen sicherlich anders als mit achtzehn und mittlerweile bin ich noch einmal zehn Jahre älter! Bin ich etwa immer noch so klein und naiv wie in meiner Kindheit oder so unausstehlich wie in meiner Pubertät"?

Lena musste unwillkürlich lachen.

„Als Du klein warst, habe ich Jahr für Jahr Deine Körpergröße auf der Tapete neben meiner Schlafzimmertür markiert. Wir waren damals über jeden Zentimeter stolz, den Du gewachsen warst. Hast Du später nicht auch vor dem Spiegel gestanden und die Veränderungen an Deinem Körper beobachtet?"

Nun musste Jennifer kichern.

„Lena, Ich bin ja so schrecklich eitel! Das tue ich auch heute noch! Aber wenn ich meine Tagebücher von früher lese, dann bin ich erstaunt, weil ich heute in vielem so völlig anders denke und meine Empfindungen von damals oft kaum noch verstehe. Manchmal würde ich manche Passagen am liebsten neu schreiben, weil sie mir stellenweise peinlich sind. Sie sind so schrecklich gefühlsbetont und oft kein bisschen sachlich. Richtig unfertig!"

„Andererseits sind sie ein Stück von Dir und wirklich authentisch", gab Lena zu bedenken. „Dein Abstand zu Dir selbst zeigt, dass Du eben reifer geworden bist".

„Schön wäre es ja", seufzte Jennifer.

Lena unternahm den Versuch, Jennifers Selbstvertrauen zu bestärken:

„Jenny, Du hast in der Schule und während des Studiums viel gepaukt. Du hast es gelernt, im täglichen Leben mit unterschiedlichsten Herausforderungen umzugehen. Dein Wissen und Deine Erfahrung haben Dir Maßstäbe an die Hand gegeben, bestimmte Dinge heute viel ausgewogener zu beurteilen als damals".

„Lena, ich hatte aber auch manche Vorbilder, die ich nachahmen und denen ich gleich sein wollte – jedenfalls immer so lange, bis ich ihre Schwächen durchschaut hatte. Manchmal waren es wirkliche Menschen, manchmal auch nur Film- oder Romanhelden.

Als ich zum Konfirmandenunterricht ging, musste jeder von uns einen Tag lang mit dem Rollstuhl unterwegs sein. Ich bin unserm Pfarrer und seinen Teamern noch heute dankbar, weil ich auf diese Weise für die Nöte sensibilisiert worden bin, denen Menschen mit bestimmten Behinderungen ausgesetzt sind. Diese Erfahrungen haben mich ganz gewiss in meinem Denken und Fühlen verändert. Ich weiß inzwischen, was diese Menschen brauchen und was sie in ihrem Leben einschränkt. Ich weiß es nun aus eigener Erfahrung.

Ich habe es gelernt, Fragen zu stellen und Antworten zu suchen. Ich glaube, solange wir in vielem dazulernen und in Ruhe darüber nachdenken, was wir als nächstes tun sollten, haben wir die Chance, uns Tag für Tag zu verändern".

Jennifer sah Lena an, als wolle sie sie um Entschuldigung bitten.
„Bitte sag mir, wenn ich zu viel rede".
„Jennifer, ich höre Dir gern zu. Schließlich habe ich Dich ja zum Gespräch herausgefordert"!
Jennifer hatte sich tatsächlich in Fahrt geredet:
„Als Konfirmanden mussten wir regelmäßig zur Kirche gehen. Woche für Woche bemühte ich mich, möglichst keine Fehler zu machen, wenigstens diesmal nicht, und war dann am darauf folgenden Sonntag schrecklich enttäuscht, wenn ich schon wieder einmal in allgemeiner Form meine Sünden bekennen sollte. Wieso denn nur? Ich hatte mir doch *solche* Mühe gegeben, diesmal wirklich *nichts* Falsches zu tun und niemandem zu schaden! Aber meine besten Absichten schienen jedes Mal erfolglos zu sein. Immer drohte da jemand mit erhobenem Zeigefinger. Ewig Reue zeigen, sich seine Sünden vergeben lassen müssen und versprechen, sich zum Guten hin zu verändern – das kann ganz schön nerven"!
„Weißt Du, manchmal bin ich ganz erleichtert, wenn mir jemand meine von mir unbemerkten Fehler verzeiht, weil ich mich dann von einer Last befreit fühle, die ich lange mit mir herumgeschleppt habe und mit der ich alleine nicht fertig werde", gab Lena zu bedenken.
„Gut – ich bin ja bereit, an mir zu arbeiten und mich zu bessern", gestand Jennifer ein. "Das setzt allerdings voraus, dass wir uns tatsächlich ändern *können* und *müssen*. Meine Zeugnisköpfe zum Beispiel waren immer die Quittung für mein vorheriges Verhalten, aber ich habe sie oft auch so verstanden, dass sie mir zeigen wollten, wo es künftig lang gehen sollte.
Lena, ich habe mich doch verändert – oder? Bitte, sag jetzt nicht *Nein*"!
„Niemals, Jenny"!
Jennifer fuhr fort:
„Wenn ich über Deine Frage nachdenke, so kommt dabei am Ende heraus, dass wir uns einerseits gleich bleiben und andererseits jeden Tag die Chance zur Veränderung haben. Manchmal merken wir es selbst, dass wir uns verändert haben, manchmal nehmen es nur die Anderen wahr".

Welch eine kluge junge Frau, dachte Lena bei sich und war von ihrer Nichte sichtlich eingenommen.

„Ich habe Dir aufmerksam zugehört", bestätigte Lena. „Du begegnest mir heute wieder einmal als eine heitere und nachdenkliche junge Frau. Schon als Mädchen warst Du ein ausgesprochen fröhliches und ausgelassenes Kind, immer geradeaus und direkt. Du hast ehrlich gesagt, was Du empfunden hast und niemals ein Blatt vor den Mund genommen. Du warst unverstellt, wie es eben nur Kinder sind! Du warst außerdem mutig und tapfer. Du hast zum Beispiel sehr früh schwimmen gelernt und hattest keine Angst vor tiefem Wasser. Wie gern bist Du auf Bäume gestiegen und es war oft schwer, Dich von da oben wieder herunterzulocken. Gern hast Du mit den Jungen in Eurer Nachbarschaft gespielt. Jungen waren Dir als Spielkameraden übrigens meistens viel lieber als Mädchen!

Natürlich hast Du inzwischen gelernt, in welchen Situationen Du eher diplomatisch zu sein hast, Dich zurückhalten und Kompromisse eingehen musst. Du bist glücklicherweise nicht nur einfach älter, sondern auch reifer geworden. Punkt".

Jennifer tat diese lobende Einschätzung ihrer Tante gut – sagenhaft gut! Nach einer Weile überkamen Lena weitere Erinnerungen:

„Manchmal durfte ich mit Dir auf der Plattform vor dem großen Baumhaus sitzen und war sehr stolz darauf, dass Du Dich Deiner alten Tante nie geschämt hast".

Jennifer fiel ihr ins Wort:

„Lena, *nie* hätte ich mich Deinetwegen geschämt! Du warst schließlich meine Vertraute und ich hatte keine Geheimnisse vor Dir – oder zumindest kaum welche"!

Nach einer Weile fragte Jennifer alarmiert:

„Glaubst Du, dass mir meine künftigen Schüler ähnliche Grundsatzfragen nach dem Leben stellen werden?"

„Wenn sie erst einmal Vertrauen zu Dir gefasst haben, Jenny, dann werden sie Dir jede Menge Fragen stellen. Fragen, die mit dem vielen und zuweilen leider auch trägen Wissen Deiner Unterrichtsfächer so gut wie gar nichts zu tun haben! Sie werden zu tun haben mit ihrem wirklichen Leben und ihren persönlichen Nöten. Junge Menschen sind auf der Suche nach Antworten auf alles Mögliche! Sie suchen Leuchttürme. Ein festes Geländer. Die blaue Blume. Den reinen Ton. Nenne es, wie Du willst! Sie sorgen sich um die Zukunft! Sie verspüren

Ängste und manchmal finden sie sich selbst und die ganze Welt scheußlich und zum Fürchten!
Wie alle Menschen sehnen auch sie sich nach Liebe und Geborgenheit!
Du wirst ihren Fragen nicht ausweichen können, selbst wenn Du meistens keine Antworten weißt. Sie werden dankbar spüren, dass Du ihnen zuhörst und ihren Kummer verstehst. Sie werden plötzlich viel lieber bei Dir Unterricht haben als vorher und bereitwillig von Dir lernen wollen, weil Du Interesse an ihnen gezeigt und sie an die Hand genommen hast. Eure Gespräche werden Spuren hinterlassen und Veränderungen bewirken, da bin ich sicher"!

Sowohl Lena als auch Jennifer gönnten sich eine gedankliche Atempause und es machte ihnen Beiden eine ganze Weile lang überhaupt nichts aus, ausnahmsweise einfach nur zu schweigen.

Nach einiger Zeit sagte Lena zögernd:

„Du hast vermutlich Recht. Sicherlich sind Veränderungen menschlicher Verhaltensweisen, zumindest in Teilbereichen, möglich und nötig; aber es scheint dabei Grenzen zu geben. Das betrifft vor allem unsere Neigungen und Veranlagungen, sowohl im Positiven als auch im Negativen".
Lena sah nachdenklich vor sich hin und fügte hinzu: „Dies sind vermutlich die berühmten Eigenschaften, die wir an uns nur ändern könnten, wenn es uns gelänge, über unsern eigenen Schatten zu springen"!

Jennifer stocherte nachdenklich in ihrem Kaffee herum und nahm ihren vorherigen Gedanken noch einmal auf:
„Ich hoffe, dass meine Schüler später im Unterricht möglichst viel bei mir lernen. Natürlich möchte ich sie auch emotional ansprechen und ihnen ein Vorbild sein. Ich werde versuchen, ständig an mir selbst zu arbeiten. Aber ich möchte mich dabei nicht jeden Tag neu erfinden und verbiegen müssen"!

„Ich habe in dieser Beziehung keine großen Sorgen um Dich", sagte Lena mit Entschiedenheit, „weil Du von zu Hause ein festes Fundament mitbekommen hast.

Ich habe Antje und Einar als Deine Eltern immer sehr geschätzt und bewundert. Sie haben auch Dich sehr frei erzogen, haben Deinetwegen nie Ängste gezeigt und Dir viel zugetraut. Ich rede hier ausnahmsweise nur von *Dir*! Sie haben Dir einfach vertraut und Dir jede Menge Freiheiten gelassen, Freiheiten, die für Deine Entwicklung sehr wichtig waren. Klar, sie haben Dich unmerklich geführt und sie haben sich um Dich gesorgt, aber hat es jemals Vorschriften ihrerseits gegeben, die Dich eingeengt hätten oder die Dir sinnlos erschienen wären? Immer haben sie Dir ihre Entscheidungen begründet und erklärt. Manchmal habt Ihr sicherlich auch Kompromisse geschlossen. Aber – haben sie Dein Leben je geplant und Dich mit Pflichten belastet, die nicht nötig gewesen wären? Sie waren außerdem immer großzügig – oder? Hätten sie von Dir je mehr verlangt als von sich selbst?

Entschuldige, ich komme mir vor wie eine Anwältin, die hier ungefragt ein Plädoyer hält; aber ich möchte Deine Eltern einfach als Beispiel dafür anführen, dass sich Menschen in ihrem Rollenverständnis durchaus gleich bleiben können".

Lena hielt einen Augenblick inne, bevor sie fortfuhr:

„Noch etwas. Sie waren stolz auf Dich und wollten niemals Reibungspunkte schaffen, wo keine nötig waren. Sie haben sich mit Dir über Deine Erfolge gefreut, aber sie taten es immer auf eine ganz bescheidene und stille Weise. Sie waren stolz auf Dich, ohne mit Dir zu prahlen. Sie haben mit Dir gelitten, wenn Du traurig warst und haben Deinen Schmerz gemeinsam mit Dir ausgehalten. Sie waren einfach da! Und Du wolltest sie nie enttäuschen! Sicherlich haben sie manchmal im Stillen geseufzt und Du hast es vielleicht gespürt; aber sie haben es, soweit ich beobachten konnte, nach außen kaum gezeigt und sich niemals über Dich beklagt. In ihrer Zuneigung zu Dir haben sie nie nachgelassen. Haben sie eigentlich überhaupt einmal heftig mit Dir gestritten? Natürlich durfte es nicht ausbleiben, dass *Du* Dich später von ihnen innerlich entfernt und mit achtzehn anders verhalten hast als in Deinen Kindertagen – übrigens auch mir gegenüber. Du *musstest* Deine eigenen Wege gehen und Du hattest selbstverständlich ein Recht darauf. Je älter Du wurdest, je mehr hattest Du gelernt, Dich auf Deine Umwelt einzustellen. Scharf zu beobachten. Reaktionen der Anderen im Voraus zu bedenken. Dich in Acht zu nehmen. Abstand zu halten. Behutsam zu sein. Jetzt mit achtundzwanzig hast Du abermals aus Fehlern gelernt und wirst sie wohl kein zweites Mal machen, zumindest nicht dieselben. Es gibt ein Sprichwort, das uns sagt, nur ein *Narr* mache die gleichen Fehler noch einmal".

Jennifer ergriff Lenas Hand. „Lena, danke, dass Du so liebevoll von meinen Eltern gesprochen hast – und auch von mir, danke".

15

Noch immer saßen sie im Restaurant. Lena liebte Berliner Weiße mit einem Schuss Waldmeister. Durch den Strohhalm sog sie das süffige Gebräu ein und Jennifer hatte den Eindruck, als sei Lena beim letzten Schluck noch etwas eingefallen:

„Sicherlich sind wir als Menschen schon recht früh geprägt – einerseits durch unsere Veranlagung und andererseits unter dem Einfluss der Erziehung – vor allem durch unsere Eltern. Mit Sicherheit war Dir Dein musikalisches Talent bereits in die Wiege gelegt. Ich bin davon überzeugt, dass Du immer in der Welt der Musik leben wirst, weil sie Dir vertraut und zur Heimat geworden ist.

Deine Eltern haben Dich erzogen und Dir dabei ihre Haltungen und Werte vermittelt, die nun ein Teil von *Dir* sind und die Du weitergeben wirst. So sind es am Ende neben Begabungen und Talenten auch Haltungen und Werte, die uns prägen und unverlierbar für uns sind".

Lena zögerte ein wenig, bevor sie auf einen weiteren wichtigen Punkt zu sprechen kam:

„Natürlich warst Du verletzt, als Du Dich von Michael verraten fühltest, weil Du mit seinen Neigungen überhaupt nicht gerechnet hattest. Wenn Du jemandem vertraust, dann tust Du es von ganzem Herzen und stellst ihn nicht in Frage. Misstrauen und Liebe vertragen sich nicht gut miteinander. Vermutlich hättest Du Dich nie auf Michael eingelassen, wenn es Dir gelungen wäre, ihn von Anfang an zu durchschauen. Wärst Du vor ihm gewarnt worden, hättest Du diese Warnungen jedoch möglicherweise als unglaubhaft in den Wind geschlagen".

„Michael hat seine Veranlagung wohl erst allmählich erkannt", verteidigte ihn Jennifer, ohne es eigentlich zu wollen.

„Gewiss", räumte Lena ein, „dürfte es schmerzhaft für ihn gewesen sein, als er Stück für Stück sein wahres Ich entdeckte und er wird Angst davor gehabt haben, sich vor allem Dir gegenüber zu offenbaren, weil Du ihm als Freundin vermutlich keineswegs gleichgültig warst und er Dich möglicherweise nicht verlieren wollte. Und *Dir* ist es bestimmt immer noch nicht egal, *wer* er eigentlich ist und *wie* er sich verhält. Schließlich hat er Dir ja viel bedeutet! Deine seelischen Verletzungen sind sehr groß! Dies wiederum hat mit Deinen Haltungen und Werten zu tun und vor allem mit Deiner Achtung vor Dir selbst! Er tut ja im Grunde nichts Strafbares, das weißt Du selbst; aber er hat Dir einen Teil Deiner Träume genommen und Du spürst, dass er sich nie ändern wird – nie ändern *kann* – und dass es für Dich mit ihm zusammen keine Zukunft gibt und keine Perspektive. Auch *er* wird am Ende seine Rechnung zu begleichen haben! Einen Traum begraben zu müssen, das tut verdammt weh und macht einen immer auch misstrauisch".

„Allerdings", gab Jennifer nachdenklich zu, „es war eine traurige Erfahrung, die ich kaum fassen konnte".

„Gewiss"! räumte Lena ein. „Um eigene negative Erfahrungen kommen wir im Laufe unseres Lebens leider nicht herum, so sehr uns unsere Eltern am Anfang auch behütet und geführt haben mögen. Ohne diese Erfahrungen können wir allerdings auch nicht reifen und weise werden und am Ende uns selbst und unser inneres Gleichgewicht finden. Dennoch bin ich fest davon überzeugt, dass Du Dich nicht einigeln, sondern Dein Glück finden wirst".

„Ach, Lena", sagte Jennifer traurig, „ich bin wirklich schrecklich misstrauisch geworden und weiß gar nicht mehr, ob ich überhaupt noch bindungsfähig bin".

Lena horchte auf. „Würdest Du einem geeigneten Partner denn gar keine Chance mehr geben"? wollte sie wissen.

„Gibt es den überhaupt da draußen in der weiten Welt"? fragte Jenny gewollt pathetisch, aber es klang doch zugleich sehr verzweifelt. „Und wie soll ich ihn denn finden"?

„Eure Mutter *hat* irgendwann einmal Euren Vater gefunden und mir ging es nicht anders mit meinem eigenen Mann. Ein wenig habe ich dabei gesucht und ein wenig habe ich mich finden lassen", sagte Lena aufmunternd.

„Hat sich Eure Liebe in den Jahrzehnten Eurer Ehe stark verändert"? wollte Jennifer wissen.

„Natürlich"! antwortete Lena spontan. „Sie ist viel tiefer geworden und sehr verlässlich. Wir spürten Beide, dass wir zusammengehörten und dass keiner ohne den Anderen leben wollte. Zugegeben, das klingt sehr romantisch".

„Allerdings", bestätigte Jennifer, „aber zugleich auch wunderschön. Hat sich denn Dein Mann entscheidend verändert"?

„Ich seinem Wesen und Denken war Dein Onkel sehr liberal in allem und bemühte sich immerfort, Menschen mit ihren kontroversen Standpunkten und Argumentationen zu verstehen. Ich wusste oft nie so genau, wem er innerlich am ehesten Recht gegeben hätte. Er liebte das praktisch Machbare und hing keinen großen Ideen nach. Nie wäre er Anhänger einer radikalen politischen Flügelgruppe geworden! Er war kein Barrikadenkämpfer! Er war ein hilfsbereiter Mensch, der gern anpackte. In seinen christlichen Grundüberzeugungen allerdings war er schwankend – mal so, mal so. Ich glaube, er war sich selbst nicht so sicher, wo er gerade stand. Viele seiner Ansichten galten nicht für ewig, sondern waren veränderlich. Oft sagte er, dass er am Morgen noch nicht wissen könne, wie er über ein und dieselbe Frage am Abend denken würde. Das war natürlich übertrieben; denn er war keineswegs wankelmütig! Aber er hörte nicht auf zu fragen und zu zweifeln. Jeden Tag aufs Neue.

Vertrauten Menschen gegenüber war er aber immer loyal, vor allem mir gegenüber. Du konntest hundertprozentig auf ihn bauen. Er brauchte keine schriftlichen Verträge. Ihm genügten ein Wort und ein Handschlag. Das war bei ihm immer so! In dieser Beziehung hat er sich nie verändert! Ich habe mich bei ihm geborgen gefühlt, weil ich mich auf ihn verlassen konnte. In seiner Gegenwart habe ich es verlernt, übermäßig Angst zu haben. Er war sehr tolerant, aber er vertrug es nicht, provoziert zu werden und konnte dann furchtbar zornig werden und aus der Haut fahren. Wehe, er wurde gekränkt oder tief verletzt! In solchen Fällen konnte er ungemein nachtragend sein – wie ein Elefant, dem ja Dünnhäutigkeit und ein gutes Gedächtnis nachgesagt werden.

Ob *ich* mich selbst in all den Jahren verändert habe, kann ich wirklich nicht sagen. Es ist so schwer, sich selbst einzuschätzen".

An dieser Stelle brach es aus Jenny heraus: „Jedes Mal, wenn ich Euch besuchen durfte, habe ich mich besonders auf *Dich* gefreut, weil Du mich immer gefragt hast, wie ich's gerne hätte. Nicht, dass meine Eltern dies nicht auch getan hätten, aber bei Dir war diese verständnisvolle Haltung besonders ausgeprägt"!

„Jenny, bitte hör auf mich zu loben"! bat ihre Tante inständig, „langsam wird's peinlich für mich". Jennifer aber war so in Fahrt, dass sie einfach fortfuhr:
„Ich durfte bei Dir essen, was *mir* schmeckte; ich durfte dort sein, wo es *mir* gefiel und spielen, womit *ich* wollte. Ich durfte bei Dir immer so sein, wie ich nun einmal war! Nie bist Du mir mit Vorwürfen gekommen! Du warst verständnisvoll und hast mich getröstet, wenn ich geweint habe oder traurig war. Manchmal habe ich gar nicht zugegeben, dass ich mir das Knie aufgeschlagen und Schmerzen hatte. Aber Du hattest es schon längst gesehen und ein Pflaster draufgeklebt. Du hast mich still in den Arm genommen und an Dich gedrückt. Du hast mir zugehört und mich nie mit ungewollten Ratschlägen überschüttet. Du hast mir Mut gemacht! Ich habe viel von Dir gelernt, ohne dass Du mich dabei bevormundet hättest. Ich habe diese Freiheiten hoffentlich nie ausgenutzt! Lena, solltest Du Dich dennoch verändert haben, dann sicherlich nicht zu Deinem Nachteil! Bitte bleibe so, wie Du warst und bist"!

Lena war sichtlich gerührt und sagte:
„Auch ich habe gelernt – besonders von Dir! Du kannst so wunderbar trösten und Mut machen". Nach einer Weile fügte sie hinzu:
„Wenn ich Dir so zuhöre, dann erscheint mir Dein Leben gar nicht mehr wie ein Labyrinth, weil ich sicher bin, dass Du fest auf beiden Füßen stehst, Ziele vor Augen hast und Deinen Weg gehen wirst"!

Seltsam – nach diesem Gespräch mit Lena konnte Jennifer frei und kräftig durchatmen und ein Teil ihrer Ängste war verflogen. Die Zukunft konnte ihr nichts Schlimmes mehr anhaben, weil sie diesmal wachsam sein würde!
Merkwürdig – nach diesem Gespräch mit Jennifer fühlte Lena wiederum eine wunderbare heitere Leichtigkeit in sich aufsteigen. Leider war Jennifer nicht *ihre* Tochter, aber sie fühlte sich ihrer Nichte dermaßen nahe, wie es für einen Menschen überhaupt nur möglich war.

16

Am Freitag nach Schulschluss hatte Björn den ICE von Berlin nach Hannover genommen. Nach einem längeren Spaziergang durch die ihm weithin unbekannte Stadt hatte er im Hotel eingecheckt und das für ihn gebuchte Zimmer bezogen. Er ließ sich zum Abendessen im Hotelrestaurant nieder und verspürte beim Anblick der Speisekarte großen Appetit.

Es war trotz der inzwischen verstrichenen Zeit seit Pias Abtauchen immer noch ungewohnt für ihn, allein am Tisch zu sitzen, allein zu essen, allein zu trinken und auf Pias Gegenwart und ihre gemeinsamen Plaudereien verzichten zu müssen. Zu tief und ehrlich hatte er für sie empfunden! Wem außer ihr hätte er seine Eindrücke überhaupt noch freudig mitteilen können?
Inzwischen war weit mehr als ein Jahr seit ihrer einseitigen Trennung von ihm vergangen, aber er vermisste sie immer noch schmerzhaft. Wie oft ermahnte er sich, dass es nichts bringe, sich mit seinen Erinnerungen und seinem Gefühlsmüll zu quälen! Vorbei sei vorbei! Sein Verstand sagte ihm, dass er sie endlich gedanklich gehen lassen müsse um seinen inneren Frieden zu finden, aber sein Herz hielt immer noch krampfhaft an ihr fest und ließ sie nicht los. Ihm fehlte das, was ihm an ihr so vertraut gewesen war, nämlich ihre liebenswerten Eigenschaften und Gewohnheiten. Natürlich wusste er, dass ihm einzig die Zeit zu genügend Abstand verhelfen würde, aber gemeinsam Erlebtes ließ sich nicht einfach per Mausklick löschen und es gab so viele Eindrücke und Bilder, die ihn wehmütig an sie erinnerten. Ob auch sie noch gelegentlich an ihn und die gelungenen Tage ihrer gemeinsamen Zeit dachte?
Oder ob sie froh war, ihn endlich los zu sein und alle ihre Erinnerungen erfolgreich verdrängt hatte?
Er konnte gar nicht hinsehen, wie sich andere verliebte Pärchen küssten und Hand in Hand anscheinend glücklich ihres Weges gingen; denn Küssen kann man wirklich nicht alleine und Hand in Hand gehen auch nicht. Solche Momente versetzten ihm einen Stich ins Herz, weil sie Erinnerungen in ihm wachriefen, die ihn einfach nur schmerzten. Er fühlte sich immer noch verraten und verletzt und es ließ sich sehr leicht sagen, dass man Verluste und Niederlagen eben sportlich wegstecken müsse – einfach so. Erscheint uns nicht alles Missgeschick gedanklich

nur halb so schlimm, solange es lediglich den Nachbarn trifft? Manchmal zweifelte Björn an sich selbst. Er war doch ein Mann! Wie konnte er sich emotional nur so gehen lassen und so intensiv und lange leiden?

Nach dem Frühstück hatte er seine Sachen zusammengesucht und eingepackt und war zum Kongresszentrum geschlendert, wo er nach einigem Suchen mit Hilfe der ihm zugeschickten schriftlichen Wegbeschreibung schließlich den Tagungsort gefunden hatte. Die Flure und der Raum, den er nun betrat, waren mit graumeliertem Teppichboden ausgelegt. Die großen Fenster hier drinnen ließen viel Licht herein und heute war der Raum durch die von außen einfallenden Sonnenstrahlen vermutlich besonders warm und hell. Als er ihn betrat, erkannte ihn Lena Bergström sofort und begrüßte ihn freundlich und mit festem Händedruck. Aus ihren Augen strahlte eine gewinnende Wärme, die Björn sofort für sie einnahm. Sie fragte ihn, ob er am Vortag eine gute Reise gehabt habe und mit dem Hotel zufrieden gewesen sei. Als er Beides wahrheitsgemäß bejahte, schien sie sichtlich erleichtert und versicherte ihm, wie froh sie sei, ihn als Gastreferenten begrüßen zu dürfen. Er sei ihr empfohlen worden – aber das wisse er ja bereits alles! Gemeinsam traten sie an die Fensterfront und Björn genoss den weiten Blick auf Teile des Messegeländes. Dabei gingen sie kurz das Programm durch. Björn wandte sich schließlich um und begrüßte mit Handschlag die bereits anwesenden und ebenso die hinzukommenden Seminarteilnehmer. Für jeden von ihnen fand er ein kurzes freundliches Wort. Nach und nach nahmen sie Platz und Lena bot Björn einen Stuhl an und zwar in der Mitte der einen Quadratseite mit dem Fenster zu ihrer Rechten. Da sich vor ihm sogar ein kleines eingebautes Mikrofon befand, vermutete er, dass es im Raum auch Lautsprecher zur Verstärkung der Stimme des jeweils Vortragenden gab. Allerdings erschien ihm diese technische Ausstattung heute als überflüssig und geradezu gewöhnungsbedürftig.
Vierundzwanzig Teilnehmer standen auf Lena Bergströms Liste und einige würden wohl noch eintreffen. Sie kamen vorwiegend aus dem Raume Hannover. Die meisten von ihnen waren mittleren Alters, wobei erfreulicherweise beide Geschlechter in ungefähr gleicher Zahl vertreten waren.
An der gegenüberliegenden Wand fiel Björn eine Durchreiche auf, die sich bei Bedarf durch eine Art Jalousie öffnen ließ. Vermutlich führte sie

zu einer Küchenzeile; denn Björn hörte von dort leise Geräusche, so als würde ein kleiner Imbiss für später vorbereitet.

Sicherlich hatten die Teilnehmer einen Tagungsbeitrag zu entrichten gehabt; denn Björn hatte sich um die Bezahlung seiner Fahrscheine und um die Hotelreservierung überhaupt nicht zu kümmern brauchen. Er hätte alle Kosten auch bereitwillig selbst getragen; denn er konnte inzwischen gut auf Nebeneinnahmen verzichten. Es war ihm vielmehr eine willkommene Abwechslung und Herausforderung, hier in Hannover zu sein! Allein das erschien ihm genug!

In ihrer kurzen Einführung lud Lena Björn ein, in den folgenden zweieinhalb Stunden aus seinem Buch als Schwerpunkt das Kapitel über *die Angst* vorzustellen. An die Teilnehmer gewandt, erklärte sie, dass seine Schrift mittlerweile im Buchhandel erhältlich sei.

Björn verstand wirklich nichts von Verkaufsstrategien; denn er hatte in seiner Bescheidenheit lediglich zwei Buchexemplare mitgebracht. Das eine wollte er herumgehen lassen, damit die Seminarteilnehmer darin blättern konnten. Das andere hielt er für seine Besprechung zurück. Es war ihm gar nicht in den Sinn gekommen, einige Exemplare zum Verkauf anzubieten.

Er blickte in die erwartungsvollen und freundlichen Gesichter der Runde und begrüßte die Teilnehmer:

„Ich freue mich, dass Sie gekommen sind und noch viel mehr darüber, dass ich bei Ihnen sein darf.

Ich unterrichte seit einiger Zeit an einem Gymnasium im Südwesten Berlins und ich bin gern dort. Meine Schule ist günstig gelegen, meine Kollegen sind sehr kooperativ und unsere Schüler machen es uns nicht sonderlich schwer.

Bereits während meines Referendariats und auch noch danach drängten sich mir jede Menge Fragen und Themen zur Unterrichtspraxis auf, die ich geklärt wissen wollte – wenigstens vorläufig. Dazu gehörte auch das Thema *Angst.* Kurz vor unserm Schlussexamen fragten wir Referendare unseren Hauptseminarleiter, wie wir in einer völlig unbekannten Situation X reagieren sollten. Ich denke, unsere Frage spiegelte blanke Angst vor dem Ernst des Berufsalltags wider! Wir hatten von ihm eine Faustregel für alle Fälle erwartet! Stattdessen aber sagte er uns lakonisch, dass uns nur die Möglichkeit bliebe, alle Bedingungsfaktoren einer bestimmten Situation klug zu analysieren.

Schüler zu unterrichten ist also oft schwieriger als mit dem Kochbuch zu arbeiten. Ehrlich gesagt, ich habe manchmal wirklich Angst, dass es meinen Gästen bei mir zuhause genauso wie meinen Schülern in der Schule nicht so richtig schmeckt, obwohl ich mir doch große Mühe gegeben habe! Ja, ich kenne das Gefühl der Angst sehr wohl! Ja, *auch ich* habe Angst! Ständig sogar!"

Björn sah in betroffene Gesichter und spürte wohlwollendes Verständnis. Klar, sie saßen doch alle in demselben Boot!

Björn bat nun die Anwesenden, sich im Uhrzeigersinn namentlich vorzustellen und den Anderen über ihre beruflichen Einsatzgebiete und ihr Interesse am vorgegebenen Thema zu berichten. Er wollte von ihnen wissen, weshalb sie sich auf das Thema *Lehrerangst* eingelassen hatten und was sie von diesem lediglich dreistündigen Seminar erwarteten.

Gab es da mitteilenswerte Herausforderungen, vor die sie ihre berufliche Tätigkeit tagtäglich stellte?

*

Jennifer war in ihrer Küche nicht so recht bei der Sache. Sie hatte vor wenigen Minuten auf ihrem Handy einen Anruf von zu Hause erhalten. Ihr Vater hatte ihr mitgeteilt, dass sich ihre Mutter heute Morgen beim Bedienen der elektrischen Brotschneidemaschine an der rechten Hand verletzt und dass er sie sofort zur Ersten Hilfe ins Krankenhaus gefahren habe. Von dort aus rief er nun an. Noch seien die Untersuchungen nicht abgeschlossen, aber sicherlich sei alles nicht so schlimm. Er werde sie über den weiteren Verlauf der Dinge unterrichten.

Jennifer hatte sich mittlerweile wieder aufs Kaffeekochen und Brötchenschmieren konzentriert. Sie hatte Björn noch nicht persönlich gesehen und kennen gelernt und legte, ehrlich gesagt, anfangs auch keinen gesteigerten Wert darauf, ihm vorgestellt zu werden. Seine Stimme fand sie einigermaßen sympathisch und er schien eine ansprechende Art zu haben und auf die Zuhörer positiv zu wirken. So war sie nach ersten unbegründeten Vorbehalten ihm gegenüber nun ein wenig milder gestimmt.

Was den Verlauf der Veranstaltung betraf, war sie gespannt, wohin die Reise gehen sollte. Sie bemühte sich, beim Anrichten des Büffets möglichst leise zu sein und nicht so viel zu klappern. Nebenbei hörte sie der Teilnehmerrunde über den auch in der Küchenzeile eingebauten kleinen Lautsprecher zu.

Lena ermunterte ihren Nachbarn zur Linken, die Vorstellungsrunde zu eröffnen.

Genau in diesem Augenblick vibrierte Jennifers Handy, so dass sie die Küchenzeile leise verließ. Hatten sich im Krankenhaus Komplikationen ergeben?

Nein, ihr Vater wollte sie diesmal nur beruhigen.

17

Während Björn aufmerksam zuhörte, fertigte er während der Einzelbeiträge einen ungefähren Sitzplan an, damit er im anschließenden Gespräch möglichst alle Teilnehmer namentlich anreden konnte. Er hielt außerdem mit einem Stichwort die jeweiligen individuellen Herausforderungen und Probleme fest, die die einzelnen Kollegen nannten. Manchmal konnte er ihre Namen nicht auf Anhieb verstehen und musste nachfragen; denn einige von ihnen gaben sich recht scheu und zurückhaltend. Natürlich fielen, wie nicht anders zu erwarten, daneben die Redseligen auf, die auf alles eine Antwort zu wissen vorgaben.

Björn hatte weder die Absicht noch die fachliche Kompetenz, hier irgendwelche improvisierten therapeutischen Gespräche anzubahnen; bei einigen Teilnehmern hatte er das deutliche Gefühl, dass sie erst hier in diesem Kreis unter mehr oder weniger unbekannten Kollegen, die ausdrücklich zur Verschwiegenheit nach außen verpflichtet worden waren, wie befreit endlich das loswerden konnten, was sie schon lange plagte. Es schien ihnen dabei meistens zu genügen, dass die Anderen einfach nur verständnisvoll zuhörten.

Ist es nicht wieder einmal so, dass unsere eigenen Probleme kleiner werden, wenn wir erst einmal hören, was andere Menschen so alles bewegt? dachte Björn bei sich.

Er ließ die einzelnen Beiträge zunächst überwiegend unkommentiert stehen und beschränkte sich aufs konzentrierte Zuhören. Manchmal wiederholte er das Gesagte mit eigenen Worten um sicherzustellen, dass er auch alles richtig verstanden hatte und dass die einzelnen Gesprächsteilnehmer ihrerseits wussten, dass ihre Botschaft in der Runde angekommen war.

Immer wieder blitzte das Motiv der *Angst* auf. Angst der Schüler und Angst der Lehrer. Angst, nicht kompetent genug zu sein. Angst, zu versagen. Angst, sich selbst und die Anderen zu enttäuschen. Es war das Gefühl, sich permanent und ohnmächtig bedroht zu fühlen; unsicher zu sein und – wie gelähmt – oft nicht weiter zu wissen. Es war die Angst, die Schüler nicht genügend motivieren zu können und dabei innerlich dermaßen zu verkrampfen, dass sich daraus Disziplinprobleme ergeben konnten. Es war schließlich die Angst davor, Schülerleistungen nicht gerecht bewerten und zensieren zu können.

Einige Kollegen nannten als Folge dieser Ängste jede Menge körperlicher Beschwerden. Andere fühlten sich ausgebrannt und alle zusammen sehnten sich nach Entspannung, Gelassenheit und Stehvermögen. Schließlich gab es auch jene, denen angesichts ihrer „perfekten" Planungen und ausgeklügelten Zielvorstellungen unerwartete schöpferische Eigenleistungen der Schüler einfach nicht in den Kram passten. Wie nur sollten sie sich auf unkalkulierte Ergebnisse, besonders bei der eher seltenen Gruppenarbeit, spontan einlassen?

*

Jennifer hörte aufmerksam zu und dachte an ihre eigenen Panickattacken. Wie sehr hatte sie selbst vor kurzem unter schrecklichen Versagensängsten gelitten! Irgendwie fühlte sie sich heute Morgen getröstet, dass auch die Anderen unaufhörlich mit ihren Ängsten kämpfen mussten. Das war Balsam für ihre Seele!

Sie dachte an ihr letztes mündliches Examen. Diese Prüfung hätte gar nicht schief gehen müssen, aber einer der im Übrigen liebenswerten Professoren wollte wohl besonders objektiv wirken und suchte viel zu wenig Augenkontakt mit ihr. Er verlangte zwar nichts Unmögliches, aber er spulte seine Fragen irgendwie mechanisch ab und sah sie dabei viel zu wenig an. Sie fühlte sich dadurch total verunsichert. War er an einem echten Prüfungsgespräch überhaupt interessiert? Ihr Atem stockte auf einmal. Sie verhaspelte sich. Als sie dann auch noch in das abschätzig grinsende Gesicht des Prüfungsvorsitzenden sah, ergriff sie nichts als pure Verzweiflung und sie gab innerlich auf.

Björn selbst hatte schon viele beängstigende Situationen erlebt und fühlte sich vor allem durch Vorbehalte gegenüber seiner Person oder seinem Unterrichtsstil schnell verunsichert, bisweilen sogar verletzt. Hatte er das nötig?

Natürlich hätte er berechtigte Kritik sofort positiv umsetzen können, aber oft fehlten ihm die heitere Gelassenheit und die innere Sicherheit, um souverän über den Dingen zu stehen.

Des Öfteren hatte er erfolgreich versucht, schwelende Konflikte im Klassenzimmer zu entschärfen. Als er neulich merkte, dass die aufmüpfige *Tina* schlecht auf ihn zu sprechen war, teilte er ihr mit, er sei zwar grundsätzlich zum Streit mit ihr bereit, aber heute sei *sie* es, die damit anfangen müsse. Als er sie dabei herausfordernd anlächelte, prustete sie vor Lachen los und vergaß im Nu nicht nur ihre miese Laune, sondern auch ihre unterschwellige Angst vor ihm und vor allem ihre Angriffslust. Schon wieder war Angst auf beiden Seiten im Spiel gewesen!

Wenn er Klassenarbeiten oder Klausuren zurückzugeben hatte, geriet er immer in Angstzustände, jene Schüler enttäuschen zu müssen, die nicht so gut abgeschnitten hatten und sich nun vor der nächsten Prüfung ängstigen und deshalb schwer tun würden.

Es hatte Situationen gegeben, in denen er selbst niedergeschlagen war. Er hatte dann seinen Schülern zu verstehen gegeben, dass er mit sich, seiner Arbeit und der Welt überhaupt nicht zufrieden sei. Und was geschah dann in aller Regel? Die Schüler versuchten nun ihrerseits *ihn* zu trösten und aufzurichten. Jeder dürfe doch Fehler machen und es sei gut, dass er sie zugebe und aus ihnen lerne. Er brauche doch keine Angst zu haben, dass sie nicht gern bei ihm Unterricht hätten!

Björn hatte gelernt, dass sich Lehrer und Schüler gegenseitig Mut zusprechen und aufbauen können, solange sie sich mit Respekt und mit Verständnis begegnen.

Er kannte also das Gefühl der Angst nur zu gut, aber wenn er morgens in den Spiegel sah, dann sagte er trotz seiner Unvollkommenheit meistens „Ja" zu sich selbst. Manchmal allerdings fragte er sich, ob ihm nicht vielleicht doch eine gewisse positive und freundliche Beziehung zu sich selbst fehle.

Er wusste, dass sowohl menschliche Schwächen als auch Stärken in die Waagschalen gehörten und erst Plus und Minus das notwendige Gleichgewicht herstellten!

Oft versuchte er, die Ängste seiner Mitmenschen nachzuempfinden, indem er sich in sie hineinversetzte. Er glaubte daher zu wissen, wie sie sich vermutlich gerade fühlten und im nächsten Augenblick reagieren würden. Dieses Wissen wirkte oft wie ein Puffer und schützte ihn vor falschen Erwartungen und Reaktionen.

Solche Gedanken und Erfahrungen teilte Björn der Runde mit und nannte ihnen einige ganz banale Alltagsängste, die ihn zum Beispiel gestern und heute verfolgt hätten:
Da war die Angst gewesen, den Zug von Berlin nach Hannover zu verpassen; die Angst, am Morgen im Hotel zu verschlafen; den Weg zum Kongreßzentrum nicht auf Anhieb zu finden; die Angst vor den unbekannten Gesichtern der Teilnehmer; die Angst davor, sein Buch nur stümperhaft vorzustellen; die Angst, die Probleme der Anderen entweder nicht zu verstehen oder nicht lösen zu können; die Angst, den hochgeschraubten Erwartungen nicht zu genügen! Immer wieder gerieten Alltagssituationen aus den Fugen und lösten Ängste bei ihm aus!

Insgeheim fragte er sich, ob sie ihm sagen würden, dass es im Leben einfach wichtig und notwendig sei, Ängste zu verspüren, weil erst diese uns vorsichtig werden und Schutzmaßnahmen ergreifen ließen. Dass es keinen Mut ohne Angst geben dürfe, weil alles andere der helle Wahnsinn wäre! Dass wir aber ohne Mut niemals aus dem Tal der Angst hinausfinden würden.

Irgendwie, ist er eine ehrliche Haut, der eigene Schwächen zugibt, dachte Jennifer bei sich. Sie sah noch einmal auf Lenas gedruckte Einladung und prägte sich seinen Namen ein: Björn Bergwald, aus Berlin.

*

Björn schlug den Teilnehmern vor, je ein konkretes Beispiel für persönlich erlebte Angst in der Schule zu notieren und im Anschluss an die Frühstückspause mit ihren Sitznachbarn nach Möglichkeiten zu suchen, wie dieser Situation im Wiederholungsfall begegnet werden könne, damit sie sich entschärfen ließe.

18

Es war also eine Pause eingeläutet worden.

Jennifer öffnete die Durchreiche zwischen Sitzungssaal und Küchenzeile und Lena nahm die Kannen und Teller entgegen um sie auf den Beistelltisch im Konferenzraum zu stellen. Durch die Öffnung hindurch erhaschte Jennifer einen kurzen Blick auf Björn, der sich angeregt unterhielt und sich an den Lachs- und Käseschnittchen gütlich tat. Dazu trank er eine Tasse Tee.

Er sieht gar nicht einmal schlecht aus, sagte Jennifer zu sich selbst. *Mindestens guter Durchschnitt!*

Bevor der zweite Teil der Arbeitssitzung begann, wurden Teller und Tassen wieder in die Küche zurückgereicht, so dass Jennifer den Geschirrspüler bedienen, Lebensmittelreste verstauen und alles wieder auf Hochglanz bringen konnte. Wie hätte Lena ohne ihre Hilfe diese Veranstaltung bloß durchführen sollen?

*

Es ergaben sich nach der kleinen Zwischenmahlzeit intensive Arbeitsgespräche in Partnerarbeit, zu denen sich die Teilnehmer nach Aufforderung an ganz unterschiedliche Stellen des Raumes und selbst nach draußen auf den Flur zurückzogen und manchmal hellten sich inmitten des Gemurmels und des Raunens viele der anfangs ernsten Mienen der Teilnehmer auf. Über ihre Gespräche kamen sich zunächst völlig unbekannte Menschen spürbar näher!

Björn hoffte inständig, dass eines der Ergebnisse vieler gemeinsamer Überlegungen die Erkenntnis wäre, dass wir alle mit unseren Ängsten nur dann fertig werden können, wenn wir uns selbst gut kennen; wenn wir unsere eigene Person trotz ihrer Fehlerhaftigkeit wertschätzen; wenn wir uns Ziele gesteckt und genügend vorbereitet haben und den dorthin einzuschlagenden Weg mutig und konsequent gehen; wenn wir uns einen Vertrauten suchen, dem wir uns mitteilen können. Dies würde unsere Seele entlasten!

Björn begab sich während dieser Arbeitsphase als stiller Zuhörer von einer Gesprächsgruppe zur anderen.

*

Lena hatte für einige Zeit den Raum verlassen. Draußen ließ sie sich von Jennifer über den Unfall ihrer Mutter unterrichten und darüber, wie unvernünftig es doch sei, dass sich ihr Vater, der gestern selbst erst aus dem Krankenhaus entlassen worden war, schon heute wieder ans Lenkrad seines Wagens gesetzt hatte um seine Frau ins Krankenhaus zu fahren. Aber weder ihre Mutter noch ihr Vater schonten sich, wenn es um das Schicksal des Ehepartners ging!

*

Björn war am Ende der Zweiergespräche sichtlich zufrieden mit den verschiedenen Angststrategien, die im Teilnehmerkreis selbständig entwickelt und spontan vorgetragen worden waren. Ihm wurde klar, dass fast alle Teilnehmer sehr pragmatisch verfuhren: sie waren sich dessen bewusst, dass es erlaubt sei, zu *fallen* – aber man müsse sich einfach wieder aufrappeln. Es gab nach Ansicht der Teilnehmer keine allgemeingültige Angststrategie. Es gebe auch keinen Königsweg der Gestaltung menschlicher Beziehungen und des Unterrichtens. Nein! Es gebe ihn schon deshalb nicht, weil nichts in genau der Weise vorhersehbar und planbar sei, wie es sich dann in Wirklichkeit abspiele. Immer müssten wir mit Unwägbarkeiten rechnen und improvisieren!

Hatte Jennifer bei der Kürze der Veranstaltung und der Komplexität des Lebens etwa Patentrezepte erwartet?
Nein, so naiv war sie nicht! Sie musste zugeben, dass sich Björn nicht als Guru aufgespielt, sondern darauf beschränkt hatte, Denkanstöße zu geben. Mehr nicht – aber auch nicht weniger!

Dann glaubte sie, ohne äußerlich erkennbare Ursache zu erröten. Sie hatte Björn in ihren Gedanken doch tatsächlich soeben beim Vornamen genannt! Begann er ihr etwa allmählich sympathisch zu werden? Schade eigentlich, dass die Veranstaltung schon zu Ende ging, aber die Zeit war vorbei.

Am Ende gab Björn noch eine Leseprobe aus seinem Buch zum Umgang mit der Angst.

Er brachte in seinem Schlusswort zum Ausdruck, dass seine Vorfreude auf diese Veranstaltung berechtigt gewesen sei. Er habe hinzugelernt und wisse nun klarer als zuvor, dass niemand in seinem Beruf ein verlorener Einzelkämpfer zu bleiben brauche, sondern dass es meistens Möglichkeiten gebe, sich untereinander zu vernetzen, einander zuzuhören und zu beraten. Es gebe immer Wege, seine Persönlichkeit zu stärken und die eigenen Ängste sowie die der Anderen zu minimieren.

Björn bedankte sich bei Lena Bergström für die Einladung und richtete einen freundlichen Gruß an die Küche. Am Ende hatte er das Gefühl, dass niemand enttäuscht nach Hause gehen würde.

Langsam erhoben sich die Teilnehmer und packten ihre Sachen. Einige standen noch eine Weile in kleinen Gruppen zusammen und waren auch auf dem Flur noch in angeregte Gespräche vertieft. Andere fachsimpelten mit Björn.

*

Jennifer war trotz der telefonischen Unterbrechungen und ihrer fleißigen Vorbereitungen des kalten Büffets dem Gesagten mit zunehmendem Interesse gefolgt und fühlte sich am Ende viel freier als zuvor.
Weg mit der Angst!
Sie wünschte sich, dass dieses Gefühl einer neuen Sicherheit auch von Dauer sein möge!
Sie hatte aufmerksam zugehört, wichtige Ergebnisse im Gedächtnis gespeichert und war davon überzeugt, dass Björn Bergwald sie gar nicht bemerkt habe. Im Grunde genommen war sie ja für ihn unsichtbar geblieben und hatte trotz ihres gelegentlichen Geklappers mit dem Geschirr und mit dem Besteck kaum gestört.

Als sich Björn schließlich von Lena Bergström verabschiedete, war von Jennifer immer noch keine Spur zu entdecken. Er hatte eher unbewusst akustisch wahrgenommen, dass da jemand im angrenzenden Raum gewirtschaftet hatte. Irgendwer musste ja das Büffet vorbereitet haben!

Vermutlich eine ältere Mamsell mit Schürze, rundlich, schwitzend und mit einer Brille auf der Nase.

19

Lena hatte Jennifer nach dem Ende der Veranstaltung ins Parkrestaurant am Congress Centrum eingeladen, da es inzwischen wirklich an der Zeit war, Mittag zu essen und etwas zu trinken. Mit ein paar liebevoll belegten und garnierten Brötchenhälften und diversen Keksen sowie mit einer Tasse Kaffee oder Tee war es keineswegs getan. Mit knurrendem Magen konnten sie den weiteren Tagesverlauf kaum gut gelaunt überstehen und Jennifer hatte schließlich noch eine Bahnfahrt Richtung Berlin vor sich!
Sie liebten Beide einfache und deftige Hausmannskost und am besten ein kühles Bier dazu. Das Wetter war heute milde, so dass sie auf der Terrasse gemütlich unter einem Sonnenschirm sitzen konnten ohne zu frieren. Sie hatten nun nochmals ein wenig Zeit für einen Plausch unter vier Augen. Lena hatte ihre häuslichen Aufgaben kurzentschlossen auf den nächsten Tag verschoben und bis zu Jennifers Rückfahrt war immer noch etwas Zeit. Von Björn keine Spur!

„Lena, woher kennst Du eigentlich Björn Bergwald? Was weißt Du über ihn"? wollte Jennifer wissen, während sie scheinbar sehr intensiv in die Speisekarte vertieft war.
In Jennifers betonter Beiläufigkeit der Doppelfrage glaubte Lena allerdings ein wenig mehr als nur ein rein formales Interesse zu vernehmen. Oder deutete sie da in ihrem Wunschdenken zu viel hinein?
„Ehrlich gesagt, sehr viel weiß ich eigentlich noch gar nicht über ihn. Er ist mir aus Berlin empfohlen worden. Wir haben miteinander zuerst per E-Mail korrespondiert und später auch telefoniert. Er hat auf meine Einladung sehr positiv und aufgeschlossen reagiert und schien sich darüber sogar zu freuen! Er hat sie spontan angenommen ohne dabei irgendwelche Forderungen oder Bedingungen zu stellen".

Jennifer schien sich nicht entschließen zu können, was sie denn bestellen solle, aber sie hatte ihrer Tante sehr aufmerksam zugehört und war über deren eher nüchterne und sachliche Mitteilung insgeheim erstaunt. War Lena mit ihm nicht zufrieden gewesen?

Lena musterte ihre Nichte intensiv und stellte schließlich milde lächelnd eine Gegenfrage: „Welchen Eindruck hat er denn auf Dich gemacht"?
„Na ja", fing Jennifer an, „eigentlich hatte ich mit einem längeren Referat und anschließend mit einer ausführlichen Buchvorstellung gerechnet. Er hat sich aber für einen anderen Weg entschieden.
Die Teilnehmer in der Vorstellungsrunde waren erstaunlich freimütig in der Art, wie sie so nacheinander über sich und ihre Alltagsprobleme berichtet haben. Sie waren sofort bereit zu sagen, wo es klemmte. Er hat offenbar schnell ihr Vertrauen gewonnen. Er hat ihnen aufmerksam zugehört und er hat vermutlich darauf gewartet, dass sie ihm durch Mehrfachnennungen von alltäglichen Herausforderungen eine Steilvorlage liefern würden, auf die er eingehen konnte.
Ich war einigermaßen gespannt, wie es weitergehen würde, aber dann stellte sich heraus, dass es die tägliche Angst war, die vielen Teilnehmern auf den Nägeln brannte. Ich hätte nicht gedacht, dass uns unsere Ängste so massiv beherrschen! Hatte er selbst in dieser Stärke damit gerechnet"?

Lena räusperte sich. „Jenny, bisher ist mir noch nicht so richtig klar, welchen *Eindruck* er auf Dich gemacht hat".

Jennifer war ein wenig verlegen. Lena hatte ja Recht! Sie war ihrer Frage ausgewichen. Daher versuchte sie, wieder Boden gutzumachen:
„Weißt Du, bei der Vorbereitung des Büffets konnte ich natürlich nicht alles haarklein mitbekommen. Die Teilnehmer dürften aber einiges gelernt haben – eher unter der Hand und ohne den berühmten Holzhammer. Sie sind nicht von oben herab belehrt worden und das war sehr angenehm.
Er ist überhaupt nicht arrogant und eingebildet, wie ich anfangs dachte, sondern sehr natürlich. Beinahe…ach, lassen wir das"!
Jennifer hatte diese letzten Worte ganz leise vor sich hin gesprochen und ihr Blick wirkte dabei – verträumt.
Die bestellten Getränke und das Essen wurden serviert. Alles war zu ihrer Zufriedenheit und sie fühlten sich rundum wohl.

Jennifer begann zu essen und sagte eine Weile lang gar nichts. Sie hing ihren Gedanken nach. Nein, sie träumte in den Tag hinein:
Wie schön wäre es, solch einen Partner fürs Leben zu haben, einen, der mir zuhört und mich so versteht wie Björn es sicherlich tun würde! Er müsste mich an sich binden ohne mich einzuengen! Er müsste mich so nehmen, wie ich bin! Es müsste Verlass auf ihn sein! Er müsste ehrlich sein und dürfte mich niemals verraten – niemals!

Lena bemerkte Jennifers traumverlorenen Blick und schien ihre geheimen Wünsche zu erraten. Björn hatte es ihr angetan!
Jennifer wiederum spürte Lenas Blick auf sich ruhen:
„Lena, Du glaubst doch nicht etwa, dass ich...“
„Niemals im Leben, Liebes“, antwortete Lena mit gespielter Unschuldsmiene.

Leise und doch mit großer Bestimmtheit sagte Lena nach einer Weile:
„Jenny, ich wünsche Dir, dass sich Deine Wünsche und Deine Träume erfüllen werden. Du musst nur ganz stark an sie glauben und darfst sie niemals aufgeben“!
Jenny sah Lena mit großen Augen an. „Lena,“ brach es aus ihr heraus, „ach, Lena...“

*

Björn hatte – offenbar von ihnen unbemerkt – an einem der Randtische gesessen.
Auch er hatte von ihnen keinerlei Notiz genommen. Zunächst hatte er ins Rosencafé gehen wollen, entschied sich dann aber nach einer plötzlichen Eingebung für das Parkrestaurant mitten im Stadtpark. Er wählte einen *ofenfrischen Schweinebraten mit Karotten und gebackenen Kartoffeltalern,* dazu ein dunkles Bier.
Er ließ die bunte Park- und Gartenlandschaft beruhigend auf sich wirken. Bisher war der heutige Tag gut für ihn gelaufen und er genoss im Augenblick die ihm geschenkten Stunden der restlichen Freizeit, bis er sich zuhause wieder in die Arbeit würde stürzen müssen. Immer noch schade, dass er nun niemanden mehr an seiner Seite hatte, dem er seine Gedanken und Gefühle mitteilen konnte!

Jennifer registrierte zufällig, wie er aufstand ohne jedoch sie und Lena zu bemerken und wie er den Riemen seiner Reisetasche lässig über seine Schulter legte. Mit einem freundlichen Gruß verabschiedete er sich von seinen Tischnachbarn und ging, seinen Rücken zu ihnen gekehrt, schlaksig in die andere Richtung. Sie sah ihm hinterher, bis er verschwunden war.

Lena folgte Jennifers Blick und lächelte verstehend.

20

Björn hatte noch genügend Zeit, um ein wenig durch den Stadtpark Hannover zu schlendern, wo, wie er lesen konnte, 1951 die erste Bundesgartenschau stattgefunden hatte. Zwar ließ er nichts über den heimischen Britzer Garten in Berlin-Neukölln kommen, aber der japanische Garten mit Teehaus hier mitten in Hannover beeindruckte ihn doch stark! Er sah hinüber zum Kuppelsaal des benachbarten Congress Centrums, in dessen Nähe er heute Vormittag gewesen war und wo er sich rundum wohl gefühlt hatte. Im Britzer Rosengarten in Berlin hatte er unlängst die kunstvollen Wasserbrunnen mit ihren Figuren skizziert. Einen Rosengarten gab es hier auch und hier wie dort wurden die gepflegten Parkanlagen von den Einwohnern bereitwillig angenommen.

Der Himmel war weiterhin wolkenlos. Die Blumenrabatten auf dem Tagungsgelände leuchteten in den verschiedensten Farben und luden in ihrer schlichten Vollkommenheit zum Verweilen und Betrachten ein. Björn war allein. Manchmal fühlte er sich in letzter Zeit ein wenig bedrückt und melancholisch. Er hörte, wie in der Ferne Stimmen und Lachen aufbrandeten und wieder verebbten. Ein Blick auf die Uhr! Würde er die beachtliche Wegstrecke zum Bahnhof noch rechtzeitig zu Fuß erreichen? Als er ein Taxi sah, wusste er, was sicherheitshalber zu tun war.

Lena genoss jedes Mal das Zusammensein mit ihrer Nichte und fuhr sie, als es an der Zeit war, im Auto zum Bahnhof. Auf dem Bahnsteig wartete sie gemeinsam mit ihr auf den Zug nach Berlin. Es war sehr windig hier und so schlang sich Jennifer ein dunkles Band um den Kopf. Ihre flatternden Haare waren nun erst einmal gebändigt und das klare Profil ihres Gesichtes trat schärfer hervor.

Als der ICE einfuhr, standen Jennifer und Lena zufällig an der Nahtstelle, an der die beiden Zugteile aneinandergekoppelt waren. Sie umarmten sich und nahmen voneinander Abschied.

Auf dem Weg zu Jennifers Zugtür sagte Lena zu ihr:
„Jenny, denke an Deine Wünsche und glaube ganz fest an ihre Erfüllung. Ich weiß – das Leben lässt sich nicht zuverlässig planen. Es findet einfach statt. Aber ohne Hoffnung läuft gar nichts und ohne Träume wäre unser Leben wirklich fade! Es ist wie ein Geschenk für mich, dass es Dich gibt – Dich und Deine Familie. Wir werden uns hoffentlich bald wieder sehen. Gute Fahrt und – bleibe behütet"!

Jennifer war gerührt angesichts so viel menschlicher Anteilnahme und der Wärme, die ihre Tante verströmte. Sie schluckte und brachte kein Wort mehr heraus. Lena konnte ihr wirklich Mut machen und sie ins Leben zurückholen! Sie konnte aber auch mächtig ihre Gefühle anrühren. Als sie einstieg, winkten sich die Beiden zu, bis Jennifer im Inneren des Wagens verschwunden war.

*

Am Bahnhof angekommen, hatte Björn auf dem Wagenstandsanzeiger nachgesehen, an welcher Stelle des Bahnsteigs er in den Zug um 15.55 Uhr würde einsteigen müssen. Aber leider kam es anders als geplant; denn wieder einmal waren die beiden Zugeinheiten des ICE falsch aneinander gekoppelt, so dass die Abteile, die eigentlich vorne sein sollten, nun hinten waren – und umgekehrt. Bei der Länge des Zuges, der nur kurzen Haltedauer und angesichts der erheblichen Zahl der aus- und einsteigenden Reisenden wäre es unmöglich gewesen, mit der Platzkarte in der Hand von Wagen zu Wagen zu sprinten um den reservierten Sitz doch noch zu ergattern!

Es blieb ihm nur noch die vage Hoffnung, dass sich irgendwo ein freier und nicht reservierter Sitzplatz befände, auf dem er sich zwischen Hannover und Berlin ungestört niederlassen und die Beine ausstrecken konnte. Vor einiger Zeit war ihm Ähnliches schon einmal passiert! Er hatte zunächst auf einer zugigen Querbank sitzen müssen, bis sich ein Schaffner seiner erbarmte und er am Ende zum Ausgleich fast die ganze

Strecke von Berlin nach Innsbruck erster statt zweiter Klasse reisen durfte.

Björn war heute gelassen und gut gelaunt und gespannt darauf, wo ihn das Schicksal schließlich hinbugsieren würde. Er stieg ein, durchquerte mehrere Abteile und fand doch tatsächlich einen freien und nicht reservierten Platz am Mittelgang!

*

Lena sah dem abfahrenden Zug nach, als ihr Handy klingelte. Es war Christine.

„Hallo, Lena! Na, habe ich zu viel versprochen"?

„Hast du nicht, Christine. Björn Bergwald hat uns mit seiner gewinnenden persönlichen Art und der ihm eigenen Methode total überzeugt und auch Jennifer war von ihm fachlich sowie menschlich angetan. Von letzterem sehr sogar, glaube ich".

„Das freut mich zu hören! Lena, wie versprochen, habe ich mich für Jenny stark gemacht und es ist jetzt alles verabredet und in trockenen Tüchern! Ich glaube, diesmal braucht sie keine so große Prüfungsangst mehr zu haben. Es tut mir leid, dass ich jetzt einigermaßen kurz angebunden bin – aber meine Mädchenriege steht noch auf dem Hockeyfeld und ich muss mich wieder um sie kümmern. Also, Tschüß bis zum nächsten Mal"!

„Ach Jenny", sprach Lena nach diesem kurzen Gespräch versonnen zu sich selbst, "ich wünsche Dir so sehr den Zug ins Glück". Leise verließ der ICE den Bahnhof.

21

Schon oft hatte Björn die Erfahrung gemacht, dass an manchen Tagen gleich mehrere Dinge, oftmals drei an der Zahl (war die *drei* etwa eine magische Zahl?), nacheinander gut oder aber auch schief gingen. Es war wie verhext! Geradezu vorhersehbar und offenbar nicht zu vermeiden – Schicksal eben! Schicksal – wie konnte er sich da so sicher sein? Gab es so etwas überhaupt? War unser Leben nicht vielmehr ständig *ohne* irgendeinen himmlischen Plan dem Zufall überlassen?

Oder gab es da etwa doch einen Weltenlenker, der alles im Blick hatte? Schwer zu sagen!

Jedenfalls – als er neulich an einem Samstagmorgen seine Einkaufsliste für die folgende Woche schrieb, gab sein Kugelschreiber den Geist auf. Blöd! Als er seinen rechten Schuh zuband, riss der Schnürsenkel. Ärgerlich!

Mit seiner lückenhaften Merkliste in der Hand, schob er nun den Einkaufswagen durch die Gänge des Supermarktes. Er legte Früchtetee und Honig, Erdbeermarmelade und Brot hinein. Am Obststand wählte er Äpfel aus sowie Mandarinen und Weintrauben. Dazu steckte er Bananen und Kiwis in durchsichtige Plastiktüten. Am Gemüsestand tat er eine grüne Gurke und Rispentomaten dazu. Er griff zu Leberkäse und mittlerem Gouda und aus der Tiefkühltruhe folgte Seelachs. Haushaltspapier fehlte noch, ebenso wie Papiertaschentücher. Am Ende ein Blick auf die Sonderangebote und – zugefasst! Auf dem Weg zur Kasse jedoch stellte er zu seinem Erstaunen fest, dass sich eine Ananas als blinder Passagier in seinen Einkaufswagen geschmuggelt hatte. Er mochte zwar Ananas aus Dosen, aber nicht als ganze Frucht. Sie war ihm zu saftig und klebrig. Er gab sie einer Angestellten in die Hand, die sie freundlich lächelnd entgegennahm und in das Warensortiment zurücktat. Aber wo waren denn (und nun begann er unhörbar zu fluchen!) die Bio-Eier und die Orangen hergekommen, jene weiteren ungebetenen Gäste in seinem Einkaufswagen, die er doch ebenfalls *nicht* ausgewählt hatte? Oder war er unterwegs in Trance verfallen?

Die Eier bezahlte er, die konnte er immer einmal gebrauchen; die Orangen jedoch ließ er gleichfalls an der Kasse zurück, weil er Orangen ebenso wie die Ananasfrucht nicht sonderlich mochte. Er verstaute seine Einkäufe schließlich in Plastiktüten, lud diese in den Kofferraum seines Autos und fuhr nach Hause. Als er dort die Lebensmittel auspackte und an gewohntem Ort verstaute, fehlten der Früchtetee und der Honig, die Äpfel und die Weintrauben; aber er konnte sich doch genau daran erinnern, dass er sie zu seinen übrigen Einkäufen getan hatte! Nun waren sie plötzlich wie vom Erdboden verschluckt! Hatte er etwa an den einzelnen Haltepunkten im Supermarkt *seinen* Einkaufswagen mit einem anderen unabsichtlich und vielleicht sogar mehrmals vertauscht? Wie mag andererseits die unbekannte Person wohl gestaunt haben, als sie in ihrem Wagen Lebensmittel vorfand, die sie ebenfalls gar nicht haben wollte?

Also machte er sich noch einmal auf den Weg und kaufte die fehlenden Artikel nach. Der freundlichen Kassiererin berichtete er, dass vorhin ein Kobold unterwegs gewesen sein müsse um ihm einen Streich zu spielen. Sie lachten Beide herzlich und alles schien schnell vergessen.

Heute aber war das Glück auf seiner Seite gewesen! Er hatte ruhig geschlafen, am morgendlichen Büffet mehrmals zugelangt und ausgiebig gefrühstückt. Sein Hotel hier in Hannover hatte er bei herrlichem Sonnenschein verlassen – ohne zu bezahlen, weil dies nämlich für ihn alles zuvor geregelt worden war. Er hatte den Tagungsraum nach einem erfrischenden Spaziergang auf Anhieb gefunden und Lena Bergström, die Organisatorin dieses Fortbildungsseminars, war ungewöhnlich herzlich zu ihm gewesen. Als sie ihn fragte, ob er noch bestimmte Hilfsmittel für seinen Vortrag bräuchte, verneinte er belustigt und fügte hinzu, dass die Zuhörer einzig und allein mit ihm und seiner Person vorlieb nehmen müssten. Einige Seminarteilnehmer waren bereits vor ihm da, andere fanden sich nach und nach ein, so dass am Ende alle Stühle besetzt waren. Wirklich alle?
Björn war von Lena kurz vorgestellt worden und nahm sich nach einem prüfenden Blick in die Runde fest vor, diesen Vormittag mit seinen Herausforderungen sachte anzugehen und zu genießen. Er wollte die Seminarteilnehmer zwar gehörig aktiv einbinden, aber den Hut des Referenten würde er schon aufbehalten!

Für gewöhnlich hatte Björn farbige Stichwortzettel bei sich. Er brauchte diese kleinen Merkzettel. Einerseits gaben sie ihm die Gelegenheit, ziemlich frei zu sprechen. Andererseits bewahrten sie ihn in seiner inneren Anspannung davor, Wichtiges zu vergessen oder aber vom Thema abzuschweifen. Vielleicht sollte er sich selbst am Besten demnächst zu einem Kurs für Gedächtnistraining anmelden, aber der Schulalltag ließ ihm dafür so wenig Zeit! Er hatte es während seiner Studienzeit und im Vorbereitungsdienst immer als ein Manko empfunden, dass er viel zu wenig psychologisch geschult worden war und dass es ihm an Sprech- und Atemtechnik fehlte. Wer hatte ihm schon etwas über Körpersprache oder über pädagogische Präsenz gesagt – also zum Beispiel darüber, wie man sich als Lehrer im Raume zu geben und zu bewegen habe? Er verließ sich einfach auf seine Intuition. Vieles von dem, was er tat, erschien ihm aber, selbstkritisch betrachtet, ausgesprochen dilettantisch. Er hatte während des Studiums emsig gebüffelt, um sich dabei leider auch jede Menge funktionslosen Wissens aneignen zu müssen – aber worin lag denn nun das Geheimnis, trotz einer spürbar eingeschränkten fachlichen Kompetenz vor seiner Zuhörerschaft zu bestehen? Wie konnte er sie wirklich begeistern?

Einige seiner Kommilitonen liebten Streitgespräche – er nicht! Er glaubte nämlich, dass sie seiner Wesensart überhaupt nicht entsprächen.

Er fand es merkwürdig an sich selbst, dass er oft mehrere völlig unterschiedliche Standpunkte zugleich verstehen, begründen und vertreten konnte. Erfolgreicher Debattenredner im Parlament wäre er daher nie geworden, weil er vermutlich gar zu gern an den Gedanken politischer Gegner Gefallen gefunden hätte und es für ihn oft mehrere „Wahrheiten" gab und nicht nur eine! Er wäre mit Sicherheit rasch als wankelmütig abgestempelt worden.

Hätte er zum guten Prediger vor einer schweigenden Gemeinde getaugt? Sicherlich auch nicht; denn was er brauchte, war das Feedback, das ruhige und wohlwollende Gespräch, das sachlich um Antworten rang. Wenn er gelegentlich vor größerem Publikum sprach, dann ertappte er sich dabei, wie er unbewusst die Zuhörer an der Entwicklung seiner Gedanken teilhaben ließ und sie ermunterte, ihm Fragen zu stellen und ein Gespräch mit ihm zu führen. Diese Selbstsicherheit durchströmte ihn jedoch immer nur dann, wenn er eine bestimmte soziale Rolle spielte und Chef im Ring war! Doch auch in diesen Situationen ging er Kontroversen gern aus dem Wege. Im Übrigen konnte er scheu sein und wenn er sich in einer Gesellschaft nicht hundertprozentig wohl fühlte, wäre er am liebsten in den Boden versunken und unsichtbar geworden!

Wie hatte es heute ausgesehen?

Bei scheinbar geringer Vorbereitung hatte er die Teilnehmer zum Reden bringen können – untereinander und mit ihm! Er spürte, dass er sie erreicht hatte; denn sie zeigten sich zu Gesprächen aufgelegt. Als Beichtvater war er zwar noch viel zu jung, aber die Teilnehmer hatten offenbar Vertrauen zu ihm gefasst. Björn hatte das von ihm gesteckte Ziel auch inhaltlich erreicht!

Bücher zu schreiben war nicht nur eines seiner Hobbies geworden, sondern eine Art Eigentherapie, die ihm gut tat. Das Schreiben zwang ihn zum Nachdenken und zum Recherchieren. Es brachte ihm neue Erkenntnisse und bewahrte sein inneres Gleichgewicht. Manchmal verglich er seine Teilerkenntnisse mit den Bausteinen eines großen Mosaiks. Jede Antwort füllte Lücken im Gesamtbild – aber am Ende würde sein vielteiliges Mosaik doch noch jede Menge blinder Stellen aufweisen. Bei weitem viel zu viele!

Vielleicht ließen sich nach dem heutigen Seminar in den nächsten Tagen über den Buchhandel einige wenige Exemplare seines Fachbuches verkaufen. Wenn nicht, dann wäre es auch nicht so schlimm; denn er wollte ja gar nicht steinreich und noch viel weniger berühmt werden! Sollte dies wider Erwarten trotzdem geschehen, dann würde er es sicherlich mit Fassung tragen müssen.

Nach der Veranstaltung hatte sich Björn mit einem Lächeln und mit einem Handschlag von Lena Bergström verabschiedet und dabei das Gefühl gehabt, dass sie sich irgendwann noch einmal über den Weg laufen würden. Abwarten!

22

Björn verstaute seine Reisetasche sorgfältig und nahm stillvergnügt und zufrieden Platz, wobei er jedoch die anderen Reisenden in seiner Sitzreihe und schräg gegenüber wie so oft nur flüchtig registrierte. Irgendwie mussten logischerweise wohl fast alle Fahrgäste auf verkehrten und nicht für sie reservierten Plätzen sitzen; denn die beiden Zughälften waren ja von Anfang an falsch aneinandergekoppelt gewesen! An der falschen Stelle des Bahnsteigs zu stehen, wäre heute vermutlich richtig gewesen! Wer weiß, was sich die Zugbegleiter in ihren beiden Zugbereichen heute schon alles an bitteren Beschwerden hatten anhören müssen!

Sanft beschleunigte der ICE seine Fahrt und glitt elegant dahin. Björn schloss für einen Moment die Augen und ließ seinen Körper von einem Wohlgefühl durchströmen. Er hatte einen erfolgreichen und glücklichen Tag erlebt: gutes Essen; eine gelungene Veranstaltung mit interessierten Teilnehmern; Fußmärsche, die ihn in erholsamer Bewegung hielten und ein Bilderbuchwetter!

Rechts neben ihm und getrennt durch den Mittelgang hockte ein etwa siebenjähriges Mädchen mit kleinen roten Zöpfen, blaugrünen Augen, einer Stupsnase und Sommersprossen im Schneidersitz auf seinem

Platz und hielt einen Malblock in der Hand. Eine Packung mit wasserlöslichen Malstiften fand sich – aufgrund fleißiger Benutzung allerdings nicht mehr sorgfältig nach Farbtönen geordnet – dicht neben ihr im Sitz und sie kaute etwas hilflos und frustriert auf dem Ende eines Stiftes herum. Sie war sich nicht ganz sicher, ob sie Björn ansprechen sollte und lugte immer wieder hilfesuchend zu ihm hinüber. Da er ihr vertrauenswürdig erschien, fasste sie sich schließlich ein Herz. „Mir fällt nichts ein – kannst *Du* anfangen mit meinem neuen Bild"? fragte sie Björn mit großer Offenheit und voller Vertrauen in seine vermutlich nur schlummernden Zeichentalente.

Himmel und Erde, Baum und Haus – so schoss es ihm durch den Kopf. Er nahm den ihm hinüber gereichten Zeichenblock zur Hand und dachte nach: Mittig oder doch ein wenig nach links gerückt? Er begann mit einem halben Satteldach und einem Schornstein darauf. Das Kind begriff sofort, worum es ging, nahm ihm kurz entschlossen den Block wieder aus der Hand und vervollständigte das Haus. Als sie ihm den Malblock zurückreichte, skizzierte Björn Teile eines Baumstammes und das kleine Mädchen fügte Äste und Zweige hinzu. Und wie viele einzelne Blätter, bitte schön? Während sie malte, arbeitete ihre Zungenspitze zwischen den Lippen, so konzentriert war sie! Abwechselnd führte sie nun Details ihres Bildes weiter, Details, die Björn zuvor mit einigen Strichen lediglich schemenhaft angedeutet hatte, so dass der Zeichenblock zwischen ihnen über den Gang hinweg hin und her pendelte. Und nun erschien ein Elefant auf der Bildfläche. Nach einiger Zeit stand die Kleine auf, flüsterte ihm etwas ins Ohr und begann zu kichern. „Gut", raunte Björn, „dann braucht Dein Elefant eben einen Büstenhalter – aber auf Deine Verantwortung"!

Nun prustete sie los: „Mama trägt manchmal einen, aber Elefantenfrauen haben doch keinen! Außerdem ist mein Elefant ein Männchen". Ihrer Mutter auf dem schräg gegenüberliegenden Sitz schien diese Art anatomischen Gesprächsverlaufes ein wenig delikat und in die falsche Richtung zu gehen. Sie rollte daher drohend mit den Augen.

Die Beiden trauen sich was, schoss es Jennifer durch den Kopf.
Björn wurde die Sache jetzt irgendwie selbst ein wenig brenzlig und er überlegte, wie er sich aus dieser peinlichen Affäre ziehen könne.
„O.K...", sagte er gedehnt, „aber dann bist *Du* jetzt dran". Er hoffte, dass er in Sachen Geschlechtsteil nun nicht mehr künstlerisch tätig sein müsse und nahm aus dem Augenwinkel wahr, wie die Mutter des Kindes

ihre linke Augenbraue mit einem warnenden Blick in Richtung Tochter hochzog. Damit war die heikle Sache für das Mädchen erledigt.

„Wie weit fährst Du denn"? wollte die Kleine von ihm wissen. Wahrheitsgemäß antwortete er: „Bis Berlin Hauptbahnhof". Er ließ nun den Elefanten Elefant sein und begann die Gemeinschaftsarbeit mit einem Zaun auf der rechten Seite fortzusetzen.

„Wohnst Du da"? setzte das Mädchen sein Verhör fort.

„L i s a...", sagte ihre Mutter peinlich berührt und sichtlich genervt.

„Ja, ich wohne in Berlin", gab Björn seelenruhig lächelnd zur Antwort, „und ich arbeite dort auch".

Worin liegt nur das Geheimnis, dass er mit dem kleinen Mädchen so leicht ins Gespräch kommt? fragte sich Jennifer insgeheim.

Als der Getränkewagen vorbeikam, wollte Björn wissen, ob Lisa Durst habe. Sie verneinte, bestand aber darauf, dass sie Beide das Bild noch vor dem Aussteigen vervollständigen und verfeinern sollten – mit Sonne und Wolken, blauem Himmel und so.

Björn erstaunte das Vertrauen, welches ihm das Mädchen entgegenbrachte. Er war gleichfalls erstaunt über ihre unbekümmerte und direkte Art und auch darüber, dass sie sich offenbar nicht mit halben und unfertigen Sachen begnügte, sondern nachhakte.

Er war weiterhin mit ihr und der Zeichnung derart konzentriert beschäftigt, dass die Zeit und die Fahrt scheinbar wie im Nu verflogen und er die offensichtlich allein reisende blonde junge Frau mit dem sonnengebräunten Teint und dem Stirnband im Sitz neben Lisa am Fenster zunächst gar nicht bewusst wahrnahm.

„Und wo kommst *Du* her"? wurde diese jetzt von Lisa, die immer noch durch den Gang von ihm getrennt zwischen ihnen Beiden saß, gnadenlos gefragt.

„Ich bin vorhin in Hannover zugestiegen, aber ich wohne auch in Berlin".

„Wie heißt Du"? wollte Lisa nun von ihr wissen.

„Jennifer", erhielt sie wahrheitsgemäß zur Antwort.

„Und Du"? fragte Lisa nun in seine Richtung gewandt. „Mein Name ist Björn – *Björn Bergwald"*.

„Sehen wir uns in Berlin bald wieder"? fragte Lisa, zu Björn gewandt.

„Vielleicht", antwortete dieser überaus vorsichtig, „aber dann muss ich Dir doch noch meine Anschrift und Telefonnummer auf die Rückseite des Bildes schreiben. Zuvor sollten wir allerdings Deine Mutter um Erlaubnis fragen, ob ich Dir meinen Namen und meine Adresse überhaupt geben darf".

„Sie wird schon nichts dagegen haben, das ist doch nichts Schlimmes", entschied Lisa selbstbewusst. So notierte Björn mit einem fragenden Blick hin zu Lisas Mutter auf der Rückseite des Bildes seinen Namen, Wohnort und die Straße, einschließlich der Festnetz- *und* der Handynummer und reichte Lisa das Bild zur Aufbewahrung zurück. Er war sich unsicher, ob er das Richtige getan hatte, aber Lisas Mutter ließ es am Ende unwidersprochen geschehen.

Gern hätte Jennifer seine Adresse augenblicklich in Erfahrung gebracht, aber ihr fiel ein, dass sie zu diesem Zwecke eigentlich nur ihre Tante zu befragen brauchte. Lena würde ihr schon Auskunft geben!

Noch rechtzeitig bevor der Zug *Berlin Hauptbahnhof* erreichte, entschied sich Björn dafür, zur Sicherheit noch einmal die Bordtoilette aufzusuchen. Als er zurückkam, waren Lisa und ihre Mutter spurlos verschwunden. Das Bild jedoch lag verlassen auf Lisas Sitz. Er bückte sich und gab es mit einem verschmitzten Lächeln über den nun leeren Sitz hinweg Jennifer in die Hand. „Diese Gemeinschaftsarbeit hat Ihnen vorhin offenbar recht gut gefallen. Möchten Sie sie gern behalten – zur Erinnerung an diese Fahrt"?

Jennifer nahm das Bild behutsam entgegen, bedankte sich und lächelte.

Wie kann er sich so sicher sein, dass ich das allmähliche Entstehen des Bildes überhaupt mitverfolgt habe? fragte sich Jennifer.

Sie nahm das Geschenk wie ein Erinnerungsfoto an, betrachtete es aus der Nähe und hielt es mit beiden Händen auf ihrem Schoß.

„Auch mit Kindern können sie gut umgehen", stellte sie anerkennend fest. Björn dachte kurz über diese Bemerkung nach, insbesondere über das Wörtchen *auch*, maß beidem aber schließlich keine tiefere Bedeutung bei. Er sah Jennifer verstohlen an. Waren sie sich nicht schon irgendwo einmal begegnet?

Björns Personengedächtnis war wirklich miserabel ausgeprägt. Als ihm neulich ein Mädchen mit nunmehr rotgefärbten Haaren auf dem S-Bahnhof lächelnd entgegenkam, stellte er doch tatsächlich ernsthaft fest, dass sie sich Beide von irgendwoher kennen müssten. „Stimmt", sagte sie, „bis gestern war ich zwar noch blond, aber heute nehme ich es Ihnen übel, dass sie mich als Ihre Schülerin nicht mehr wieder erkennen, die bis vor wenigen Minuten noch Unterricht bei Ihnen hatte"! Björn war peinlich betreten und geriet ins Stottern. Vielleicht war es besser, dass er die Gedanken der jungen Dame in diesem Augenblick nicht erraten konnte!

Jennifer seufzte tief, musterte ihn aufmerksam und steckte das Bild still und sorgfältig in einen Beutel – so behutsam, dass es nicht knicken konnte. Traurig blickte sie für einen Augenblick aus dem Fenster und sah das immer dichter werdende Häusermeer der Stadt an sich vorbeiziehen. Sie hatte ihren Trennungsschmerz noch längst nicht überwunden und fühlte sich von Michael heute wie gestern betrogen! Sie hatte wertvolle Jahre ihrer Jugend hoffnungsvoll an ihn verschenkt und am Ende ihre Träume begraben müssen. Und nun hatte Björn sie offenbar nicht einmal erkannt. Gewiss, sie hatte im Verborgenen ihrer Küchenzeile hantiert – aber war sie wirklich so unattraktiv, dass sein männliches Auge sie überhaupt nicht wahrgenommen hatte? Als plötzlich eine Träne über ihre Wange lief, bemerkte Björn dies sofort. Er setzte sich auf den leeren Sitz links neben sie, drehte sich zu ihr hinüber und wischte sie ihr ungefragt und ohne Umschweife mit seinem Taschentuch aus dem Gesicht. Jennifer empfand diese Berührung keineswegs als aufdringlich, sondern als angenehm.

Er kann offenbar auch aufmerksam sein, dachte sie und war von dieser mutigen kleinen Geste tief berührt und fühlte sich innerlich versöhnt.

Als der Lokführer kurz vor der Einfahrt in den Bahnhof pünktlich um 18.20 Uhr das Tempo drosselte, angelte Björn seine Reisetasche aus der Gepäckablage und reichte Jennifer anschließend ihre Umhängetasche herunter. Er trat im Gang einen Schritt nach hinten und ließ ihr auf dem Weg zum Ausstieg höflich den Vortritt. Blond war ihr Haar – oder war es nicht eher goldblond? Sie war schlank und wirkte in ihren Schuhen mit breiten und beinahe flachen Absätzen um einiges kleiner als er. Eine junge Frau voller Anmut. Wunderhübsch, aber mit traurigen Augen und einem tapferen Lächeln. Sie hatte ein ausgesprochen freundliches Gesicht – wenn es nur nicht so wehmütig ausgeschaut hätte! Er schätzte sie auf Ausgang zwanzig, also war sie bestimmt einige Jahre jünger als er. Er hätte schwören können, dass sie sich schon einmal über den Weg gelaufen waren, aber er wusste immer noch nicht, wo. Merkwürdig, sie kam auch gerade aus Hannover! Was hatte sie dort wohl getan? Warum hatte er sie auf dem Bahnsteig nicht wahrgenommen? Auch sie dürfte sich bei dem Durcheinander ihren Platz erst mühsam erkämpft haben! Er hätte sie ja bitten können, ihm auf die Sprünge zu helfen und ihm zu verraten, ob und wo sie sich schon einmal begegnet waren. Aber er ließ es lieber bleiben, weil es ihm unangenehm war!

Frage mich doch endlich, wo wir uns schon einmal begegnet sind, schoss es Jennifer durch den Kopf. *Findest Du mich denn kein bisschen sympathisch? Siehst Du nicht, wie gern ich Dir auf die Sprünge helfen würde?* Jennifer war enttäuscht.

Als er sich hinter ihr in die Schlange der Aussteigenden eingeordnet hatte und diese sich in Bewegung setzte, schoss es ihm plötzlich durch den Kopf, dass er – vergesslich, wie er nun einmal war – sein Brillenetui auf dem Sitz hatte liegen lassen. Er stellte seine Reisetasche für einen Augenblick auf einen leeren Sitzplatz und kämpfte sich unter zahlreichen Entschuldigungen mühsam einige Meter zurück, vorbei an der Reihe der ungeduldig Wartenden, in die nun langsam Bewegung kam. Als er sich erneut in die Warteschlange der Aussteigenden einreihte, war die goldblonde Märchenfee seinem Blick entschwunden. Auch als sich der Bahnsteig allmählich leerte, blieb sie unauffindbar. Björn war ein wenig unsicher. War er ihr mit seiner Taschentuch-Aktion womöglich unüberlegt zu nahe getreten? Er hasste doch selbst jede Art von vertraulicher Anbiederung! Aber andererseits hatte sie die Zeichnung ohne Zögern angenommen und behutsam eingesteckt und keineswegs empört zurückgegeben und sich von ihm abgekehrt! Sie wusste nun, wer *er* war und wie sie ihn erreichen konnte, sofern sie das am Ende überhaupt wollte. Er gab die Suche nach ihr achselzuckend auf und verließ über ein Gewirr von Rolltreppen das Bahnhofsgelände. Schade – irgendwie hatte er es vermasselt!

Obwohl Björn in seiner Heimatstadt Berlin aus tiefer Überzeugung nach Möglichkeit die öffentlichen Verkehrsmittel anstelle des privaten PKW benutzte, hatte er diesmal sein Auto in einer stillen Seitenstraße unweit des Bahnhofs geparkt. Er war ja nur die eine Nacht von Freitag auf Sonnabend weg gewesen und diese eine Nacht würde sein Wagen hoffentlich unversehrt in fremder Umgebung überstehen! Heute war es zwar noch nicht spät am Tage, da hätte er auch mit Bahn und Bus nach Hause fahren können; aber er war gestern unmittelbar aus der Schule zum Bahnhof geeilt und da hatte schließlich jede Minute gezählt! Glücklicherweise war er in keinen Verkehrsstau geraten! Gerade hatte er seine Reisetasche im Kofferraum verstaut, als sein Handy klingelte.

„Tut mir Leid, hier ist nochmals Jennifer". Sie zögerte einen Augenblick, als sie seine Verblüffung bemerkte. „Sie wissen schon, Ihre tränenreiche Reisebegleitung aus dem Zug. Wir haben uns eben im Gedränge aus den Augen verloren und konnten uns nicht voneinander verabschieden. Vielen Dank für das Bild"! Nach einer weiteren kurzen Pause fragte sie: „Haben Sie noch Zeit auf eine Tasse Tee"? Sie beschrieb ihm die Lage des Bahnhofsrestaurants, in dem sie gerade saß und er bat sie, sich nicht vom Fleck zu rühren; er würde sofort kommen!

Ob er kommen wird? fragte sich Jennifer. *Es wäre wirklich schön, wenn er käme!*

23

Björn erkannte Jennifer diesmal sogleich an ihrem Stirnband. Sie saß allein an einem Vierertisch und er setzte sich nach einer abermaligen und eigentlich überflüssigen Begrüßung im rechten Winkel, also über Eck, zu ihr. Er wollte nämlich anderen Menschen nie gern direkt in die Augen starren müssen. Als er sie diesmal etwas genauer musterte, entdeckte er, dass sie über einer hellen Bluse mit Rüschen an den Handgelenken eine dunkle Weste trug, die im Farbton exakt zu ihren eleganten langen schwarzen Hosen passte. Er war, was seine Beobachtungsgabe betraf, wirklich kein Sherlock Holmes und amüsierte sich ein wenig über sich selbst.

„Danke, dass Sie sich auch noch für *mich* ein wenig Zeit genommen haben", eröffnete Jennifer mit einem liebenswert schüchternen Lächeln das Gespräch. „Mein Vater wird mich allerdings irgendwann hier abholen", teilte sie ihm vorsorglich mit. „Eigentlich sollte er sich noch schonen", fügte sie mit einem besorgten Blick hinzu, „aber er tut es einfach nicht und bis er hier ankommt, möchte ich meinen Tee nicht so gerne einsam und alleine trinken. Außerdem wollte ich Ihnen sagen, dass mir vorhin im Zug die Idee der aus dem Nichts gewachsenen Zeichnung und Ihre Teamarbeit mit Lisa sehr gut gefallen haben".

Björn bedankte sich für dieses unerwartete Kompliment und erklärte ihr:

„Wissen Sie, manchmal bedarf es wohl nur eines Anstoßes um kreativ zu werden. Lisa muss sich sehr hilflos und gelangweilt gefühlt haben, sonst hätte sie mich vermutlich nicht angesprochen. Immerhin habe ich ganz nebenbei nicht nur Lisas, sondern auch *Ihren* Vornamen erfahren und weiß jetzt, dass wir Beide in Berlin wohnen". Er warf einen Blick zuerst auf ihre Teetasse, dann auf Jennifer selbst und fügte hinzu: "Vielleicht sollten wir unsern nächsten gemeinsamen Tee aber nicht hier, sondern im japanischen Teehaus im Stadtpark Hannover trinken. Ich habe es heute aus der Ferne gesehen und möchte es bei nächster Gelegenheit etwas genauer kennen lernen".

Was habe ich da gerade von mir gegeben? War das nicht ein wenig forsch? fragte sich Björn und war innerlich betreten.

Jennifer reagierte jedoch augenblicklich und überraschend positiv: „Einladung angenommen", stimmte sie seinem Vorschlag spontan zu und ihre Stimme klang nun geradezu fröhlich. Sicherlich wäre auch meine Tante gern dabei."

„Tante", wiederholte Björn ungläubig und es verschlug ihm fast die Sprache.

Wieso Tante, das fehlte ja gerade noch, dachte er bei sich.

Der Gedanke an eine Tante im Schlepptau erschien ihm äußerst befremdlich. Wer, bitte schön, sollte denn diese Tante sein? Björn verfolgte diesen Gedanken jedoch nicht weiter. Er beschloss, ihm einfach keine größere Bedeutung beizumessen und ließ ihn auf sich beruhen. Dafür betrachtete er nun versonnen Jennifers Profil, so als wolle er es in allen Einzelheiten porträtieren. Jennifer wiederum entging sein intensiver Blick keineswegs.

„Wollen Sie mich demnächst als Modell engagieren"? fragte sie mit einem belustigten Blick.

„Entschuldigung!" stammelte Björn und errötete dabei ein wenig. Er fühlte sich ertappt. „Ich wollte Sie eigentlich ganz unauffällig unter die Lupe nehmen, aber manchmal sehe ich Menschen und Dinge mit den Augen eines Zeichners – also sehr intensiv und sehr lange. Zu lange. Manchmal wirkt das auf andere geradezu provozierend".

Er nahm ihre Grübchen und die winzig kleinen Sommersprossen in ihrem Gesicht wahr und als sie sich voll zu ihm drehte, schaute er in große warmherzige und vertrauensvolle Augen – diesmal ohne Tränen. Über ihrer linken Augenbraue schien er die Spur einer alten Narbe zu entdecken – vielleicht aus frühen Kindertagen?

„Wir waren bei Ihrer Tante stehen geblieben", lenkte Björn vorsichtig ab um in leichteres Fahrwasser zu kommen. „Für den Fall, dass sie mich akzeptiert und am Ende sogar mag, darf Sie natürlich herzlich gern mit von der Partie sein"!

So, das hätten wir geklärt, sagte er zu sich.

„Das tut sie bereits", antwortete Jennifer prompt und war sich ihrer Sache absolut sicher. Irgendwie war Björn durch diese Aussage erneut verblüfft. Jennifer schien so wissend! Hatte sie einen siebenten Sinn? Was alles wusste sie denn noch?

Björn goss sich seinen Tee ein, verrührte den Zucker und stellte im nächsten Anlauf eine Frage, die ihm später als sehr direkt erschien. „Ich möchte ja nicht taktlos sein, aber Ihr Aufenthalt in Hannover und Ihre Rückfahrt nach Berlin waren wohl eine Mischung aus Freude *und* Traurigkeit – oder"?

Ohne ihre Antwort abzuwarten fuhr er nach einer kurzen Atempause fort: „Sicherlich gibt es Orte und Menschen und mit diesen verbundene Erinnerungen, von denen man sich nur schwer lösen kann. In Hannover war ich gestern und heute eher auf Arbeitsbesuch. Es hat mir dort gut gefallen. Ganz bestimmt wird dies nicht mein letzter Besuch in dieser Stadt gewesen sein, die ich zuvor nur flüchtig gekannt hatte. Nein, natürlich auf gar keinen Fall", kam ihm noch rechtzeitig der rettende Gedanke und er glückste in sich hinein, „denn wir Beide haben uns ja gerade zum Tee dort verabredet"!

Björn wartete Jennifers Antwort auch diesmal nicht ab, sondern seine Gedanken gingen wie von selbst auf Wanderschaft: „Abschiednehmen von Menschen oder von einem geliebten Ort fällt uns immer schwer! Als *ich* auf einer Jugendreise zum ersten Male unsere Fähre in Dover ablegen und die Kreidefelsen ganz langsam aber sicher hinter dem Horizont versinken sah, da war ich unendlich traurig. Der Alltag mit seinen bevorstehenden Prüfungen auf dem Kontinent rückte für mich bedrohlich näher. Es hatte mir bei meinen neuen Freunden in England damals sehr gut gefallen und ich nahm mir vor, so bald wie möglich wiederzukommen. Aber ich war mir gar nicht so sicher, ob es das nächste Mal auch dasselbe sein würde. Ich bildete mir ein, dass es dann mit Sicherheit anders kommen müsste, weil beim zweiten Male immer alles anders sein wird als zuerst".

„Stimmt", bestätigte Jennifer leise, „Abschiednehmen fällt schwer – besonders, wenn es auf immer sein muss und es kein Zurück mehr gibt.

Mein heutiger Abschied von Hannover war allerdings kein ernstzunehmendes Drama, aber wie gern wäre ich gerade diesmal ein wenig länger geblieben"!

Also doch wegen der Tante, schlussfolgerte Björn.

24

Wie leidvoll hatte Jennifer erst kürzlich erfahren müssen, dass Liebgewordenes verlierbar ist, weil Wünsche und Illusionen schnell von der Wirklichkeit abgelöst werden. Und diese war oft ungerecht und verletzend.

Leise Andeutungen erschienen ihr für heute genug; denn sie scheute sich davor, alle ihre traurigen Erfahrungen der letzten Zeit vor Björn auf den Tisch zu legen und ihre verwundete Seele zu entblößen. Immerhin war er doch noch fast ein Fremder! Sie war ihm tatsächlich heute zum ersten Male begegnet! Sie hatte ihn am Ende aber innerlich gar nicht mehr so vehement abgelehnt wie zu Beginn. Aber hatte sie überhaupt einen triftigen Grund gehabt, ihm gegenüber derart voreingenommen zu sein? Sie hatte ihn doch gar nicht gekannt und er hatte ihr überhaupt nichts Böses angetan! Könnte es nicht vielmehr so gewesen sein, dass sie die Flucht ergriff und davor zurückschreckte, sich schon wieder an jemanden zu verlieren, der sie in Wirklichkeit beeindruckte? Sie hielt ihn sogar für – einfühlsam. Und schlecht sah er wirklich nicht aus! Wenn sie es aber recht bedachte, schien er nicht in jeder Hinsicht so ganz von dieser Welt zu sein. Etwas hausbacken vielleicht oder, milder gesagt, unbeholfen. Unbeholfen zum Beispiel darin, sich an Menschen zu erinnern und diese am Ende wieder zu erkennen. Merkwürdig – Björn kam gar nicht auf die Idee, sie danach zu fragen, was sie denn in Hannover getan habe. Sie war dort bei ihrer Tante gewesen! Das wusste er nun und damit war für ihn der Fall erledigt. Diese Erklärung genügte ihm offenbar. Ebenso erwähnte er das Seminar und seine Tätigkeit dort als Referent am Vormittag mit keinem Wort! Na gut, er hatte von einem *Arbeitsbesuch* gesprochen, aber das klang doch ziemlich verwaschen! Vielleicht bildete er sich darauf aber auch rein gar nichts ein und wollte sich nicht wichtig tun. Ein Pluspunkt für ihn: er war zumindest kein Angeber!

Jennifer nippte an ihrem Teeglas und beschloss von sich aus, das Thema weiterzuführen:

„In Hannover habe ich also meine Tante besucht, meinen Notanker und meine Seelentrösterin für den Fall der Fälle. Ich glaube, sie würde sich gut als Briefkastentante eignen oder am Sorgentelefon sitzen können. Meine Eltern sind bestimmt sehr verständnisvoll und hilfsbereit, aber mit meiner Tante ist es doch noch ein wenig anders. Es war nie ihre Absicht, mich zu erziehen. Sie hat uns zwar alle einfühlsam begleitet, aber trotz ihrer Verbundenheit mit uns hat sie doch auch Abstand gehalten. Wir haben sie immer sehr geschätzt und geachtet. Sie kann einem sehr gut zuhören und beißt sich lieber dreimal auf die Zunge, bevor sie ungebetenen Rat erteilt. Ich glaube, sie sorgt sich um mich; vor allem aber macht sie mir Mut". Jennifers Augen strahlten bei diesen Worten so ergriffen, als hätte sie von einer Heiligen gesprochen!

"Hier zuhause in Berlin gibt es für mich in der nächsten Zeit noch einiges zu tun, worauf ich mich vorbereiten und konzentrieren muss und wovon meine ganze Zukunft abhängt. Man muss also nicht unbedingt vom weiter entfernten Dover aus zum Kontinent zurückkehren um einerseits wehmütig zu sein und andererseits Angst vor dem morgigen Tag zu bekommen!"

Irgendetwas Vergangenes scheint sie zu bedrücken und ein Stück bedrohlicher Zukunft sitzt ihr im Nacken, dachte Björn bei sich. *Ist es vielleicht eine Beziehungskrise, eine Dreiecksgeschichte, die meistens nur Verlierer kennt und am Ende selten einen der Beteiligten auf Dauer glücklich macht?*

Björn rührte geistesabwesend erneut in seinem Tee – so, als wollte sich der Zucker heute überhaupt nicht auflösen. Er konnte einfach nicht aufhören mit dieser nicht enden wollenden kreisenden Bewegung. Diese Bewegung ähnelte seinen Gedanken, die immer noch ständig um den Verlust von Pia kreisten. Er wollte sich so gern von seinem Gedankenballast befreien, aber das war gar nicht so einfach! Zu tief hatte er für Pia empfunden. Zu tief hatte sie ihn verletzt!

Er befand, dass Jennifer erfrischend offen in ihrer Art war, aber sie ließ den Geist, der ihr offenbar in der Kehle saß, einfach nicht aus der Flasche! Auf der anderen Seite fragte er sich, ob er ihr denn seinerseits etwas von seinem persönlichen Schicksal aufgetischt hätte. Sicherlich nicht jetzt und nicht hier und ob überhaupt? Wenn sein Verlust von gestern zum Gewinn von morgen werden sollte, dann würde sich vielleicht die Tragödie seines vergangenen Lebensabschnitts in eine Komödie des nächsten verwandeln. Wie auch immer – ein Drama bliebe es allemal!

Jennifer musste sich eingestehen, dass sie allzu gern gewusst hätte, ob Björn Frau und Kinder hatte oder ob er fest gebunden war. Nein, sie *musste* es wissen. Hier und jetzt! Andernfalls hätte ihre gemeinsame Teestunde doch gar keinen Sinn gehabt! Sie wollte in dieser delikaten und für sie immerhin wichtigen Frage ganz geschickt sein und entschuldigte sich daher bei ihm mit gespielter Unschuldsmiene, dass sie ihn hier so eigennützig aufhalte; denn er werde doch sicherlich zuhause erwartet. Björn stutzte, durchschaute ihre Strategie und beruhigte sie dann mit einem liebevollen Lächeln. Nein, da gäbe es niemanden mehr, der ihn erwarte.
Björn sah sie ernst an: „Und ich hoffe, dass ich mich wegen unserer Verabredung im chinesischen Teehaus nicht mit irgend jemandem duellieren muss"!
Jennifer musste lachen: „Da können Sie ganz unbesorgt sein. Es gibt ihn nicht mehr".

Damit war Wesentliches geklärt. Einfach so! So einfach war das am Ende!

Was hat er da gerade gesagt? fragte sich Jennifer, die ihm aufmerksam zugehört hatte. *Da gäbe es niemanden mehr, der ihn erwarte. Es muss also einmal jemanden gegeben haben. Bis wann wohl? Und, wenn ja, weshalb dann plötzlich nicht mehr?*

Björn hatte seinerseits sehr genau registriert, dass Jennifer vorhin gleichfalls etwas Wichtiges von sich preisgegeben und ihm signalisiert hatte, dass sie nämlich ihrer Zukunft mit durchaus gemischten Gefühlen entgegensähe.
Hatte sie da ihre berufliche Zukunft gemeint oder ging es um etwas sehr Persönliches? Oder um Beides?
Insgeheim tippte er darauf, dass sie einen persönlichen Verlust erlitten hatte, dessen Wunden noch nicht so ganz vernarbt waren. Weshalb

sonst hatte sie im Zug still vor sich hin geweint, als er mit dem Mädchen gemeinsam zeichnete? Was sonst konnte sie denn derartig aufgewühlt und angerührt haben als das Bewusstsein, wie schön es hätte für sie sein können, wenn..., ja, wenn...

Aus eigener Erfahrung wusste er, dass es gegen Liebeskummer keine Medizin gab. Die davon Betroffenen litten unsäglich an ihrer Niedergeschlagenheit und es brauchte viel Zeit und Geduld um dem Leben wieder positive Seiten abzugewinnen und unter Tränen lachen zu lernen.

Seelische Verletzungen untergraben unser Selbstbewusstsein, sagte er zu sich. *Wer erst einmal zurückgewiesen wurde, fühlt sich für alle Zeiten gedemütigt und verunsichert.*

Björn erinnerte sich an das Abschiedsgespräch mit einer Abiturientin, die unter heftigem Trennungsschmerz gelitten und mit ihm über ihre Zukunft und ihr nun offenbar sinnentleertes Leben gesprochen hatte. Sie war kleinlaut geworden und verzagt. Sie fühlte sich allein gelassen und ungeliebt.

Björn sagte ihr, dass sie bei ihrem Fleiß und ihrer Zielstrebigkeit und ihrem Charme mit großer Sicherheit beruflichen Erfolg haben werde und dass, *wenn* ihr denn ein Partner bestimmt sei, es diesen schon längst gäbe. Keine Sorge, dieser werde schnell ihre Qualitäten entdecken und sie erobern wollen!

Natürlich erkannte Björn schon damals sofort den dialektischen Schwachpunkt seiner Argumentation. Da war eben dieses berühmte Wörtchen *wenn*. Und wenn nicht?

Gab es da in unserer Welt wirklich so viele männliche Lichtgestalten auf der Suche nach ihrem Aschenbrödel? Außerdem hielt sich Björn keineswegs für einen erfahrenen Wunderdoktor in Sachen Seelenschmerz – er konnte sich ja nicht einmal selbst kurieren!

In den Ohren seiner Schülerin klangen seine Worte damals jedoch irgendwie überzeugend und bei oberflächlichem Hinhören sogar auch tröstlich – zumindest für den Augenblick.

Sie hatte Björn verklärt und dankbar angesehen, so als käme er wie gerufen. Er hatte den Eindruck, dass seine eher banalen Trostworte in jener Situation und in jenem Augenblick genau richtig gewesen waren, weil sie befreiend wirkten und Mut machten. Ihr apartes Gesicht leuchtete auf und ihre Schultern strafften sich. Sie dankte ihm beim

Abschied mit festem Händedruck und ging getröstet und aufrechten Ganges davon!

War Björn lediglich ein Sprücheklopfer gewesen, der Dinge unüberlegt einfach so dahersagte?
Nein, er hatte ihr zwar nicht helfen können, aber er hatte ihr einfühlsam zugehört. Er war für sie da gewesen – diesmal nur für sie!

Heute verschonte er Jennifer mit solch billigem Trost von damals; denn was *sie* betraf, so bewegte er sich doch auf unsicherem Terrain und lediglich im Bereich der Mutmaßungen! Weder hatte sie ihm ihre Lebensgeschichte erzählt noch hatte sie ihn um Rat gefragt oder um irgendeine Stellungnahme gebeten. Was also konnte er tun?
Er schenkte ihr einen aufmunternden Blick und berührte sanft und zaghaft ihren Handrücken. Er war sich nicht sicher, ob diese verwegene kleine Geste Anklang bei ihr finden würde – aber immerhin ließ sie ihn gewähren und er verplemperte dabei nicht einmal vor Aufregung versehentlich seinen Tee.

Wie lieb er mich anschaut, dachte Jennifer bei sich. *Seine Hand fühlt sich warm und trocken an. Weder hat er dabei* seinen Tee *verschüttet noch die Zuckerdose umgestoßen. Hand in Hand mit ihm zu gehen – das müsste sich gut anfühlen!*

25

Einar Lund, Jennifers Vater, befand sich auf dem Weg zum Hauptbahnhof und es schien, als würde er sich erheblich verspäten. Er war nämlich nicht beizeiten losgefahren und der Verkehr floss nicht so, wie er sich das gewünscht hatte. Nicht einmal heute – am Sonnabend! Am Vormittag hatte er seine Frau mit einem riesigen Verband von der Ersten Hilfe des Krankenhauses abgeholt und mit nach Hause genommen. Er hatte ihr strenge Ruhe verordnet, die er selbst allerdings auch hätte einhalten sollen!
Jennifer hatte dagegen protestiert, dass ihr Vater sie abholen wolle, weil sie schließlich allein nach Hause fahren könne und er sich schonen müsse. Er aber hatte darauf bestanden! Sicherlich würde seine Tochter

trotz seiner Verspätung geduldig auf ihn warten. Jennifer konnte sehr geduldig und nachsichtig sein und jede Menge Verständnis an den Tag legen. Doch sie konnte sich auch sorgen und bald würde sie vermutlich zu Hause anrufen um herauszufinden, ob er denn schon abgefahren sei. Vorwürfe waren in ihrer Familie so gut wie unbekannt und Jennifer würde nur zur eigenen Gewissheit ganz beiläufig fragen, ob er an sie gedacht habe. Ihr Verhältnis zu einander war sehr herzlich. Manchmal setzte sie sich zu ihm und lehnte ihren Kopf an seine Schulter. Oft und gern kundschafteten sie Beide in der näheren Umgebung neue Wanderwege aus und kehrten unterwegs ein um sich in Gespräche zu vertiefen und dabei die wohlverdiente Mahlzeit zu genießen. Gelegentlich musizierten sie zusammen und genossen es, in diesen Augenblicken als Vater und als Tochter etwas gemeinsam zu tun. Natürlich freute er sich von ganzem Herzen, wenn Jennifer etwas gut gelungen war und er litt unsäglich, wenn sie Pech hatte und wenn er sah, dass sie hilflos und niedergeschlagen war und er nichts für sie tun konnte. So sind Eltern im Normalfall nun einmal, aber Einar war ein besonders liebevoller und umsichtiger Vater. Wie war es ihm damals unter die Haut gegangen, als sie sich als kleines Kind über dem linken Auge verletzt hatte! Er war daran nicht ganz unschuldig gewesen! Sie hatten ausgelassen miteinander Fangen gespielt und plötzlich war Jennifer auf ihren nackten kleinen Füßen ausgerutscht und im Badezimmer gegen die Kante der Waschmaschine geknallt. Sie blutete erbärmlich. „Tut gar nicht weh", hatte sie ihn jammervoll getröstet.Tränen standen in ihren Augen. Beiden war zum Heulen zumute! Er hatte die Blutung stillen können und ihr ein Pflaster auf die Wunde geklebt. Eigentlich hätte sie genäht werden müssen, aber am nächsten Tag war es dafür schon zu spät. Also blieb Zeit ihres Lebens eine kleine Narbe zurück. Wenn er an diesen Unfall und die tapfere kleine Jenny zurückdachte, tat es ihm noch heute weh!
Wie gern hätte er ihr seit langem einen festen Partner und einen eigenen Haus- und Ehestand gewünscht und sie in ihrem Beruf glücklich gewusst! Bei ihrer Berufswahl, dem damit verbundenen langen Studium und dem anschließenden Vorbereitungsdienst war jedoch Geduld angesagt. Trotzdem tickte ihr die Zeit weg! Merkte sie es? Diesen Gedanken jedoch hätte er ihr gegenüber niemals zum Ausdruck gebracht; denn es war schließlich *ihr* Leben und *sie allein* hatte es zu gestalten und zu verantworten! Was hätte es außerdem schon gebracht, wenn sie dem Glück leichtfertig nachgelaufen wäre? Wenn sie jedoch

bereit war, sich von diesem Glück finden zu lassen, so war das sicherlich in Ordnung – nur keine überhastete Eile und bloß nicht noch mehr Komplikationen!

*

Die Tatsache, dass sich Jennifers Vater offenbar verspätete, konnte Björn nur recht sein; denn noch war der Tee nicht ausgetrunken und er begann sich in Jennifers Nähe wohlzufühlen. Er konnte mit ihr nach seiner Einschätzung offen reden und sie hielt es auch geduldig aus, wenn er eine gedankliche Atempause einlegte und für einen Augenblick schwieg. Er fühlte sich in ihrer Gegenwart angenehm frei.
Versonnen blickte sie ihn an. Sollte sie ihm sagen, was sie innerlich bewegte? Was sie so traurig gemacht und ihr Selbstbewusstsein ramponiert hatte? Sie entschloss sich dazu, Teile ihrer persönlichen Geschichte vorsichtig anzudeuten und trotzdem nicht all zu viel von sich selbst preiszugeben. Aber war es im Grunde genommen nicht zwecklos, ihn auf eine falsche Fährte locken zu wollen? Würde er es nicht sofort merken? Sie zog die linke Augenbraue, die mit der Narbe, hoch und begann, wenn auch ein wenig ungelenk, ihn ins Bild zu setzen.

„Ich denke gerade an eine junge Frau. Sie wissen schon: die Cousine einer Freundin unsrer Nachbarin – oder so ähnlich. Das klingt doch überzeugend – stimmt's"?
„In der Tat", bestätigte Björn augenzwinkernd, „dies ist offenbar der Beginn einer Geschichte in stark anonymisierter Form! Übereinstimmungen mit lebenden oder anwesenden Personen sind natürlich rein zufällig"!
Jennifer gefiel ausnahmsweise sein mit sanfter Ironie gewürzter trockener Humor. Sie ließ sich nicht aus der Ruhe bringen und fuhr fort:
„Besagte junge Frau war während ihres vorgeschriebenen Auslandsaufenthaltes im Rahmen ihres Sprachstudiums in Plymouth. Von dort schrieb und mailte sie jemandem, der ihr keineswegs gleichgültig war, regelmäßig nach Berlin und berichtete ihm offen und ausführlich von ihrem Leben dort. Er war anfänglich an der Uni ihr Tutor gewesen, etwas älter als sie und beide kannten einander seit Jahren. Jedes Mal hatte er ihr geantwortet und sie hoffte, dass er für sie genau so stark empfinde, wie sie für ihn. Trotzdem war es keine Liebesbeziehung mit vollem Programm gewesen, wenn Sie verstehen,

was ich meine. Als sie ihn dann jedoch unverhofft einen Tag früher als ursprünglich angekündigt in seiner Wohnung besuchte, war ihr Traum innerhalb weniger Sekunden Vergangenheit. Sie hatte ihm blindlings vertraut. Wie naiv! Nun fühlte sie sich von ihm hintergangen und verraten. Aus und vorbei"!

Lange Pause.

Jetzt hatte sie ihr Geheimnis und dessen Ende im Großen und Ganzen gelüftet!

Einige Details hatte sie ausgelassen.

Wie hatte ihr dies nur passieren können?

Was ging Björn die traurige Geschichte überhaupt an?

Oder fühlte sie sich bereits jetzt derart stark zu ihm hingezogen, dass sie schon gar nicht mehr anders konnte als schwach zu werden und ihm blindlings zu vertrauen? Sich ihm anzuvertrauen? Schon wieder einmal – wie im Nachtflug? Sie kannte ihn doch erst seit ein paar Stunden!

Natürlich musste ihm klar geworden sein, dass sie es selbst war, die hier aus freien Stücken von sich erzählte!

Jennifer fühlte sich aber plötzlich nicht mehr in bester Erzähllaune, weil die sie erniedrigende Erfahrung bitter in ihr hochstieg und sie traurig stimmte. Es ist ja keineswegs so, dass uns die Erinnerungen loslassen, bloß weil einige Zeit vergangen ist! Wir können sie erfolgreich zu verdrängen versuchen. Wir können ihnen energisch untersagen unser Gemüt zu verwirren – doch sie holen uns immer wieder ein, belästigen uns und halten uns im Würgegriff!

Björn hatte ihr aufmerksam zugehört.

Also noch eine Beziehungskiste, dachte er bei sich und seufzte tief und deutlich hörbar.

Er hat mir aufmerksam zugehört und mich verständnisvoll angesehen, sagte Jennifer zu sich selbst, *aber er hat zu allem höflich geschwiegen und überhaupt nicht neugierig nachgefragt. Was hat dies zu bedeuten?*

Als Björn weiterhin in seinem Schweigen verharrte und dabei trotzdem seine Neugier nur mühsam zügelte, entschloss sie sich, das Gespräch von sich aus weiterzuführen und begann mit einem ganz anderen Gedanken:

„Mir ist vorhin im Zug bei Ihrem Gespräch mit der kleinen Nike aufgefallen, dass Sie auch auf junge Gesprächspartner sehr besonnen und empfindsam eingehen. Liegen Ihnen Kinder und deren

Gedankenwelt? Sie stellen jede Menge Fragen und scheinen sich mit oberflächlichen Antworten nie zufrieden zu geben. Ahnen Sie überhaupt, wie schwer es ist, sich Ihren Fragen zu entziehen? Aber mit Ihrer Wissbegier zeigen Sie, dass sie an ihrem Gesprächspartner interessiert sind".

Für einen Augenblick wusste Björn wirklich nicht, worauf seine Gesprächspartnerin hinaus wollte, aber Jennifer nahm ganz unbefangen ihren Gedanken von vorhin noch einmal auf:

„Sicherlich wollen Sie nun wissen, auf welche Weise die von mir erwähnte junge Frau ihrem Freund denn zuvor klar gemacht hatte, was sie für ihn empfand. Die Antwort ist ganz einfach. Eigentlich auf keinerlei bestimmte Art; aber *ich* dachte, er hätte ein Gespür für die kleinen Zeichen *meiner* Liebe. Keine noch so starke Zuneigung wäre jedoch in irgendeiner Weise geeignet gewesen um ihn von seinen Neigungen zu befreien".
Halt!
Nun war es zu spät!
Ungewollt hatte sich Jennifer verraten und Björn damit bestätigt, dass es sich natürlich um ihr eigenes Schicksal drehte!
Sie hatte – vielleicht anfangs wider Willen – von sich selbst gesprochen!

Jennifer ist frei, wie wunderbar! erkannte Björn. *Gewiss, sie hat ihren Schmerz noch nicht ganz verkraftet – wie auch? Aber vielleicht kann sie von Glück sagen, dass es noch gerade rechtzeitig so gekommen ist! Notbremsung bei voller Fahrt! Es musste zwangsläufig so geschehen und je früher desto besser! Auf lange Sicht gesehen, war also auch ihr vermeintlicher Verlust von gestern der Beginn einer glücklichen Zukunft! Mit ihrem Pech hängt vielleicht mein Glück zusammen; denn wäre es nicht so gekommen, hätte ich ihr vorhin im Zug keine Träne abwischen können. Sie hätte vermutlich nicht einmal Notiz von uns genommen und wir würden jetzt nicht gemeinsam hier sitzen und Tee trinken.*

Björn hatte ihr weiterhin sehr aufmerksam zugehört und war ganz still geworden. Aber nicht nur ihr war aufgefallen, dass sie sich verplappert und verraten hatte – auch er hatte es gemerkt, was er ihr nunmehr bestätigte: „Am Ende haben Sie plötzlich von sich selbst gesprochen, von *Ihren* Empfindungen und von *Ihrer* Liebe zu ihm. Danke für Ihr Vertrauen"!

Sie errötete leicht, schluckte und sagte ein wenig schuldbewusst: „Ertappt!"

Doch sie ging nicht näher auf die Falle ein, die sie sich selbst gestellt hatte. Es hätte sowieso keinen Sinn mehr gehabt.

26

Björn hielt sich selbst für einen eher schwierigen Menschen. Er neigte zur Grübelei. Er war sehr verletzlich und nachtragend und wirkte mit seinen Zornesausbrüchen oft wie ein Vulkan!

Vielleicht war dies der Grund, weshalb er verspürte, dass manche Menschen einen Bogen um ihn machten. Sie wussten ihn nicht so richtig einzuschätzen. Sie wollten nicht, dass er mit seinen Fragen ständig nachhakte und sie wollten sich von ihm nicht festnageln lassen. Er hielt sich zwar für realistisch, aber andere Menschen beklagten an ihm seinen Ernst und seinen Pessimismus. Stimmte das überhaupt? Seine Bilder waren doch farbenfroh und er liebte warme und helle Töne!

Björn kannte seine charakterlichen Schwachstellen recht gut und versuchte ihnen beizukommen. Oft aber war er einfach zu schwach um ihrer Herr zu werden. Er wünschte sich so sehr, der fröhliche und kumpelhafte Typ von nebenan zu sein, mit dem alle Welt gern ein Bier trinken würde. Schwiegermutters Liebling, sozusagen, der ständig seinen Charme nur so versprühte!

Jennifer sah, dass Björn für einen Augenblick seinen Gedanken nachhing, aber dann war er plötzlich wieder geistig präsent und sagte: „Ich habe gerade über meine persönlichen Fehler nachgedacht und eine sehr negative Bilanz gezogen. Lassen Sie sich bloß nicht auf mich ein"!

Als Jennifer ihn amüsiert ansah, fragte er sie etwas zögernd: „Welche *Ihrer* persönlichen Eigenschaften außer ihrer positiven Ausstrahlungskraft halten Sie denn für besonders erwähnenswert"?

Hat er eben Ausstrahlungskraft gesagt? schoss es Jennifer durch den Kopf. *Hält er mich etwa für....*Ihr fehlten die geeigneten Worte.

Sie dachte einen Augenblick nach. *Hilfe, eine Selbstanalyse!* Das hatte ihr ja gerade noch gefehlt! *Aber, na gut, ich lasse mich darauf ein.*

„Vielleicht bin ich manchmal sehr offen – zu offen sogar".
Nach einer weiteren Denkpause fügte sie hinzu: „Und viel zu gutgläubig und vertrauensselig. Ich hänge gern meinen Träumen nach. Ich bin ein Familienmensch. Vielleicht bin ich anderen gegenüber zu unkritisch, weil es mir immer noch an genügend Menschenkenntnis fehlt".

Sie blickten einander nachdenklich an, bis sich Jennifer zu einer Gegenfrage aufraffte.

"Wie steht es denn mit *Ihren* hervorstechenden Eigenschaften, *Herr Studienrat?*
Jennifer hatte mit dieser unbeabsichtigten Spitze soeben eine seiner empfindlichen Seiten angesprochen. Sie merkte, wie er innerlich zusammenzuckte und es tat ihr sofort leid. „War nicht so gemeint", lenkte sie ein.
Björn ging jedoch bereitwillig auf sie ein. Das gebot allein schon die Fairness; denn er hatte schließlich mit dem Fragespiel angefangen!

"Auf meinen früheren Zeugnisköpfen stand oft, ich sei schüchtern und bescheiden. Mag ja sein. Allerdings gilt dies wohl für die halbe Nation!
Ich halte mich für bindungsfähig. Für verlässlich und treu. Gleichzeitig brauche ich aber meine Unabhängigkeit, die ich im Gegenzug allerdings auch meiner Partnerin im Leben jederzeit ausdrücklich gönnen würde"!

Jennifer sah ihn versonnen an. „Wie ist es Ihnen eigentlich gelungen, dass ich mich Ihnen anvertraut habe – einfach so?
Sie haben mich..."
Sie sprach die weiteren Worte nahezu tonlos und am Ende für ihn fast unhörbar vor sich hin und ließ den Satz scheinbar unvollendet, so dass er ihre Gedanken nur noch erraten konnte.

Dann aber fragte sie ihn mit einem inneren Ruck: „Welchen Rat hätten Sie denn nun für mich auf Lager?" Mit ihren geschürzten Lippen klang sie fast so schüchtern wie ein junges Mädchen.
Björn setzte seine Tasse ab und sagte:

„*Sieh auf zur Sonne, dann fallen alle Schatten hinter Dich.* Diese Weisheit stammt nicht vor mir, sondern sie ist ein afrikanisches Sprichwort".

Jennifer liebte Sprichwörter und musste erleichtert lachen.

„Da haben wir aber Glück! Die Sonne scheint heute kräftig und ist noch längst nicht untergegangen". Dann fragte sie ihn mit hintergründiger Neugier: „In welchem afrikanischen Land wollen Sie denn im kommenden Sommer Ihre eigenen Schatten hinter sich lassen"?

Björn lächelte über ihre Pfiffigkeit.

„Noch ist es ja einige Wochen hin. Afrika stand allerdings noch nie auf meinem Reiseplan. Ich wollte ursprünglich gern eine Fahrt mit dem Kabinenkreuzer auf dem River Shannon in Irland machen, aber..." und nun biss er sich auf die Lippen um seinen Schmerz zu unterdrücken, „...aber meine verflossene Märchenfee hat sich anders entschieden. Sie hat nicht mehr bei mir angeheuert und ist schon vorher von Bord gegangen. So hätte ich zurzeit niemanden mehr, der im Notfall an meiner Stelle das Steuer übernehmen und dem ich meine Eindrücke mitteilen könnte. Seit einiger Zeit sitze ich aber an einer literarischen Arbeit und werde in den nächsten Wochen wohl ungestört daran weiter schreiben. An einem einsamen Ort im Schlaubetal, nicht weit weg von hier".

Jennifer bemerkte, wie nun in *seinen* Augen für einen kurzen Moment eine tiefe Traurigkeit aufschimmerte, aber sie konnte ihre Betroffenheit ihm gegenüber nicht mehr in tröstende Worte fassen, weil in diesem Augenblick ihr Handy klingelte. Viel zu früh und völlig unpassend, wie sie meinte! Sie sah, dass es ihr Vater war.

„Mein Vater steht mit seinem Wagen draußen", sagte sie hastig. „Wie immer in der Halteverbots-Zone und er befürchtet Ärger, wenn er dort länger stehen bleibt"!

„Lassen Sie ihn nur nicht warten! Betrachten Sie sich als meinen Gast! Ich löse uns Beide bei der Kellnerin aus", stellte Björn klar und erhob sich zum Abschied.

"Es war gut, dass wir uns noch einmal gesehen und miteinander gesprochen haben", sagte er mit wehmütigem Gesicht.

Viel zu schnell war für ihn die Zeit mit ihr verflogen!

Bevor sie nach Ihrer Umhängetasche griff, trat sie mutig einen Schritt auf ihn zu und umarmte ihn zum Abschied. Björn drückte sie an sich und es fühlte sich gut an, so, als wäre es schon eine liebgewordene Gewohnheit. Sie hielten einander für einen Augenblick fest – nein, ein wenig länger sogar als nur für einen Augenblick und etwas fester als vielleicht erwartet. Als sie sich wieder von einander lösten, strich er mit seinem Handrücken zärtlich über ihre Wange. Diese liebevolle Geste durchströmte Jennifer mit wohliger Wärme!

„Ich weiß, dass ich dies hier und heute wahrscheinlich nicht hätte tun dürfen", sagte sie, um gleich darauf ihre Feststellung in eine Frage umzuwandeln: „Oder vielleicht doch"?

Was denn nur? fragte er sich leicht irritiert.

„Ich fühle mich nach unserm Gespräch aber wie befreit und beschwingt", fügte sie hinzu. Sie war im Begriff zu gehen, doch sie drehte sich auf dem Absatz herum und sagte mit strahlendem Lächeln: „Wir werden uns bestimmt wieder sehen. Versprochen! Schließlich sind wir ja verabredet. Chinesisches Teehaus! Aber zuvor muss ich leider mehrere wichtige persönliche Dinge erledigen und bitte um Geduld und Nachsicht, wenn ich mich für einige Zeit nicht bei Ihnen melden werde".

Dann ging Jennifer mit festem Schritt zum Seitenausgang und bevor sie die Freitreppe hinunterschwebte, hielt sie an, drehte sich noch einmal nach ihm um und sie winkten sich zu.

Es stimmte. Sie hatten sich bei einer Tasse Tee erstaunlich viel Persönliches über einander mitgeteilt – ihr Gespräch verdiente eine Fortsetzung. Unbedingt!

Björn hatte Gefallen an ihr gefunden.

Und sie vermutlich auch an ihm!

Dann durchfuhr es ihn! Zum zweiten Male innerhalb einer knappen Stunde sollte er sie am Ende verlieren – wenn schon nicht aus dem Sinn, so doch zumindest vorerst aus den Augen.

Wer war sie wirklich?

Wo wohnte sie?

Würde sie ihr Versprechen, ihn wieder zu sehen, halten?

Wann und wo und bei welcher Gelegenheit würde sie es einlösen?

Weshalb hatte er sie nicht sofort nach ihrem Zunamen und ihrer Adresse gefragt? Dafür wäre doch wohl noch Zeit gewesen!

Oder ging sie irrtümlicherweise davon aus, dass dies alles schon geklärt war?

Was, wenn sie das Bild mit seiner Adresse und Telefonnummer verlieren sollte?

Björn zahlte umgehend und verließ eilig das Restaurant. Von Jennifer keine Spur mehr! Kein Wagen im Halteverbot! Er begab sich langsamen Schrittes zu seinem Auto und fuhr nach Hause, in Gedanken versunken. Sein Alltag würde schlagartig wie verwandelt sein; denn die Erinnerung an Jennifer würde ihn begleiten und ihm die Ruhe nehmen! Sie war in seinem Herzen vor Anker gegangen! War er denn schon bereit dafür? Eigentlich schon längst!

27

Mit neunzehn Jahren war Björn frischgebackener Abiturient gewesen. Nach seinem Abitur hatte er pflichtschuldig seinen Zivildienst an Stelle des Wehrdienstes abgeleistet und begann danach, nunmehr gerade noch einundzwanzigjährig, an der FU Berlin Geschichte und Anglistik zu studieren. Nach elf Semestern legte er alle Staatsexamensprüfungen ab und wurde als Studienreferendar nahtlos in den zweijährigen Vorbereitungsdienst übernommen. Er war kein Dauerstudent gewesen! Er hatte sich mit seinem Studium beeilt, aber es hatte eben doch seine Zeit gedauert, weil er sich nachträglich noch genügend Kenntnisse in Latein aneignen musste um die Zwischenprüfungen zu den Hauptseminaren zu bestehen.
Seit fünf Jahren erst war Björn im Schuldienst und er ging trotzdem schon auf Mitte dreißig zu. Sah er so alt aus, wie er war? In jedem Falle gab es Tage, an denen er sich jünger fühlte.
Er hatte bisher kein Haus gebaut, sondern wohnte zur Miete im südlichen Berlin. Er war seit geraumer Zeit wieder Single und aus diesem Grunde glücklicherweise kinderlos. Er hatte auch noch keinen Baum gepflanzt, dafür aber ein Buch geschrieben und veröffentlicht. Akademische Titel hatte er bisher nicht erworben und sie erschienen ihm einstweilen auch nicht so dringlich und erstrebenswert. Seine persönliche Erfolgsbilanz war also in seinen Augen eher mäßig.
Nach seinem Referendariat wurde er an seiner Stammschule sofort fest eingestellt und ungewöhnlich schnell gebeten, die Leitung eines frei gewordenen englischen Fachseminars zu übernehmen, wenn auch

zunächst wohl nur vertretungsweise. Er fühlte sich geehrt, aber, selbstkritisch wie er war, lehnte er dieses Angebot höflich ab, weil er sich immer noch für einen Anfänger hielt und erst genügend Berufserfahrung sammeln wollte, ehe er auf kampflustige und erwartungsvolle Referendare losgelassen würde. Er hätte es sich fachlich und menschlich eigentlich zugetraut, aber er stellte seit jeher hohe Erwartungen an sich selbst. Seine Vorführstunden jedenfalls hätten seiner Meinung nach Musterbeispiele perfekten Könnens sein müssen. Und er *hätte* natürlich regelmäßig Unterricht vorgeführt und sich der anschließenden Kritik zu stellen gehabt. Sich selbst in Frage zu stellen, fiel ihm allerdings schwer. Seit jeher und noch immer!

War er wirklich ein Perfektionist, stets unzufrieden mit sich selbst? War er deshalb in der Tiefe seiner Seele ein unsicherer Mensch? Vielleicht!

Während seines Studiums hatte er als studentischer Tutor gearbeitet und dabei erfahren, wie viel Vorbereitung solch eine Tätigkeit kostete, wenn man sie ernst nahm und selbst ernst genommen werden wollte. Auch sein Lehrauftrag für englische Syntax, der ihm von der Universität unmittelbar nach seinem Zweiten Staatsexamen erteilt worden war, hatte ihn nicht glücklich gemacht, weil er neben dem Hauptberuf kaum noch Zeit zum Atemholen hatte.

Wie viel Zeit blieb da noch für ein erfülltes Privatleben?

Aber dann kam es eines Tages ein wenig anders als erwartet und geplant. Er wurde nämlich gefragt, ob er nicht nach Bedarf den Vorsitz bei Ersten Staatsprüfungen für Universitätsabsolventen übernehmen würde. Nicht nur während der Schulzeit, sondern vor allem auch in den Ferien! Ehrenamtlich und ohne jegliche Aufwandsentschädigung! Dreimal im Jahr stauten sich nämlich beim Prüfungsamt die Prüfungstermine und konnten von der zusammengeschmolzenen Zahl der dort hauptamtlich Beschäftigten nicht mehr bewältigt werden.

Björn hatte zunächst wieder einmal Bedenken, da er seiner Meinung nach völlig unerfahren sei und sich gewiss erst langsam einarbeiten und gastweise als Beobachter zuvor einen Überblick verschaffen müsse. Er würde schließlich als gleichberechtigter Prüfer Staatsexamensarbeiten lesen, beurteilen und bewerten müssen; denn er wäre sozusagen staatlicher Urkundsbeamter in Staatsprüfungen und hätte eine Menge an Verantwortung zu übernehmen. Für die Kandidaten war eine Examensprüfung beileibe kein Kinderspiel, sondern es ging hierbei stets um Existenzfragen! Was würde ihm geschehen, wenn es von Seiten gescheiterter Prüflinge gerichtliche Widersprüche gegen seine Amtsführung hagelte? Sollte er wirklich Kopf und Kragen und nebenbei auch seinen Ruf riskieren?

Würde er unter den akademischen Würdenträgern als Greenhorn bestehen können? Würden ihn die gelehrten Universitätsprofessoren überhaupt ernst nehmen?

Ein guter Freund jedoch tröstete ihn über alle Zweifel hinweg: „Nichts fürchtet der Theoretiker so sehr wie den Praktiker und Du gehörst zu den Letzteren"!

Damit waren die Würfel gefallen!

Trotz seiner Bedenken sagte er am Ende zu und wurde ins kalte Wasser geworfen. Seine anfänglichen Vorbehalte schwanden schnell, da er als ruhender Pol in den Prüfungskommissionen stets gute Karten hatte. Er zeigte Respekt gegenüber den Kommissionsmitgliedern und er selbst wurde jedes Mal erstaunlicherweise gleichfalls respektiert. Er war stets freundlich zu jedermann und wurde fast immer ebenso freundlich behandelt. Er bemühte sich redlich, schon vor Prüfungsbeginn innerhalb kürzester Zeit ganz unauffällig eine angenehme Arbeitsatmosphäre herzustellen, indem er sich mit den Prüfern bekanntmachte und immer ein freundliches Wort fand. Bei den Prüfungsberatungen gelang es ihm – mit einer Ausnahme bisher – jeglichen hitzigen Streit um Benotungen zu vermeiden und schnell einen allgemeinen Konsens herbeizuführen.

Als sich einmal zwei einander wenig wohl gesonnene akademische Lehrer bei der Urteilsbildung in die Haare gerieten, griff er energisch ein. Er brach den Streit kategorisch ab und bildete eine Schlussnote, die sich als Durchschnittswert aus den unterschiedlichen Voten ergab. Dieses Verfahren war ausdrücklich zugelassen und für den Notfall vorgesehen und ähnelte somit seiner Meinung nach der Bewertung beim Eiskunstlauf. Dort hatte er früher Punktrichter beobachtet, die ihre Täfelchen mit teilweise sehr unterschiedlichen Bewertungen in die Höhe hielten. Der Durchschnittswert galt dann als Endergebnis und so ist es wohl bis heute immer noch Brauch. Na und? Ging doch auch!

Björn achtete sehr genau darauf, dass sich einzelne Prüfer in ihrer Eitelkeit nicht etwa darin gefielen, ewig schwadronierend ihr eigenes Wissen unter Beweis zu stellen und damit dem Prüfungskandidaten womöglich dessen kostbare Zeit stahlen.

Wenn ein Professor den Prüfling ständig mit kleinlichen Fragen löcherte und aus der Fassung brachte, griff Björn ein. Er stellte dann im Sinne der Prüfungsordnung sicher, dass der Kandidat seine einzelnen Gedankengänge ungestört entwickeln konnte.
An den einzelnen Teilen der Prüfungsgespräche nahm er stets aktiv teil, indem er inhaltlich an den Prüfungsverlauf anknüpfte und ihm wesentlich erscheinende Fragen aus der täglichen Unterrichtspraxis spontan hinterher schob. Er hörte gelassen und aufmerksam zu und er konnte geduldig warten, bis er sich schließlich einklinkte. Allmählich sprach es sich herum, dass mit ihm zu rechnen war und er behielt ganz unauffällig die Fäden in der Hand und als Vorsitzender den Hut auf dem Kopf! Nur sollte es niemand allzu deutlich merken! Da er während der Prüfungsgespräche mit Hilfe eines selbst entworfenen Lückentextes seine persönlichen Schlussurteile, nach Kriterien geordnet, fortlaufend ergänzte, indem er sie formulierte, verwarf und meist mehrfach änderte und schließlich schnell in die gewünschte Schlussfassung brachte, konnte er am Ende in der Regel punkten. Er legte manchen Universitätslehrern das Formulieren der Begründungen für die von ihnen vorgeschlagenen Noten sozusagen in den Mund und ermöglichte es ihnen damit, sich entspannt zurückzulehnen. Wer ihn längere Zeit kannte, begann sich auf ihn zu verlassen, weil er *es* schon machen würde. Merkte es überhaupt jemand, dass er somit nicht ganz ohne Einfluss war? Sicherlich; denn manchmal war auch die Gegenseite gewieft. Aber was heißt hier *Gegenseite*? Björn wünschte sich seine Prüfungsmannschaften stets als ein Team, das durch wohlwollende Zusammenarbeit und fachliche Kompetenz zu haltbaren Bewertungen kam. Ohne Gerangel, bitte schön! Zu viel stand für die Kandidaten auf dem Spiel und daher hatten in einer Prüfung faire Spielregeln zu gelten! Dafür machte er sich jederzeit stark. Niemals sollte für ihn eine Prüfung zum Schlachtfeld werden!

28

Heute war Freitag, zweite Ferienwoche, entspannter Prüfungstag.
Es war 11.30 Uhr. Björns letzte Prüfung war gerade zu Ende gegangen. Jetzt konnten für ihn eigentlich die Ferien beginnen. Für viele Menschen bedeutete dies: weißer Strand, Sonne und blauer Himmel. Und für ihn?

Ihm wurde jedoch bedeutet, dass er, wider Erwarten, bitte schön, doch noch nicht gehen könne. Irgendetwas war schief gelaufen! Er würde noch einmal dringend gebraucht! Was wäre geschehen, wenn er selbst einen wichtigen Termin hätte wahrnehmen müssen? Er fühlte sich überrumpelt und konnte die Prüfungsakte zur kommenden und für ihn zusätzlich kurzfristig anberaumten dritten Prüfung kaum mehr überfliegen, da sie ihm von der Sachbearbeiterin gerade erst mit einem um Vergebung bittenden Lächeln hereingereicht worden war. Er hatte sich lediglich den Namen der Kandidatin im Hauptfach Musik eingeprägt. Ihr Vorname war Jennifer. Angenehme Erinnerungen kamen auf. Jennifer...

In der kleinen Küche, die vom Flur abging, füllte er – wie immer – ein Trinkglas mit frischem Leitungswasser, diesmal für die hoffentlich nicht zu ungeduldig wartende Kandidatin, und machte sich dann auf den Weg zum Warteraum um sie dort abzuholen. Manche Kandidaten tranken während der Prüfung das ihnen bereitgestellte Wasser, andere rührten es gar nicht an. Aber immer war es klares, unverdächtiges Wasser aus der Leitung, ohne stimulierende Zusätze oder ähnlichem. Björn mochte es nicht besonders gern, wenn sich einzelne Kandidaten aus ihren eigenen Getränkevorräten bedienten, aber er hatte am Ende doch nicht den Schneid, dies zu unterbinden. Sah er da wieder einmal ein Problem, wo eigentlich gar keines war?
Mit dem Glas in der linken Hand und darauf achtend, dass er auch nichts verschüttete, sah er sich in der Runde der übrig Gebliebenen um und glaubte „seine" Kandidatin sofort zu entdecken. Er rief sie aber vorsichtshalber leise namentlich auf und als sie sich erhob, begrüßte er sie mit einem festen Handschlag. Dabei stellte er sich freundlich lächelnd vor.
Sie ähnelte der Jennifer von neulich wie eine Doppelgängerin!
Wieder einmal war er sich nicht hundertprozentig sicher, aber er hätte schwören können, dass...
Nein, lieber nicht schwören!
Wo war ihr Stirnband geblieben?
Heute trug sie zwei goldblonde Zöpfe und einen Pony fast bis zu den Augenbrauen!
Unglaublich, wie sich Menschen in ihrem Äußeren geradezu täuschend ähneln können!

Andererseits hatte sie ihn soeben nicht nur recht zurückhaltend, sondern fast erschreckt begrüßt und keineswegs so getan, als würden sie sich kennen!
Übrigens – die Jennifer von neulich hatte sich, wie angekündigt, seitdem wirklich nicht mehr bei ihm gemeldet! Ob sie ihm aus dem Wege gehen wollte?

*

Erwachsene können in Grenzsituationen schnell unter Panickattacken leiden und die Fassung verlieren!
Björn glaubte daher zu wissen, worauf es für die Studienabsolventen ankam und er bemühte sich jedes Mal redlich, durch ein freundliches Gespräch mit ihnen auf dem Weg zwischen Warte- und Prüfungsraum ihre Prüfungsangst ein wenig abzubauen. Er versuchte persönlich auf sie einzugehen und ihnen Mut zu machen. Er selbst brauchte ja auch von Zeit zu Zeit wohlwollenden Zuspruch!
Offensichtlich schien die gegenwärtige Kandidatin, die mit anscheinend bleiernen Füßen gerade stumm neben ihm herging und die er für Jennifer hielt, hier und heute und besonders mit dieser Situation überfordert.
Björn gab sich zurückhaltend, wenigstens für einige Schritte.

„Heute muss ich mir selbst ein wenig Trost spenden", sagte er auf dem Weg zum Prüfungsraum – mehr zu sich selbst als zu ihr –und entnahm seiner rechten Hosentasche eine kleine weiße Maus aus Kunststoff . Er verlangsamte seinen Schritt, drehte sich zu ihr hin, sah ihr schelmisch in die Augen und presste dabei die Maus ganz intensiv in seiner Hand zusammen. „Jetzt darf *ich* mir zuerst etwas wünschen"!
Dann reichte er sie seiner Begleiterin. „Man muss sie in seine Hand nehmen, eine Faust machen, ganz fest drücken und sich dabei heimlich etwas wünschen". Jennifer lächelte leise und tat, wie ihr empfohlen. Als sie ihm die Maus zurückgab, sah sie wirklich ein wenig erleichtert aus! Sie wirkte nun nicht mehr gar so nervös und verkrampft! Björn hatte sein Ziel erreicht und ihr hoffentlich ein wenig von der Prüfungsangst genommen!
„Stimmt", sagte sie, „mir ist jetzt gleich viel wohler und ich hoffe stark, dass sich mein Wunsch erfüllen wird. Nein, es waren eigentlich zwei Wünsche. Ist das auch erlaubt"?

„Aber natürlich"! strahlte Björn sie an, immer noch das Glas in seiner Linken haltend, " die Regeln sind da nicht so streng"!

Inzwischen hatten sie Beide den Prüfungsraum erreicht. Jennifer wurde von ihren Professoren, die sich erhoben hatten, zuvorkommend und beinahe galant begrüßt. Björn stellte das Glas an ihrem Kopfende des Tisches ab, rückte höflich ihren Stuhl ein wenig zurück und begab sich zu seinem Lehnstuhl, dem „Chefsessel", am anderen Kopfende des Tisches. Bevor er sich setzte, stellte er, fast noch im Gehen, die beiden obligatorischen Formfragen. Er musste für das Protokoll nämlich wissen, ob sie sich prüfungsfähig fühle und mit welchem Thema sie beginnen wolle.

Damit war die Prüfung eigentlich offiziell eröffnet, wenn nicht in diesem Augenblick ein störender Radau im Innenhof der Gebäudeanlage angefangen hätte, wo gerade irgendetwas lautstark entladen wurde. Also erhob sich Björn nochmals, schloss das angeklappte Fenster und nun konnte es wirklich losgehen.

Er verfolgte den Prüfungsablauf sehr aufmerksam und führte das Protokoll geradezu beiläufig, weil er immer wieder Jennifer betrachten musste – ganz unauffällig, wie er sich einredete. Jennifer war ausgezeichnet vorbereitet und glänzte mit Sachwissen, das sie sehr flüssig und verständlich vortrug. Von Zeit zu Zeit begegneten sich ihre Blicke und sie nahm sein Gesicht wahr, das große Ruhe ausstrahlte. Es zeigte ein aufmunterndes und heiteres Mienenspiel. Trotz der Prüfung spürte sie seine Gedanken und die gingen in etwa so:

Jennifer, ich bin mir ziemlich sicher, dass Du's bist! Du siehst auch heute hinreißend aus, bist phantastisch vorbereitet und überzeugst uns alle. Du brauchst überhaupt keine Angst zu haben! Hätte ich allerdings vorher gewusst, wer mir hier heute gegenüber sitzen würde, hätte ich den Prüfungsvorsitz vielleicht aus Gründen der Befangenheit abgelehnt. Aber wie hätte ich dies erklären sollen? Wir sind uns doch nur zufällig begegnet, haben zufällig miteinander Tee getrunken, unsere Gedanken ausgetauscht und nichts Verwerfliches getan. Nein, ich hätte sicherlich geschwiegen, allein schon, um keine Verwirrung zu stiften und Dich nicht zu gefährden – und mich auch nicht! Niemand kann seinem Schicksal entrinnen – oder?

Eigentlich konnte er seine Blicke gar nicht von ihr abwenden, aber er durfte sie keineswegs verunsichern und sich selbst nicht verraten! Er musste amtliche Geschäftigkeit vortäuschen und eine sichtbare Unparteilichkeit an den Tag legen. Alles andere hätte ihn verdächtig gemacht und ihnen Beiden womöglich geschadet!

Hast Du mich denn nicht sofort erkannt? fragte sich Jennifer während einer kurzen Gedankenpause. *Du hast wirklich ein miserables Personengedächtnis, aber Du machst Dich trotzdem ganz gut da drüben am andern Tischende! Danke, dass Du mir keine Angst einjagst! Ich spüre es, dass Du auf meiner Seite stehst, aber es fällt Dir schwer, dies zu verbergen. Streite es nicht ab! Ich kann Deine Gedanken lesen! Aber, bitte, versuche weiterhin scheinbar neutral über den Dingen zu stehen!*

Jennifer hatte sich mit der Reformpädagogik beschäftigt und natürlich wollte Björn am Ende von ihr wissen, was wir in heutiger Zeit von den Reformpädagogen noch lernen könnten. Er wollte immer wissen, wie sich graue Theorie stückweise in die Praxis umsetzen ließe und Jennifer kam seine Frage geradezu gelegen.
Im positiven Sinne überzeugend waren schließlich nicht nur die Ergebnisse ihrer heutigen Allgemeinen Prüfung, sondern letztlich auch das Gesamtergebnis ihres Examens, wobei sich Björn im Beratungsgespräch schnell mit den Fachprüfern einig wurde. Wie immer hatte er die Urteilsbegründungen in ihrer Schlussfassung für das Protokoll vorformuliert; alle drei Kommissionsmitglieder leisteten einvernehmlich ihre Unterschriften und die Ermittlung des Gesamtergebnisses war nur noch eine rein arithmetische Aufgabe und daher reine Formsache. Die prüfenden Professoren konnten anschließend ebenfalls Feierabend machen und in die Ferien fahren.

Natürlich war nach der Bekanntgabe des Prüfungsergebnisses die Freude auf allen Seiten riesengroß und Jennifer konnte ihr Glück kaum fassen. Ein Stein war ihr vom Herzen gefallen und nur mit äußerster Selbstbeherrschung vermied sie einen tränenreichen Abschied. Wie von Zauberhand gesteuert, hatte heute das Zusammenspiel verschiedener Kräfte Wirkung gezeigt und ihr den heiß ersehnten Erfolg geschenkt. Jetzt konnte ihre berufliche Zukunft beginnen! Endlich!

Nachdem Björn der Kandidatin augenzwinkernd gratuliert, ihr die von ihm unterschriebene Prüfungsbescheinigung ausgehändigt, den prüfenden Professoren gedankt und sie alle feierlich entlassen hatte, ordnete er – in der plötzlichen Stille des Raumes mit sich allein gelassen – seine Prüfungsunterlagen und trat zum Fenster um sich unbeobachtet wohlig müde zu räkeln und für einen kurzen Augenblick abzuschalten.

Noch konnte er den Raum nicht verlassen und die Tür hinter sich abschließen; denn er musste sich unbedingt wenigstens noch nachträglich in Jennifers Prüfungsakte vertiefen. Dies war ein Vorgang, der unbedingt *vor* der Prüfung hätte erledigt werden sollen, damit diese für die Kommission kein Blindflug würde. Er hatte aber wirklich keine Zeit mehr dazu gehabt, die Unterlagen genauer zu studieren, da sich die letzte Prüfung nahtlos an die beiden vorhergehenden angeschlossen hatte und ihm die Prüfungsakte ja erst unmittelbar vor Prüfungsbeginn hereingegeben worden war. Dies war zwar bedauerlich, aber doch nicht *seine* Schuld gewesen! Manchmal konnte ein geringer Informationsstand allerdings auch von Vorteil sein; denn er war den Kandidaten gegenüber unvoreingenommen und konnte daher mit einer gewissen Leichtigkeit an die Sache herangehen.

Trotzdem – er wollte seine Arbeit gewissenhaft erledigen!

29

Björn vertiefte sich in die Prüfungsakte und las Jennifers Lebenslauf sehr aufmerksam, einige Passagen sogar mehrfach. Er betrachtete lange Zeit das Farbfoto mit ihrem hübschen Gesicht. Ja, da war die kleine Narbe über ihrer linken Augenbraue. Jennifer *Lund* war die Tochter eines schwedischen Vaters und einer deutschen Mutter, in Berlin geboren, inzwischen Ende zwanzig und sie lebte offenbar noch bei ihren Eltern im Ortsteil Wannsee. Bis auf ihr ausgeprägtes sportliches und musikalisches Interesse wiesen ihre Schul- und Universitätsjahre auf nichts Ungewöhnliches hin. Weshalb auch?

Dann aber erschrak er!

Du meine Güte!

Es war ja heute Jennifers Wiederholungsprüfung gewesen – ihre zweite und letzte Chance!

Und er hatte es nicht gewusst!

Manchmal ist es vielleicht besser, nicht alles zu wissen, sagte er sich abermals, denn hätte er es gewusst, wäre bei ihm statt seiner heiteren Gelassenheit vermutlich eine merkliche Anspannung spürbar gewesen und er hätte längst nicht so lässig in seinem Lehnstuhl gesessen!

Immerhin kannte er inzwischen Jennifers Familiennamen und sogar ihre Adresse. Auch ihre Telefonnummer konnte er in Ruhe notieren.

War er nun zum Schnüffler in eigener Sache geworden?

Sie hatte sich seit ihrem ersten Treffen wirklich nicht mehr bei ihm gemeldet und das war inzwischen immerhin einige Wochen her! Björn fand dies zwar bedauerlich, aber er musste ihre Zurückhaltung wohl hinnehmen und konnte sie jetzt im Nachhinein sehr gut verstehen. Sie war – verständlicherweise – mit ihren Prüfungsvorbereitungen beschäftigt gewesen, weil es diesmal ums Ganze gegangen war!

Für ihn als neutralem Sachwalter war es gut gewesen, zuvor keinen weiteren privaten Kontakt zu ihr gehabt zu haben!

Eine Zufallsbekanntschaft wog dagegen seiner Meinung nach nicht gar so schwer. Wie viele Prüfungskandidaten fanden sich vor dem Zweiten Staatsexamen zu einem Vorstellungsgespräch bei ihren Prüfern ein und gerieten dabei unversehens in Gespräche, die über rein formale und fachliche Fragen hinausgingen! Trotzdem, ihm erschien bei Prüfungsangelegenheiten wie der heutigen jegliche Form vorheriger Kontaktaufnahme eher wie ein leichter Schatten!

Hier im Prüfungsamt war das ganze Verfahren allerdings vergleichsweise unpersönlich. Die Kandidaten bekamen Tag, Zeit und Ort ihrer Prüfung schriftlich mitgeteilt. Natürlich kannten sie ihre prüfenden Professoren aus deren Vorlesungen und Seminaren. Den Namen ihres Prüfungsvorsitzenden jedoch erfuhren sie erst am Tag der Prüfung; aber auch nur dann, wenn sie das Schwarze Brett überhaupt fanden und einen Blick darauf warfen. Reine Formsache und nicht so wichtig! Wirklich nicht?

Jennifer hatte sich also nicht mehr bei ihm gemeldet. Vielleicht war er doch kein Mann nach ihrem Geschmack und sie hatte es sich anders überlegt.

Andererseits war es für Björn doch ein geradezu merkwürdiger und unerklärlicher Zufall, dass heute das Los anscheinend unvorhersehbar ausgerechnet auf *ihn* als Unparteiischem gefallen war!

Er hatte Jennifer vorhin zur bestandenen Prüfung händeschüttelnd gratuliert und seine Freude kam von Herzen. Den beiden Professoren

erging es ähnlich. Björn war fest davon überzeugt gewesen, Jennifer trotz aller Empathie unvoreingenommen durch das Prüfungsgeschehen gelotst zu haben. Ach, ja?
Konnte er wirklich noch als völlig unparteiisch gelten?
Wäre es nicht ein wenig zu viel von ihm verlangt gewesen, *nicht* auf ihrer Seite zu stehen?

Er war jedoch davon überzeugt, sich in keiner Weise falsch verhalten oder gar jemandem geschadet zu haben! Deshalb beschloss er, guten Gewissens nach Hause zu fahren.
Ab in die Ferien!

Es war noch ein wenig heißer Kaffee in der Thermoskanne übrig und so goss er sich eine Tasse davon ein und trank ihn seelenruhig, wie immer schwarz und ungesüßt. Er wollte sich noch einige Augenblicke zurücklehnen, die Augen schließen und seinen wandernden Gedanken nachhängen, bevor er die Kanne und die Tassen auf den Seitenschrank stellen würde. Die Akten und den Zimmerschlüssel müsste er notfalls an verabredeter Stelle hinterlegen. Vermutlich war aber doch noch jemand im Hause und hielt Stallwache!

Nach einer Weile klopfte es zaghaft an die Tür und als Björn aufsah, erblickte er Jennifer. Sie war innerlich immer noch tief bewegt und Freudentränen standen ihr in den Augen. Sie war mit Sicherheit keine hartgesottene Karrierefrau mit Nerven aus Stahl! Nein, sie war offenbar sehr empfindsam und am Wasser gebaut!
Er erhob sich, stolperte mit dem rechten Fuß beinahe über ein Stuhlbein und stieß mit dem linken Oberschenkel hart gegen die Tischkante. Sie ging auf ihn zu, warf sich ihm in die Arme und stammelte: "Du hast mir heute so viel Mut gemacht! Ich habe mich diesmal von Anfang an völlig sicher gefühlt und mir gesagt, dass ich es schaffen würde. Ich bin überglücklich! Fast hätte ich mich in letzter Zeit aufgegeben, aber nun bin ich wieder voll da! Ich habe so viel Arbeit in mein Studium gesteckt! Das durfte doch nicht alles umsonst gewesen sein"!
Björn streichelte sanft ihre Schulter und strich ihr übers Haar. „Jennifer", flüsterte er, „wenn Du weiter so heftig weinst, dann brauchen wir einen Fön, um mein Oberhemd wieder zu trocknen. Es gibt nun keinen Grund mehr, traurig zu sein oder Angst zu haben"! Für einen Moment löste sie

sich ein wenig von ihm und lächelte tapfer. Er aber hielt sie weiterhin an den Schultern fest:

„Liebe Jennifer, ich bitte außerdem um ein wenig mehr Respekt. Seit wann werden staatlich bestellte Prüfungsvorsitzende denn so einfach und ungefragt geduzt"?

Sie machte einen kleinen Schmollmund, boxte ihn mit beiden Fäusten zart in die Rippen, schmiegte sich dann zärtlich an ihn und flüsterte: „Seit heute und hoffentlich noch sehr, sehr lange. Wenn Du mich eben gleichfalls bei meinem Vornamen genannt hast, so geht diese kleine Anzüglichkeit ebenfalls in Ordnung"!

Björn kramte in seiner rechten Hosentasche und zog etwas heraus. „Wieder einmal ein Taschentuch gefällig"? Nun musste sie laut lachen und sagte: "Diesmal halte ich meinen Kopf freiwillig ganz still, wenn Du meine Freudentränen abwischst"!

„Wirst Du heute wieder von Deinem Vater abgeholt"? wurde sie von Björn geneckt. „Nein", konterte sie, immer noch lachend, „es ist heute schließlich nicht Sonnabend, so wie neulich. Wir haben heute Freitag und er zählt sich noch für eine Weile zum arbeitenden Teil der Bevölkerung. Daher muss er sich ganz auf mich und meinen Orientierungssinn verlassen. Ich habe ihm aber versprechen müssen, sofort nach der Prüfung bei ihm anzurufen, damit er die frohe Botschaft weitergeben kann. Ich habe ihn gerade nicht erreicht, will es aber noch einmal versuchen. Hast Du noch einen Augenblick Zeit?"

„Das trifft sich gut", sagte Björn. „Während Du telefonierst und ihm berichtest, kann ich noch etwas Wichtiges erledigen. Anschließend habe ich hier nichts mehr zu tun. Ich hole Dich dann wie vorhin im Wartezimmer ab, einverstanden"?

Björn schloss die Tür des Prüfungszimmers ab und fand tatsächlich noch die zuständige Referentin, bei der er die Prüfungsunterlagen und den Schlüssel abgab. Sie war froh, dass er endlich kam, weil sie am heutigen Freitag schon auf dem Sprung nach Hause war. Er verabschiedete sich für die nächsten Wochen von ihr und wünschte ihr eine gute Zeit.

Als er, wie versprochen, Jennifer abholte, fragte er sie, was sie nun vorhabe.

„Wie neulich einen Tee trinken, aber diesmal ohne Zeitdruck"!

Niemand außer ihnen beiden wartete am Fahrstuhl. Als dieser kam, ließ er ihr den Vortritt, indem er sie ganz sanft an ihrer rechten Schulter berührte und sie sachte hineinschob.

30

Sie gingen munter plaudernd durch die Eingangshalle, dann quer über die Straße und fanden im gegenüberliegenden Restaurant einen freien Tisch am Fenster mit Ausblick auf einen Teil des Spittelmarktes. Björn studierte die Speisekarte und entschied sich für *Bollenpiepen*. Er wusste nicht genau, worum es sich dabei handelte, aber es klang so herrlich berlinerisch und hatte hoffentlich keine unangenehmen Nebenwirkungen! Ein großes dunkles Bier wäre auch nicht schlecht gewesen; denn die morgendlichen Konzentrationsübungen im Prüfungsamt hatten ihre Spuren bei ihm hinterlassen und ihn hungrig und vor allem durstig gemacht. Wie üblich, war er auch heute mit der U-Bahn unterwegs und durfte sich schon einmal einen Tropfen Alkohol gönnen. Natürlich war Jennifer sein Gast und er lud sie ein, aus der Speisekarte nach Herzenslust auszuwählen. Sie war auch damit einverstanden, dass er für sie Beide zur Feier des Tages ein Glas Sekt bestellte. „Wenn Du darauf bestehst, dann bitte ich später für uns Beide auch noch um einen Tee, den wir dann genüsslich zelebrieren", sagte er mit jungenhaftem Lachen. Nein, heute wählte sie zunächst ein Weizenbier. Da war wenigstens genügend Flüssigkeit im Glas!
Nachdem sie ihre Bestellungen aufgegeben hatten, sagte Björn: „Deine Prüfungsakte ist mir heute erst im letzten Augenblick zugekommen, nämlich unmittelbar, bevor es mit uns losging. Ich tappte sozusagen ein wenig im Dunkeln! Mir war gar nicht bewusst, dass es Deine Wiederholungsprüfung war! Und ausgerechnet *ich* musste dabei sein"!
„Tut mir leid. Ich war im letzten Jahr einfach nicht in Form und wollte schon alles hinwerfen. Aber ich habe eine verständnisvolle Familie und gute Freunde, die mir meine verzagte Haltung ausgetrieben haben. Sie haben mich aufgerichtet und mir geholfen weiterzumachen. Also habe ich hart gearbeitet! Björn, bitte sei mir nicht böse! Vielleicht verstehst Du jetzt, dass ich mich in den letzten Wochen absichtlich verkrochen und nicht bei Dir gemeldet habe. Ich brauchte die Zeit ganz allein für mich! Keine Ablenkung und so! Heute Morgen hatte ich überhaupt keine Ahnung, was ich hier erleben und mit welchem Vorsitzenden ich es zu tun haben würde. Hättest Du meinen Namen und meine traurige Vergangenheit gekannt, wärst Du vielleicht gar nicht bereit gewesen, Dich mit mir abzugeben – oder?

Einen Augenblick lang schoss Björn die Frage durch den Kopf, ob das mit ihrem Zusammentreffen hier und heute Zufall oder Plan gewesen sein sollte. War da vielleicht jemand im Hintergrund gewesen, der dieses kleine Komplott ausgeheckt hatte?

Man wird sich ja wenigstens einmal fragen dürfen, entschuldigte er sein Misstrauen vor sich selbst.

Es könnte da doch jemand gewesen sein, der ihn kannte und ihm zutraute, Jennifer auf ihrem schweren Weg als moralische Stütze zu begleiten. Die Zusammenstellung der Prüfungskommissionen und die Ansetzung der Prüfungstermine waren nicht seine Aufgabe und er hätte wohl niemals versucht, darauf irgendwelchen Einfluss zu nehmen. Die Antwort auf seine Frage war im Augenblick aber eigentlich gar nicht so wichtig. Das ihm möglicherweise entgegengebrachte Vertrauen ehrte ihn, egal, von welcher Seite es gekommen sein sollte!

Jennifer hatte ihre heutige Prüfung ohne irgendeine Vorteilsnahme und aus eigener Kraft bestanden! Allein das zählte! Sie durfte stolz auf sich sein! Sie hatte bewiesen, dass eine Menge an Fähigkeiten in ihr steckte! Trotzdem hatte er einen faden Geschmack auf der Zunge.

Es war heute ein warmer Julitag aber keineswegs zu heiß. Gemeinsam schlenderten sie vom Spittelmarkt aus über die Fischerinsel und dann am Spreeufer entlang. Gelegentlich berührte Björn mit seiner rechten Hand Jennifers Schulter oder führte sie sacht am Arm, was sie sich offenbar gerne gefallen ließ. Schließlich saßen sie im Monbijoupark lange Zeit nebeneinander auf einer Bank und sahen versonnen den vorbeikommenden Fußgängern und Radfahrern und dem Treiben auf der Spree zu.

„Jennifer, was wirst Du nun tun – ich meine, in absehbarer Zukunft"? wollte Björn von ihr wissen. Sehr behutsam legte er seine rechte Hand auf ihre Linke und Jenny ließ es wiederum geschehen, weil ihr dabei sehr behaglich war.

„Ich werde mich bewerben müssen und hoffe mit meinen Fächern bald einen Ausbildungsplatz als Referendarin zu bekommen", antwortete sie voller Zuversicht. „Oder kennst Du einen edlen Ritter auf seinem weißen Pferd, der mich in sein Schloss entführt und mich dort für alle Zeiten liebevoll versorgt"?

In Björn regte sich unerklärlicherweise ein Gefühl des Aufbegehrens.

„Du gehörst in kein Schloss und auf keine Burg, niemals! Du gehörst zu den Menschen in der Welt – hier draußen, hier unten!
Du hast so viel Zeit und Kraft in Dein Studium investiert, dass Dich ein Leben in einem öden Schloss am Ende mit Sicherheit unterfordern würde. Es wäre eine Verschwendung Deiner Fähigkeiten und vertane Zeit! Du brauchst keinen Ritter, der seinen Reichtum sowieso nur von den Andern nimmt und Dich am Ende selbst von oben herab betrachtet, weil er sich einredet, eines besseren Standes zu sein! Du brauchst jemanden, der Dir die gleiche Augenhöhe einräumt"! ereiferte sich Björn.
Was hatte er da gesagt?
Weshalb vernahm er selbst plötzlich eine ungewollte Schärfe in seinem Ton?
Hatte er unbewusst Angst, Jennifer bereits zu einem Zeitpunkt zu verlieren, bevor er sie überhaupt für sich gewinnen konnte?
„Tut mir leid", versuchte er sich selbst zu beschwichtigen. „Ich höre mich an wie jemand, der eifersüchtig ist. Dabei haben wir noch gar nicht geklärt, ob und wie wir Beide zueinander stehen".
Jenny schwieg und lächelte.

Als sie sich von der Bank erhoben und langsam weitergingen, entdeckten sie plötzlich, dass sie sich an den Händen hielten. Wie hatte dies nur geschehen können?
„Schönes Gefühl", sagte Jennifer und sah ihn liebevoll an. „Immerhin halten wir schon einmal einander fest"!
Diesmal wollte er ihr nicht widersprechen und drückte ihre Hand wie zur Bestätigung einmal kurz und kräftig.
Es war später Nachmittag geworden und bevor sich am Bahnhof Friedrichstraße ihre Wege trennten, fragte Jennifer erwartungsvoll und beinahe ängstlich, ob Björn am folgenden Tag nachmittags und abends einige Stunden Zeit habe – für sie. Es gebe ihre bestandene Prüfung zu feiern und sie hätte ihn natürlich gern dabei. Schließlich sei er an ihrem Erfolg ja nicht völlig unbeteiligt gewesen! Allerdings, so sagte sie, müsse sie ihn vorwarnen. In ihrer Familie sei es nämlich alter Brauch, dass bei ihnen im Verlaufe eines Festes jeder der Anwesenden eingeladen werde, etwas vorzutragen: ein Gedicht, eine Rede, ein Musikstück, etwas Prosa. Björn überlegte kurz. „Ich werde trotzdem kommen. Vielen Dank für die Einladung und die Vorwarnung! Ich freue mich"!
Sie waren noch einige Schritte gegangen, als Björn fragte: „Findest Du Deinen Weg nach Hause – ganz allein"?

„Es dürfte schwierig werden", antwortete Jennifer, „solange Du meine Hand nicht loslässt"!

Plötzlich waren sie beim Abschied Beide sehr zurückhaltend. Vermutlich wollte keiner von ihnen etwas in ihrer neu geknüpften Beziehung überstürzen. Sie umarmten sich heute eher schüchtern. Immerhin – das fühlte sich wirklich gut an!

31

Als Björn am Abend zuhause einige Sachen herauslegte, die er in seinen Urlaubskoffer packen würde, fiel ihm aus einer Seitentasche ein Foto entgegen, das er mit Hilfe des Selbstauslösers von Pia und sich gemacht hatte.
Sie sahen glücklich aus, wie sie da vor zwei Jahren in strahlendem Sonnenschein eng umschlungen und fröhlich lächelnd an der Hafenmole standen – mit dem Meer im Hintergrund. Pia schmiegte sich an ihn. Wie vertraut ihm dieses Gefühl damals geworden war!
Ungefähr eineinhalb Jahre waren seit ihrer Trennung von ihm vergangen. Die Erinnerung an eine Zeit, die er als glücklich und einmalig empfunden hatte, stimmte ihn immer noch sentimental. Hoffentlich würde er nicht jede neue Beziehung an seinen alten Erfahrungen messen, denn damit würde er jeder neuen Partnerin Unrecht tun! Natürlich wusste er, dass Zuneigung und Liebe nicht erzwungen werden konnten. Liebe ließ sich kaum erbitten oder begründen, sie war einfach da – oder eben nicht. Was vorbei war, war vorbei und unwiederbringlich! Natürlich wusste er das, aber sein Wissen war ihm kein Trost. Sein stechender Schmerz zum Zeitpunkt ihrer Trennung hatte sich mittlerweile abgemildert und war einer dumpfen Melancholie gewichen. Immer noch gab es aber Momente, in denen seine Trauer so übermächtig wurde, dass er in Selbstgesprächen ganze Dialoge mit Pia führte, in denen er ihr sein anhaltend lähmendes Entsetzen mitteilte und ihr sagte, wie sehr ihn verletzt habe und ihm trotzdem fehle. Aber er sei für sie leider nicht die erste Wahl gewesen! Nach diesen Selbstgesprächen fühlte er sich meist wie von einer schweren Last befreit. Liebte er sie immer noch, obwohl sie doch für ihn offenbar nichts mehr empfunden und ihn ausgemustert hatte?

Nein, er liebte lediglich das *Bild*, das er sich von ihr gemacht hatte. Pia war für ihn verloren, aber dieses Bild vor allem der ersten fünf Jahre ihrer Beziehung stand in seiner ursprünglichen Reinheit ungetrübt vor ihm. Im Innersten seines Herzens war er dankbar für diese intensiv erlebte Zeit.

Ja, es war lediglich ein Bild, eine Vorstellung – das Bild ihrer Anmut und ihres Charmes und ihrer vielen guten Eigenschaften. Sicherlich hätte sie ihm gesagt, dass es nur eine Illusion von einem Menschen gewesen sei, einem Menschen, den es in Wirklichkeit nie gegeben habe, *so* nicht gab und niemals geben werde. "Das habe ich längst geahnt", hätte er eingeräumt, „aber dennoch war es ein schöner Traum".

Pias Bild würde mit der Zeit verblassen, das wusste er. Würde das wirklich geschehen? Pia war schließlich ein Teil seiner Lebensgeschichte und dieser Abschnitt ließ sich nicht löschen!

*

Schmerzlich hatte Björn erfahren müssen, dass uns Menschen verloren gehen können. Er sprach nicht mehr sehr gern von seiner Familie. Er litt mit seinem Vater, der seine Frau, die einstige große Liebe seines Lebens, einfach nicht mehr wieder fand. Björns Mutter war nämlich schwer erkrankt – ohne wirkliche Aussicht auf anhaltende Gesundung. In ihrem Wesen hatte sie sich völlig verändert und das setzte der ganzen Familie hart zu, da niemand begreifen konnte, was aus einem lebensfrohen und aktiven Menschen werden kann, wenn es abwärts mit ihm geht.

Björn tröstete sich damit, dass er nach einiger Zeit vielleicht auch an Pia weitere unliebsame Veränderungen festgestellt hätte und dass sie sich nach langer Zeit des gemeinsamen Alltagstrotts und der Lasten des täglichen Pflichtenkatalogs möglicherweise nicht mehr viel zu sagen gehabt hätten. Wenn er in seinen Vormerkkalender sah, dann stellte er über die Jahre stets jede Menge gleich bleibender Termine fest, die immer wieder wahrgenommen werden mussten, egal, ob haupt- oder ehrenamtlich. Wie werden wir in unserm Leben mit seinen ständigen Wiederholungen fertig, ohne flügellahm zu werden?

Ist es überhaupt möglich, dass wir uns tagtäglich neu erfinden können, um im Bauch unseres Partners Schmetterlinge tanzen zu lassen?

Verwechseln wir möglicherweise Liebe und Treue und Loyalität oft mit Bequemlichkeit und Gewohnheit?

Gab es überhaupt ein Leben ohne Veränderungen und ohne Risiko?

Trotz dieser Zweifel hatte er mit Pia ein gemeinsames Leben wagen wollen und er hatte es sich in leuchtenden Farben erträumt. Ihre plötzliche Flucht erschien ihm wie ein Verrat an ihren einstigen Plänen.

Oder waren es lediglich seine eigenen Träume gewesen?

Wenn ein römischer Dichter Recht hatte, dann fliegen uns unsere Gedanken und Taten uneinholbar voraus. Ob es sich mit den Illusionen genau so verhielt?

Nichts würde je wieder so sein, wie es früher einmal war!

Ein Kunstwerk in wahrer Vollendung verträgt keinen Makel! Es gibt in der Musik immer nur eine einzige Chance, die Aufführung nicht schon von Anfang an oder noch vor ihrem Ende zu verderben! Diese Regel, so hatte Björn entschieden, gelte auch für menschliche Beziehungen.

Pia und er hatten ihre Chance gehabt, aber es war schief gegangen, weil die gemeinsame Schnittmenge ihrer Lebensvorstellungen am Ende offenbar – und von ihm wohl zu lange unbemerkt – sehr klein geworden war. Dennoch wünschte er ihr insgeheim, dass sie ihre künftigen Schritte mit äußerster Vorsicht und sehr behutsam gehen würde. Wenn er aber immer noch so fürsorglich an sie dachte, hatte er dann schon genügend Abstand zu ihr gewonnen, um jetzt eine neue Beziehung einzugehen?

Wenn alles seine Zeit hat, gilt dies nicht auch für die Auszeit *nach* einer Beziehung?

Ist wahre Liebe ihrer Idee nach nicht *auf immer* angelegt, das heißt, so lange beide Partner leben und geistig auf der Höhe sind?

Kann Liebe verwelken, genau so, wie sie aufgeblüht ist?

Ist der Mensch, den ich einst geliebt habe, ersetzbar?

Noch einmal stellte er sich die Frage, ob er innerlich wirklich schon bereit war, sich jetzt an Jennifer zu binden und einen neuen Anfang zu wagen.

Würde er lediglich *vorgeben*, Jennifer zu lieben und dabei nicht ständig insgeheim an Pia denken?

Wie würde er sich denn verhalten, sollte Pia ihren Weg zu ihm zurückfinden? Ginge das denn überhaupt oder würde er sie nun verschmähen?

Würde er womöglich an Jennifer dieselbe Meßlatte anlegen wie an Pia?

Wäre Jennifer wirklich mehr als ein willkommener Ersatz für einen schrecklichen Verlust – ein Lückenbüßer, sozusagen? Damit hätte er ihr von vornherein bitter Unrecht getan; denn sie verdiente es, um ihrer selbst willen geliebt zu werden!

Diese vielen Fragen zeigten, dass Björn zur Kategorie der Zweifler und Grübler zählte. Zu denen, die offenbar nur schwer loslassen konnten um unbelastet nach vorne zu schauen.

Björn war es verstandesmäßig klar, dass alle Vergleiche zweier Menschen miteinander ungerecht und fehl am Platze seien; denn umgekehrt wollte er von Jennifer ja auch eine faire Chance erhalten, obwohl er doch keine Kopie jenes Mannes sein konnte, dem sie offenbar bis zum Tag der Wahrheit von Herzen zugetan gewesen war! Vielleicht würde er ihm nie das Wasser reichen können und trotzdem würde sich Jennifer mit ihm zufrieden geben müssen, weil sie wusste, dass das Glück in ihrem Alter nicht mehr ständig an die Tür pochen würde.
Sie hatten Beide ihre eigene Biografie! Daran konnte es keine Abstriche geben. Die Vergangenheit musste so angenommen werden, wie sie nun einmal war!
Jennifer und Björn waren sich erst vor kurzem begegnet und standen jetzt am Beginn eines Neuanfangs.
Wenn Erinnerungen zu schwerem Ballast werden, dann müssen wir diesen Ballast abwerfen, weil er uns die Freude am Leben verdirbt! Und leben können wir bekanntlich nie rückwärts, sondern immer nur vorwärts!
Björn wiederholte innerlich diese Gedanken, die er neulich irgendwo gelesen oder gehört hatte. Sie klangen nach seinem Empfinden irgendwie banal – aber dennoch wahr.

Noch glich seine Beziehung zu Jennifer einer zarten Pflanze, deren Trieb die Erdkrume gerade zaghaft durchbrochen hatte.

Björn hatte gerade viel gegrübelt und deshalb war sein Koffer immer noch nicht fertig gepackt!

32

Auf ihrem Heimweg gingen Jennifer viele Gedanken und Fragen durch den Kopf. Björn hatte sie heute auf einer ihrer überaus wichtigen Lebensstationen unter seine Fittiche genommen. Weshalb war er ihr gegenüber bisher so liebenswürdig gewesen? Etwa nur deshalb, weil er sie für attraktiv hielt? Typisch Mann!

Es war ihr zwar für einen Augenblick so vorgekommen, als habe er bei ihrer ersten Begegnung heute Vormittag ein wenig gestutzt. Sollte er aber definitiv gewusst haben, um *wen* es sich bei ihr handelte, so hatte er sein Wissen tatsächlich geschickt verschleiert! In diesem Falle hätte er Privates strikt von Dienstlichem getrennt und sie war sogar bereit, ihn dafür insgeheim in Schutz zu nehmen. Klar doch – er musste neutral bleiben! Wie ein Schiedsrichter! Sollte er sich trotzdem innerlich für befangen gehalten haben, so hätte er mit diesem Problem schon allein fertig werden müssen!

Andererseits konnte doch wirklich nicht ernsthaft davon die Rede sein, dass sie sich vor ihrer Examensprüfung schon näher gekannt hätten! Was zählte schon das Geplauder zweier Unbekannter bei einer Tasse Tee?

Es war doch nichts als eine reine Zufallsbekanntschaft zwischen ihnen gewesen! Hätte er sie denn deswegen bereits im Vorfeld als seine Prüfungskandidatin zurückweisen dürfen? Da war doch ihr persönliches Verhältnis zu ihren akademischen Lehrern vergleichsweise viel enger!

Entscheidend erschien es ihr jedoch, dass er von Anfang an erfolgreich versucht hatte, am heutigen Prüfungstag ihre innere Spannung und ihre Ängste abzubauen. Er hatte ihr Mut gemacht und sie wohlwollend begleitet. Hätte sie an seiner Stelle anders gehandelt? Mit Sicherheit nicht! Allerdings hatte sie am eigenen Leibe erfahren müssen, dass Mitgefühl und Verständnis keine Selbstverständlichkeiten waren!

Wer immer das Schlussgutachten in der Kürze der Zeit verfasst haben sollte – es erschien ihr fair, sogar sehr fair! Es war seine Handschrift und es trug *seine* Unterschrift!

Vermutlich war ihm in Bezug auf ihre Identität erst beim Studium ihrer Prüfungsakte ein Licht aufgegangen!

Er hatte sich hinterher spontan Zeit für sie genommen und ihr das herrliche Gefühl gegeben, als sei sie in jedem Augenblick ein besonders wichtiger Mensch für ihn, mit dem er unbedingt zu tun haben wollte! Sie hatte aber auch ein bisschen nachgeholfen – das musste sie sich eingestehen!

Er hatte sie großzügig zum Essen eingeladen und sie hatten auch diesmal wieder vertrauensvoll miteinander geredet. Genau wie neulich! Es war auch heute kein Smalltalk gewesen!

Er *konnte* aber auch atemberaubende Fragen stellen und seine Gesprächspartner zum Nachdenken bringen! Das war ihr schon im Seminar in Hannover an ihm aufgefallen.

Persönliches schien bei ihm diskret aufgehoben zu sein. Oder war das Ganze nur eine Masche, von der er wusste, dass die Anderen darauf abfahren würden?

Jennifer schämte sich ein wenig. Wie konnte sie ihm gegenüber nur so misstrauisch sein!

Er hatte auch heute wieder mit ihr geflirtet. Nein, es war eigentlich viel mehr gewesen! Er hatte ihr gegenüber deutliche Signale ausgesendet. Es waren Signale, die ihr zeigten, dass er etwas für sie übrig hatte! Er hatte *seine* Hand auf *ihre* Hand gelegt. Am liebsten hätte sie diesen Augenblick der körperlichen Berührung noch viel länger ausgekostet!

Er hatte ihre Hand gehalten – oder war *sie* es gewesen, die dabei ein wenig nachgeholfen hatte? Eben erst geschehen und schon vergessen!

Am Ende hatte er sie auf die Wange geküsst. Ganz vorsichtig und zärtlich. Ganz leise und nicht fordernd, aber doch so, als sei es das Natürlichste und Begehrenswerteste auf der Welt. Sie gestand sich ein, dass sie überhaupt nichts dagegen gehabt hätte, wenn er sie auch auf die andere Wange geküsst hätte. Mindestens!

Er hatte *etwas* für sie übrig. Nein, sie spürte, es war sogar viel mehr im Spiel!

Er war kein Draufgänger und kein lauter Angeber mit unangenehmem Imponiergehabe!

Er hätte dies gar nicht nötig gehabt und es hätte ihr auch wenig gefallen!

Sie war ihm bisher erst zweimal begegnet! Sie kannten sich kaum und dennoch wussten sie bereits jetzt Wesentliches von einander! Dennoch erschien ihr vorerst eine langsame Gangart angesagt! Nur nichts überstürzen! Aber was sollten sie tun, wenn ihre Gefühle für einander Purzelbäume schossen und sich einfach überschlugen?

Jennifer hatte beschlossen, Männern gegenüber künftig vorsichtig zu sein und ihr Verstand warnte sie vor schnellen Schritten. Ihr Herz war da bei den Begegnungen mit Björn schon wieder einmal risikofreudig vorgeprescht und das war gar nicht gut – oder doch?

Ach ja, das Kapitel Männer!

Sie hatte von Michael in Sachen Liebe nicht nur etwas mehr erwartet, sondern war am Ende regelrecht bedient gewesen!

Wann hätte er sich ihr gegenüber wohl freiwillig geoutet?

Wie lange hätte er sie mit der Wahrheit noch hingehalten und ausgetrickst? Man stelle sich vor, sie hätten geheiratet und Kinder bekommen! Wäre er diesen gegenüber dem Gefühl nach Vater oder Mutter oder Beides gewesen?

Gab es so etwas, dass ein Mensch zunächst meinte, im falschen Körper zu wohnen und am Ende sogar bereit war, sein Geschlecht umwandeln zu lassen? Ein Mann konnte doch nicht wirklich zur Frau mutieren!

Ging es diesen Menschen immer nur um sich selbst und niemals um die Anderen, deren Gefühle sie mit ihrem Tausch der Kleidung und ihres Geschlechts verletzten?

Vielleicht litten sie aber schreckliche innere Qualen und fürchteten sich unsäglich vor dem Coming Out.

Wie viel Verstellung erforderte eigentlich ein solches Doppelleben – sowohl privat als auch in der Öffentlichkeit?

Wie lebte es sich als gesellschaftlicher Außenseiter?

Kaum hatte sie ihre schmerzlichen Erfahrungen mit Michael verwunden, da war auch schon Björn mit großen Schritten auf der Bildfläche erschienen! Sie hatte sich zunächst innerlich gegen ihre Gefühle gestemmt, aber es war zwecklos gewesen! Es zog sie magisch zu ihm hin! Sie musste sich eingestehen, dass *sie* ihn sozusagen ins Boot gezogen hatte – stärker noch als umgekehrt. Nicht *er* hatte sie nach der Bahnfahrt zum Tee eingeladen, sondern *sie* war es gewesen! Andererseits hatte *er* ihr zuvor die Zeichnung mit seinen persönlichen Daten auf der Rückseite geschenkt!

Es würde wohl noch einige Zeit dauern, bis sie miteinander vertraut wären und bis der Eine wusste, wonach es den Anderen verlangte.

Sie mussten lernen, das Leben vom Standpunkt des Partners her zu betrachten!

Wie lange würde neu geschenktes Vertrauen brauchen, um Wurzeln zu schlagen?

Eine Beziehung ohne Meinungsverschiedenheiten wäre für sie Beide wohl nicht denkbar – aber sie müssten in solchen Situationen genügend kompromissbereit sein und aufeinander zugehen können!

Sie müssten sich gegenseitig verzeihen und über kleine Fehler des Anderen großzügig hinweglächeln können!

In Grenzsituationen müssten sie treu zueinander stehen!

Würde sie nicht Angst haben, ihm eines Tages nicht mehr zu gefallen oder würde sie seiner eventuell überdrüssig werden?

Jennifer fiel plötzlich auf, dass Björn für sie der neue Mann an ihrer Seite sein würde, obwohl dies noch gar nicht abschließend geklärt war!

Als Achtzehnjährige hätte sich Jennifer diese zweifelnden Fragen vermutlich nie gestellt, sondern wäre mutig ins kalte Wasser gesprungen. Mittlerweile war sie jedoch zehn Jahre älter geworden und ein gebranntes Kind. Eine weitere Niederlage hätte sie schwerlich ohne noch größeren seelischen Schaden weggesteckt!

Ob Björn ein feuriger Liebhaber war?
Jennifer war erstaunt, welche Zweifel sich da in ihr regten!
Sie stellte sich ihn eher bedächtig vor; allerdings auch als verlässlich und treu. Vielleicht war er ein guter Tänzer ohne jedoch das Tanzen sonderlich zu mögen. Als Autofahrer dürfte er stets defensiv fahren und niemals riskant. Viele der gängigen Ängste schienen ihm fremd zu sein und dennoch war er sicherlich behutsam und vorsichtig. Deshalb konnte sie sich ihn beim besten Willen nicht als Drachenflieger oder als schneidigen skialpinen Abfahrtsläufer vorstellen. Das hätte auf den ersten Blick hin gar nicht zu ihm gepasst! Sie selbst war allerdings auch nicht mehr übermäßig risikobereit!

Er wusste vermutlich stets Lösungen und Wege, wo zunächst keine sichtbar waren. Er konnte Andere offenbar führen und begleiten. Er hätte mit Sicherheit auch Lotse werden können, weil er die Fahrrinnen kannte und Gefahren auswich. Berechenbare Langeweile ohne Spontaneität?
Jennifer war die innere Ruhe an ihm aufgefallen. Er wirkte auf sie langsam. Oder sogar lahm?
Mit Sicherheit entsprach er nicht dem Geschmack jeder x-beliebigen Frau!

Hätte Jennifer ihm ihre Einschätzungen über ihn mitgeteilt, dürfte er sich vermutlich vor Lachen geschüttelt und nach einigem Nachdenken gesagt haben: „Intuitiv alles treffsicher erfasst"!

Eines wusste sie inzwischen: er dachte über vieles intensiv nach und versuchte den Dingen auf den Grund zu gehen. Ein schwieriger Mensch! Selten zufrieden zu stellen!
Ob er sich auch in Zukunft genügend Zeit für sie nehmen und ihr das Gefühl geben würde, nie wirklich ständig in Eile und mit Wichtigerem als mit ihr befasst zu sein?
Ein wenig schämte sich Jennifer über ihre Skepsis und Björn begann, ihr Leid zu tun.

Er wirkte auf sie selbstkritisch und – auf erfrischende Weise – natürlich. Dazu auch ein wenig lässig, aber keineswegs herablassend oder überheblich!

Sie konnte sich gut vorstellen, dass er, wäre er nur ein wenig älter gewesen, einen englischen College-Professor hätte abgeben können, mit Talar und Barett und einer dünnen Aktenmappe in der rechten Hand. Sie sah ihn förmlich über den Rasen schreiten.

Er sprach leise und oft spielte dabei ein mildes Lächeln in seinen Mundwinkeln. Bereits in Hannover hatte sie auch an ihm die Fähigkeit festgestellt, selbst komplizierte Sachverhalte derart verständlich darzustellen, dass sie dem Zuhörer am Ende ganz einfach vorkamen. In seinem Wesen war er eher ernst, aber doch voll leisen Humors. Er lachte gern *mit* den Anderen, aber vermutlich nie *über* sie. Von anderen Menschen sprach er mit Verständnis und Anteilnahme. Konnte er überhaupt abfällige Bemerkungen machen?

Vermutlich war er nicht der Schwarm aller Schülerinnen und auch nicht der Schwarm aller potentiellen Schwiegermütter! Er war eher auf Abstand bedacht und als verlässliche Autoritätsperson respektiert. Kein Schürzenjäger!

Er wusste mit Sicherheit zwischen Wichtigem und Unwichtigem zu unterscheiden!

Sie wünschte sich, dass er kompromissbereit war – umso mehr, wenn es ihr gelang, ihm etwas begründet zu erklären, so dass er, von ihrer Überzeugungskraft entwaffnet, gern nachgab. Natürlich sollte er nicht wankelmütig sein und wie ein Schilfrohr im Wind schwanken!

Kurz bevor Jennifer offensichtlich bereit war, ihm geradezu übermenschliche Kräfte anzudichten, fragte sie sich vorsichtshalber, ob er wirklich immer nur geduldig war oder ob in seinem Inneren möglicherweise manchmal ein ganzer Orkan von Gefühlen tobte, ohne dass er diese freiwillig herausließ.

Jennifer musste zugeben, dass sie eine Reihe ihrer eigener Eigenschaften auf ihn übertragen hatte. Vielleicht war Björn gar nicht so verschieden von ihr!

Sei trotzdem auf der Hut, sagte sich Jennifer und lächelte still in sich hinein, *aber sei fair zu ihm! Er hat diese Fairness bestimmt verdient!*

Björn konnte ihr gefährlich werden, weil sie auf dem besten Wege war, sich nach seiner Nähe zu sehnen. Sie war sich höchst unsicher, ob sie sich, was Björn betraf, wirklich noch unsicher sein sollte.

Jedenfalls freute sie sich auf den morgigen Tag und das Gartenfest – ihr zu Ehren!

Sie freute sich auf ihre Tante Lena, die sie vom Hauptbahnhof abzuholen versprochen hatte.

33

Am späten Samstagnachmittag, also am nächsten Tag, machte sich Björn auf den Weg zur Familie Lund, die in einer geräumigen doppelstöckigen Villa auf einem Wassergrundstück mit großem Garten und einer dichten Hecke als Sichtblende zum Bürgersteig hin in einer stillen Seitenstraße wohnte. Er hatte einen Blumenstrauß und eine Flasche Rotwein als Gastgeschenk für Jennifers Eltern gekauft und eines seiner Buchexemplare als kleine Aufmerksamkeit für Jennifer in Geschenkpapier eingepackt.

Antje Lund, Jennifers Mutter, öffnete ihm die Gartentür und hieß ihn herzlich willkommen. Sie wusste bereits, *wer* er war; denn sie begrüßte ihn mit seinem Namen. Sie war, bis auf den Altersunterschied, in ihrem Aussehen Jennifer sehr ähnlich. Sie trug eine langärmelige helle Bluse, die dem Teilstück einer nordischen Tracht ähnelte und dazu eine beigefarbene dreiviertellange Hose, mit der sie sich, wie sie lachend sagte, vor den abendlichen Mücken schützen müsse. Björn hatte eigentlich keine freie Hand um Jennifers Mutter ordentlich zu begrüßen und entschuldigte sich dafür verlegen lächelnd. Aber es reichte dennoch für eine höfliche Verbeugung.

Am Ende eines Gartenweges quer durch gepflegte Blumenbeete auf beiden Seiten führten einige Stufen hinauf in das Innere des Hauses, wo es angenehm schattig und kühl war. Nachdem Björn das Buch für Jennifer auf einem kleinen Beistelltisch provisorisch abgelegt hatte, nahm er einen zweiten Anlauf um Jennifers Mutter den Blumenstrauß zu überreichen. In diesem Augenblick kam *Einar Lund* mit ruhigen Schritten von der rückwärts gelegenen Terrasse quer durch die Wohnhalle nach vorn in den Eingangsbereich des Hauses. Er war schlank und etwa gleich groß wie Björn. Sein volles graues Haar war kurz geschnitten. Er reichte Björn die Hand, wobei seine Frau die Beiden einander vorstellte. Jennifers Vater trug eine randlose Brille, hinter deren Gläsern freundliche blaue Augen lachten. Er hatte ein praktisches Freizeithemd und Jeanshosen an und entschuldigte seine legere Kleidung, da er noch am Grill zu tun habe.

Björn war angetan von der natürlichen Herzlichkeit, mit der er von Jennifers Eltern begrüßt wurde.

Hier könnte ich mich zu Hause fühlen, dachte er bei sich und machte ein zufriedenes Gesicht, auch wenn sich die Beiden mit einem vielsagenden Blick zur Terrasse hin entschuldigten und sich im nächsten Augenblick geschäftig zurückzogen, weil noch einiges in der Küche vorzubereiten sei. Björn war offenbar ohne akademisches Viertel ungewohnt pünktlich zur verabredeten Zeit gekommen und damit war er viel zu früh!

Wie hätte er dies auch ahnen können?

War er etwa der erste Gast heute?

Obwohl er durch seinen Beruf an den Umgang mit vielen Menschen gewohnt war, überkam ihn in fremder Umgebung am Anfang stets seine wohl angeborene Schüchternheit, die er nur mit Mühe überspielen konnte. Heute sollte es nicht anders sein, aber er tat sein Bestes um sich keine Unsicherheiten anmerken zu lassen. Wem sollte dies auch auffallen? Es war ja noch niemand da!

Bevor er durch die Terrassentür in den rückwärtigen Garten hinaustrat, sah er mit einem Seitenblick den offenen Flügel im Wohnzimmer, vier Notenständer daneben und eine ganze Menge Stühle im Halbkreis aufgestellt.

Für später, schoss es ihm durch den Kopf!

Björn entdeckte durch das Fenster eine lange weißgedeckte Tafel auf der Terrasse mit je einer Reihe von bequemen Stühlen auf beiden Seiten. An der rückwärtigen Hauswand war vor dem großen Glasfenster ein kaltes Büffet aufgebaut, das noch sorgfältig mit Folie abgedeckt war.

Björn betrachtete vom Wohnzimmer aus kurz den gepflegten Rasen mit einigen schattigen Bäumen und Büschen am Rande und mehreren Sitzbänken auf beiden Seiten. Das Gelände fiel zum Seeufer hin sachte ab und wirkte im Sonnenschein wie eine verwunschene Parklandschaft im Kleinformat.

Jennifer war ihm noch nicht begegnet. War sie in der Küche oder im Haus oder irgendwo unterwegs?

Björn betrat die Terrasse. In einigem Abstand zu Büffet und Tafel war links das Grillgerät aufgebaut. Noch einige Schritte weiter und er entdeckte Jennifer – aber sie war nicht allein! Björn musste zweimal hinsehen!

Sie war offenbar dabei, die Stereoanlage zu überprüfen und wiegte sich bei nunmehr laut aufgedrehter Musik einträchtig und in herzlicher Umarmung mit einem ihm unbekannten jüngeren Mann, den sie verzückt küsste – anhaltend und innig! Die Welt schien um die Beiden herum zu versinken, so verliebt gaben sie sich. Sie nahmen Björn nicht einmal wahr oder taten zumindest, als würden sie ihn gar nicht kennen. Sie waren viel zu sehr mit einander beschäftigt!

Björn war geschockt.

Das kann doch nicht wahr sein! presste er durch die Zähne. *Nie und nimmer hätte ich Jennifer zugetraut, dass sie mich hier in dieser demütigenden Weise vorführt! Ist das wirklich nötig? Was habe ich ihr denn getan, dass sie mich derart schnöde fallen lässt? War für sie alles nur ein Spiel und keines ihrer Worte auch nur annähernd ernst zu nehmen?*

Björn wurde abwechselnd kreidebleich aus bitterer Enttäuschung und dann wieder rot vor zorniger Verachtung!

Er hatte sich doch hoch und heilig geschworen, dass ihm *so etwas* nie wieder passieren würde!

Immer noch von den Beiden unbemerkt, ging er leise rückwärts, durchquerte flugs den Wohnraum, erreichte die menschenleere Diele, zog leise die Eingangstür etwas weiter auf, eilte mit raschen Schritten durch den Vorgarten, schlüpfte ungesehen durch das Gartentor und flüchtete im Laufschritt vor diesem schrecklichen Alptraum!

Nicht schon wieder! Nicht noch einmal! Nur weg von hier! Weit weg!

So schoss es ihm durch den Kopf.

Was dachte sich Jennifer bloß dabei, ihn dermaßen hinters Licht zu führen? Aus eigener Erfahrung wusste sie doch, was es bedeutete, verraten zu werden!

Was hatte sie schon davon, ihn einzuladen um dann mit ihrem neuen Liebhaber prahlend eine wilde Knutschorgie aufzuführen und Björn dabei gemein an der Nase herumzuführen? Björn fühlte sich angeschlagen wie ein Boxer, der in den Seilen hing. Er war betäubt und wie von Sinnen und fand gerade noch sein Auto. Er wendete mit quietschenden Reifen und fuhr eilig davon. Dabei bemerkte er gar nicht, dass jemand im entgegenkommenden Wagen an ihm vorbeifuhr. Hätte er die Fahrerin jedoch beizeiten wahrgenommen, wäre es ihm sicherlich wie ein Spuk vorgekommen.

Björn wollte nach Hause fahren, schnell nach Hause, nach seinem Koffer greifen, in den sowieso nicht mehr viel hineingepasst hätte und davon düsen, in östliche Richtung – weg von seiner Heimatstadt Berlin, in der wohl nur noch die Untreue hauste! Einfach nur weg!

*

Jennifer hatte das Gefühl, dass in der ungewöhnlich stillen Straße eben ein mürrisches und verzweifeltes Phantom an ihr vorbeigesaust war, ein Phantom, das Björn irgendwie täuschend ähnelte!

Was war nur in ihn gefahren?

Gut, sie hatte Lena vom Bahnhof abgeholt.

Stimmt, sie hatte sich um einige Minuten verspätet.

War er von ihren Eltern nicht mit gebührender Freundlichkeit in Empfang genommen worden und hatten sie ihm nicht glaubwürdig erklärt, weshalb Jennifer noch unterwegs war?

Hatte er zuhause etwas Wichtiges vergessen, etwas, das er noch holen wollte?

Jennifer wartete verzweifelt, aber er kam nicht wieder!

Sie war allmählich ganz kleinlaut geworden und wirkte bedrückt. Sie wollte nichts mehr essen, weil ihr das Rätsel auf den Magen geschlagen war. Ihre Eltern musterten sie besorgt, sagten aber nichts. Jennifer ging hinunter zum Ufer und ließ sich auf einer der Bänke nieder. Sie wollte allein sein.

Sie hatte Björn völlig anders eingeschätzt, nämlich gelassen und großzügig, verständnisvoll und einfühlsam und, vor allem, zuverlässig.

Wie kann er mir das nur antun? fragte sie sich und Tränen kullerten ihre Wangen hinunter. *Warum habe ich nur so viel Pech mit Männern? Müssen Männer so sein?*

Björn hatte sein Handy ausgestellt und wollte offenbar unerreichbar sein. Er war wie vom Erdboden verschluckt!

Jennifer hatte Björns Gastgeschenk, ein Exemplar seines Buches mit der liebevollen handschriftlichen Widmung für sie, im Flur entdeckt. Diese herzlichen Zeilen standen in krassem Widerspruch zu seinem eigenartigen und unerklärlichen Rückzugsverhalten.

Hatte ihn irgendetwas gekränkt?

Hatte jemand etwas Falsches zu ihm gesagt und ihn damit verletzt?

Plötzlich fühlte sie eine Hand auf ihrer Schulter. „Was ist nur aus Deinem Freudentag geworden"? fragte Lena traurig. „Was ist denn schief gelaufen"? Nach einer Weile des Nachdenkens fügte sie hinzu: „Weißt Du, oftmals haben anscheinend undurchschaubare Dinge eine ganz einfache Erklärung. Lass uns einmal gemeinsam nachdenken: Vorhin waren lediglich Deine Eltern im Haus und haben Björn freundlich begrüßt. Nike war gerade mit Olaf dabei, die Lautsprecheranlage zu testen. Es waren also vier Personen anwesend. Wer von denen könnte etwas falsch gemacht haben"?

„Vielleicht hat sich Björn vernachlässigt gefühlt oder einen Anruf bekommen, der ihn aus der Fassung gebracht hat", überlegte Jennifer. „Das glaube ich nicht", erklärte Lena entschieden, „denn dann hätte er sich wohl in aller Form von Deinen Eltern verabschiedet und ihnen den Grund seines plötzlichen Verschwindens genannt. Zumindest hätte er irgendeine Nachricht hinterlassen. Es wird etwas Anderes gewesen sein, das ihn aus der Fassung gebracht hat. Ein weiterer Grund also, die Anderen zu befragen. Übrigens – hattest Du ihm vorher gesagt, dass er mit Nike zu rechnen habe und in welchem Verhältnis sie zu Olaf steht"? hakte Lena hellsichtig nach.

„Niemand hat wirklich etwas falsch gemacht", flüsterte Jennifer plötzlich schluchzend und ganz verzweifelt, nachdem ihr ein Licht aufgegangen war. „Wie stehe ich nun da"? fragte sie ihre Tante, nach Fassung ringend. Lena versuchte mit aller Kraft, ihre Nichte zu beruhigen; aber Jennifer war untröstlich. Würde Björn von der Wahrheit zu überzeugen sein?

34

Als Björn im Wagen nach Hause fuhr, fühlte er sich abermals schäbig behandelt und war fassungslos. Er hatte sein Herz einer neuen

Beziehung öffnen wollen und inständig gehofft, dass er eine zweite Chance bekäme.

Wie konnten Menschen derart leichtfertig mit seinen Gefühlen spielen? War er für Jennifer lediglich eine Trophäe gewesen, eine Trophäe von irgendeinem Nebenschauplatz erotischen Geplänkels? Hatte sie denn nicht merken wollen, dass er ihr ehrlich zugetan war?

Heute Nachmittag fühlte er sich durch ihr unaufrichtiges Verhalten tief verletzt; denn ihm war klar geworden, dass er ihr gar nichts bedeutete. Ihre schönen Augen waren falsch!

Wenn ihre emotionale Welt derart instabil war, dann würde sie vermutlich wie ein Wanderpokal munter von einer Beziehung zur nächsten hüpfen, nichts anbrennen lassen und mit Sicherheit nie in ihrem Leben wirklich glücklich werden! Vielleicht hätte sie sogar die Stirn, ihm künftig zynisch fröhliche Weihnachten, Gesundheit, viel Kraft und ein zufriedenes Leben zu wünschen, ohne sich dabei auszumalen, welche qualvollen Erinnerungen Lebenszeichen dieser Art in ihm auslösen würden!

Als er den Straßenverkehr, die Menschen und andere Autos nur noch schemenhaft wahrzunehmen glaubte, drosselte er vorsichtshalber das Tempo und fasste den Entschluss auszusteigen. Er musste erst einmal durchatmen und einen klaren Kopf gewinnen! Da merkte er, dass er überhaupt nicht seinen Heimweg eingeschlagen hatte, sondern wie in Trance auf der *Havelchaussee* gelandet war, die ihn zu einem Parkplatz am *Großen Fenster* führte. Er bog nach links ab und parkte dort seinen Wagen. Er schloss ihn ab und stieg auf der gegenüberliegenden Straßenseite die Treppen zum *Havelhöhenweg* hinauf. Seine Kleidung und seine Schuhe waren heute ganz und gar nicht passend für einen Fußmarsch durch den Wald und über enge Pfade. Wie fiel ihm das Steigen plötzlich schwer und wie begann sein erschüttertes Herz zu rasen! Oft war er hier früher beschwingt gewandert, hatte Rast gemacht und den weiten Blick über den Fluss in Richtung Westen, hinüber nach Gatow, in sich aufgesogen! Wie eine goldene Brücke war ihm dann die Spiegelung der Abendsonne auf der Havel erschienen. Hier konnte er stundenlang sitzen und den Segelbooten und Ausflugsdampfern unten auf dem Fluss zusehen und sie auf seinem Skizzenblock festhalten. Heute allerdings brauchte er Bewegung, nichts als befreiende Bewegung, und da taten ihm die Bäume und die frische Luft gut!

Tief atmen, sagte er sich. *Du bist wirklich ein Anfänger in Sachen Menschenkenntnis! Doch nur nicht in Selbstmitleid zerfließen! Tief atmen! Ohne geduldig zu warten, hast Du Dein Glück erneut krampfhaft und überstürzt gesucht, anstatt Dich von ihm in Ruhe finden zu lassen! Lass Dir Zeit – auch wenn Du sie kaum noch zu haben glaubst!*

Manchmal dachte Björn, dass er sich selbst nicht genug kannte und auch nicht wusste, wie er auf andere Menschen wirkte – besonders auf Frauen seines Alters. Nicht einmal die Liste seiner *guten* Eigenschaften machte ihn offenbar besonders begehrenswert! Oder waren es eher seine *schlechten* Gewohnheiten, die geradezu abstoßend wirkten?
Worin aber bestanden sie nach Meinung der Anderen?
Er hatte doch immer alles richtig machen wollen!
Er wollte großzügig sein und voller Mitgefühl!
Er war um Ausgleich bemüht und wollte Ruhe ausstrahlen!
War er etwa ein Langweiler, der immer alle und alles verstehen wollte und bei dem es keine Überraschungen mehr gab – ein Spießer also?
Er war sich seiner eigenen Person heute wieder einmal besonders unsicher und von starken Selbstzweifeln geplagt.

Björn hatte die Erfahrung gemacht, dass ihm lange Wanderungen in der Natur und vor allem Fernblicke vom Berghang und losgelöst von der Welt da unten stets dazu verhalfen, irgendwann sein seelisches Gleichgewicht wieder zu finden. Bewegung und tiefes Durchatmen halfen ihm am Besten, die verkehrte Welt erneut auf die Füße zu stellen. *Suche Gegengewichte um Deine Mitte zu finden*, ermunterte er sich im Selbstgespräch. Er liebte Selbstgespräche über alles, weil er in ihnen ja stets Recht behielt!

Weshalb hatte er Jennifer heute Nachmittag nicht sogleich kurz und entschieden zur Rede gestellt?
Weshalb war er nicht mutig auf sie zugegangen und weshalb hatte er sie nicht mit fragenden Blicken so lange durchbohrt, bis sie, total verunsichert und peinlich berührt, vor Scham geradezu in den Boden versunken wäre und den Appetit am Herumknutschen augenblicklich verloren hätte?
Weshalb hatte er das Feld kampflos und feige, wortlos und mit dem Rücken zum Feind geräumt?

Andererseits – welche Ansprüche hätte er denn anzumelden gehabt? Jennifer und er waren nach dieser extrem kurzen Zeit ihrer Bekanntschaft einander doch zu nichts verpflichtet!

Er konnte sie doch nicht darum bitten, ihn zu mögen! Diese banale Erkenntnis musste ihm doch mittlerweile geläufig sein! Heute aber schien etwas schon vorbei, bevor es so richtig angefangen hatte!

Hatte Jennifer ihm gegenüber wirklich Signale ausgesendet, die so aussahen wie echte Zuneigung? Oder wollte sie bloß ein wenig *nett* zu ihm sein?

Würde sie ihn auf ihrem Fest heute Abend überhaupt vermissen? Nein, sie hatte ihn ja vorzeitig ausgemustert!

Würden sich Jennifers Eltern am Ende sorgend fragen, weshalb er unauffindbar und ohne Abschied von der Bildfläche verschwunden war? Dies hätte wenigstens vorausgesetzt, dass sie sich an ihn erinnern konnten!

Waren sie beunruhigt und hatten das Ufer nach ihm abgesucht?

Björn fragte sich mehrmals, ob er richtig gehandelt habe, als er sich wortlos aus dem Staube gemacht hatte.

Das war doch grob unhöflich und seiner unwürdig gewesen!

Welche Erklärung jedoch hätte er ihnen geben können?

Aber so ist das nun einmal: wir handeln oft impulsiv, so, wie es uns der Augenblick eingibt und denken erst später darüber nach. Später oder zu spät oder auch nie!

Manchmal war Björn über sein heftiges Temperament unglücklich, aber wenn er die Beherrschung verlor, dann gab es kein Zurück!

Wie konnte er bloß so hitzig sein?

*

Er wusste, *wo* er sich verkriechen und Abstand gewinnen konnte. Er wollte fort, wie geplant – aber nicht zu weit weg!

Zuhause angekommen, griff er zum Telefon und reservierte in seinem Lieblingshotel am Wirchensee ein Zimmer für sich – *sein* Zimmer, Nummer 204. Er packte den Koffer zu Ende, schwang sich ins Auto und war nach knapp zwei Stunden am Ziel. Er fand seine gewohnte Unterkunft wie im Schlaf.

Es fing an zu dämmern, als er vom Ponton ins Wasser sprang und, wie schon oft zuvor, auch diesmal mit kräftigen Zügen zur Seemitte hinaus schwamm. Die Abkühlung tat ihm gut und er genoss es, wie er zornig das Wasser durchpflügte und sich von seinem Frust körperlich befreite.

Er hatte die Welt hinter sich gelassen und war nun allein, inmitten der erfrischenden Wellen und inmitten der geheimnisvollen Waldlandschaft ringsum.

Die Küche hatte längst geschlossen und daher begnügte er sich mit flüssiger Nahrung und ein paar Keksen.

Mochte Jennifer doch an ihrem Buffet Gefallen gefunden haben – an einem Buffet, das mit Sicherheit nicht so kärglich gewesen war wie sein heutiges Nachtmahl hier unten im Haus am See!

Nicht *er* hatte ihr Unrecht getan, sondern *sie* war es gewesen, die ihn verletzt hatte! Wenn überhaupt jemand von ihnen Beiden litt, so war *er* es doch!

Sie hatte ja offensichtlich Besseres zu tun gehabt als sich mit liebevollen Gefühlen für ihn aufzuhalten! Er bemitleidete sich selbst, weil er dieses für ihn unfassbare Verhalten nicht verdient zu haben glaubte.

Morgen früh würde er wieder aufrecht gehen – spätestens jedoch übermorgen oder nächste Woche! Insgeheim war er sich dessen aber gar nicht so sicher.

Mit Björn Bergwald, flüsterte er sich Mut machend zu, *ist immer noch zu rechnen!*

Heute allerdings war nicht mehr viel los mit ihm. Er wurde rasch müde und verfiel in einen unruhigen Schlaf.

35

Jennifer war überhaupt nicht mehr in Partylaune! Ihr wichtigster und ersehnter Gast fehlte. Er war zwar gekommen, aber bald wieder wortlos und in Eile gegangen – ohne dass sie eine Chance gehabt hätte, das Rätsel glaubhaft lösen zu können.

Sie hatten einander verfehlt – stimmt!

Jennifer hatte ihn verpasst – stimmt auch!

Er hätte mit Sicherheit verwundert dreingeschaut, sich die Augen gerieben und am Ende hätten alle wie befreit gelacht, weil es – so, wie es sich nun einmal verhielt – eben nicht tragisch, sondern als eine Laune der Natur eher urkomisch war. Manchmal erschien ihr das Leben unendlich kompliziert, manchmal wieder ganz einfach. Und heute wäre es ganz einfach gewesen, die Situation zu retten! Reiner Anschauungsunterricht wäre es gewesen!

*

Während des Abendessens ging Lena auf Nike zu und fragte sie, was mit Björn vermutlich schief gelaufen sein könnte.

„Ich weiß es nicht, Lena. Ich wusste nicht einmal, wer er ist, dass er aufgetaucht war und was er mit Jennifer zu tun haben könnte. Ich hatte es einfach nicht wahrgenommen, dass da überhaupt jemand gekommen war. Vermutlich aber hat er *uns* gesehen, als wir...

Ach Lena, ich liebe Olaf nun einmal und Olaf liebt mich und niemand außer uns Beiden schien da zu sein, als wir zuerst den Tisch deckten und danach einen Soundcheck machten. Ist es denn so schlimm, dabei zu tanzen und sich zu küssen? Die Musik war so einladend! Wir haben doch wirklich nichts Verbotenes getan"!

Nike wirkte niedergeschlagen und ratlos.

„Nein Nike, Euer Verhalten war völlig in Ordnung. Ich freue mich für Euch Beide und wünsche Euch natürlich alles Glück der Erde. Aber, weißt Du, in diesem speziellen Falle tut es mir für Jennifer einfach unendlich leid".

„Ich weiß", sagte Nike kleinlaut. „Ich fühle mich einerseits total unschuldig und habe trotzdem an Jennifers Dilemma Mitschuld. Eine echte Tragödie! Sie hätte ihn und mich aber auch vorwarnen können"!

Lena startete einen Erklärungsversuch: „Sie hat einerseits wohl nicht damit gerechnet, dass Björn pünktlich sein und dass sie sich andererseits selbst verspäten würde. Du hättest erleben sollen, mit welch einem halsbrecherischen Tempo sie vom Bahnhof völlig aufgelöst nach Hause gerast ist! Sie wollte unbedingt vor ihm da sein und ihn höchstpersönlich begrüßen und allen bis dahin Anwesenden vorstellen. Ich glaube nämlich, dass zwischen den Beiden etwas läuft. Diesmal wohl etwas Ernsthaftes. Aber sieh Dir Jenny jetzt an, dieses arme Häufchen Elend! Sie ist ganz geknickt"!

Lena machte bei dieser Beobachtung zwar immer noch ein bekümmertes Gesicht, aber nach einigem Nachdenken schien sie da irgendetwas zu erheitern. Sie begann laut nachzudenken:

„Hat jemand von uns Schuld auf sich geladen? Nein! Du nicht und Olaf nicht. Jenny nicht und Björn auch nicht. Es war ein Missverständnis! Eine Täuschung. Nichts weiter!

Da also niemand bei dieser Verwechslungskomödie Schuld auf sich geladen hat, wird sich am Ende alles erklären lassen und zum Guten wenden. Wir müssen Björn nur irgendwie finden und es ihm einleuchtend klarmachen. So, wie ich ihn kennen gelernt habe, wird er es sofort einsehen. Er muss es einfach verstehen, weil alles andere unvernünftig wäre – für ihn, für Jennifer, für Beide und für uns alle"!

Nike war überzeugt von Lenas sachlicher Analyse der Tatbestände und vertraute darauf, dass sich schließlich ein Ausweg aus der Krise finden würde.

*

Jennifer fühlte sich wie ein geprügelter Hund und bekam vor dumpfem Schmerz keinen einzigen Bissen hinunter, obwohl sie allen Grund gehabt hätte, rundum glücklich zu sein!

Sie hatte ihre Prüfung im zweiten Anlauf endlich mit gutem Erfolg bestanden und eine hoffnungsvolle Zukunft stand ihr bevor!

Sie sah heute Abend immer noch blendend aus mit ihrem hübschen Gesicht und ihrer schlanken Figur, auch wenn sie unendlich traurig dreinschaute. Sie hatte endlich das Gefühl gehabt, angekommen zu sein – diesmal am richtigen Ziel!

Nach ihrer Prüfung hätte sie Björn abhaken und auf Nimmerwiedersehen aus den Augen verlieren können.

Aber genau so war es eben *nicht* geschehen!

Es hatte bei aller Zurückhaltung zwischen ihnen Beiden gefunkt. Sie hatten schon zuvor einander signalisiert, dass sie sich mochten.

Björn hatte ihre Einladung von gestern auf heute spontan angenommen. Nein, Sie fühlten sich gegenseitig von einander angezogen.

*

Beim obligatorischen abendlichen Flötenquartett war Jennifer immer noch wie betäubt und mit ihren Gedanken ganz woanders. Sie spielte ihre Noten zwar richtig, aber irgendwie mechanisch. Wie konnte sie denn auch mit dem Herzen dabei sein, wenn dieser Tag der Freude für sie in

Sekundenschnelle zu einem Trauertag geworden war? Auch die gut gemeinten Gratulationsreden prallten an ihr ab. Nur wer sie etwas genauer kannte, wusste, in welchem aufgewühlten Gemütszustand sie sich befand und wie verzweifelt sie war!
Björn wäre ihr Traumprinz gewesen – vielleicht! Nein, bestimmt!
Sie sann auf einen Weg um die Scherben wieder zu kitten. Aber wie sollte sie es anstellen – jetzt auf der Stelle? Sie war hier unabkömmlich. Björn war außerdem per Handy nicht erreichbar und – was hätte es schon gebracht? Die Situation war für ihn wirklich kompromittierend gewesen!

*

Antje und Einar, ihre Eltern, waren betroffen, weil sie wie Seismografen sehr genau spürten, dass da bei ihrer geliebten Tochter abermals etwas schief gegangen sein musste; sie konnten ihr jedoch nicht helfen. Sie hielten sich schweigend zurück und wollten Jennifer in deren gedrückter Stimmung keinesfalls ausfragen, sondern lieber in Ruhe lassen. Sie hatten es bisher stets vermieden, sich in den inneren Haushalt ihrer Kinder einzumischen und gaben Rat wirklich nur dann, wenn sie ausdrücklich darum gebeten wurden. Jennifer hatte ihnen gegenüber gestern von Björn zwar kurz gesprochen, aber auf weitere Einzelheiten verzichtet. Ihre Augen hatten dabei jedoch geglänzt und sie erschien ihren Eltern so gelöst wie schon lange nicht mehr. Gelöst und – irgendwie glücklich. Endlich!

*

Björn war guter Dinge gewesen, als er das Haus der Familie Lund betreten hatte. Er wusste, dass er nicht ohne Gastgeschenke kommen konnte. Jennifers Eltern hatten ihn freundlich begrüßt und Einar hatte Antje mit seinen Augen zu verstehen gegeben, wie sehr er auf den ersten Blick hin von Björn angetan war. Das sollte bei Einar schon etwas bedeuten; denn er wäre niemals bereit gewesen, seine Tochter an jemanden zu verlieren, den er innerlich abgelehnt hätte. Er hatte vorgehabt, Björn in seiner Gratulationsrede anerkennend zu erwähnen, aber das erübrigte sich ja nun leider.
Schade – es war einfach nur schade!

Als enge Vertraute der Familie Lund durfte Christine auf Jennifers Party natürlich nicht fehlen. Einzig ihr und Lena waren alle anwesenden Gäste bekannt. Sie beide waren sozusagen die Gelenkstellen, mit deren Hilfe sich bisher Entscheidendes bewegt hatte und ohne sie wäre wohl nichts so gelaufen, wie es sich schließlich gefügt hatte.

Natürlich wunderte sich Christine ebenfalls, dass ihr Kollege Björn fehlte, obwohl er doch eingeladen worden war und zugesagt hatte. Sie machte sich Gedanken. Das war überhaupt nicht seine Art! Er war sonst immer so zuverlässig! Als sie erfuhr, dass er heute als erster Gast pünktlich Haus und Garten froh gelaunt betreten und die Lunds freundlich begrüßt habe, dann aber plötzlich ohne ein Wort Hals über Kopf wieder gegangen sei, ahnte sie nichts Gutes; denn es gab nur wenig, was ihn wirklich aus der Fassung bringen konnte. Was war geschehen? Brauchte er womöglich ihre Hilfe?

Auch sie versuchte es, ihn telefonisch zu erreichen, aber er meldete sich nicht – weder auf dem Festnetz noch per Handy.

Dann sah sie Lenas Blick. Lena erschien ihr ein wenig amüsiert und zugleich ein bisschen listig! Als diese ihr schließlich verschwörerisch erklärte, welches Drama vermutlich zu Björns Rückzug geführt haben könnte, seufzte Christine leise auf und wiegte bedächtig den Kopf.

„Dumme Sache, aber das bringen wir wieder in Ordnung", lautete kurz und bündig ihr Kommentar. „Ende gut, alles gut. Ich kenne auch schon den Schlachtplan"!

36

Der Sonntag brach an. Morgennebel waberten über dem Wirchensee, der um diese frühe Tageszeit durch die Nachttemperaturen immer noch ein wenig kühl war. Deshalb war das Schwimmen um sieben Uhr morgens eine besonders erfrischende Herausforderung. An allen Ufern war der See von dichtem Wald eingefasst und bot ein Bild beruhigender Stille. In hohem Bogen sprangen silbrige Fische aus dem Wasser und tauchten mit kleckernden Spritzern wieder ein. Oben im Restaurant wurde das Frühstücksbüffet von flinken Händen geschäftig vorbereitet. Man hörte das Geklapper von Geschirr und Besteck bis hinunter zum See.

Eine halbe Stunde schwimmen, dann die morgendliche Prozedur im Badezimmer und anschließend am immer noch frühen Morgen das Frühstück genießen! So ließ sich das Leben für ihn normalerweise aushalten, aber diesmal fühlte sich Björn irgendwie ausgelaugt und allein und verlassen. Niemand war da, mit dem er hätte plaudern und lachen mögen oder dem er seine Eindrücke mitteilen konnte.

Er hatte unruhig geschlafen. Es muss in den frühen Morgenstunden gewesen sein, als er einen Traum hatte.
Irgendwo an unbekanntem Ort stand er am Fuße einer breiten Freitreppe und sah, wie von oben eine blondgelockte Zauberfee grazil die Stufen herunterschritt – ihm entgegen. Er war wie gebannt und wich nicht von der Stelle und hätte sie, wäre sie dicht vor ihm ins Stolpern gekommen, vermutlich nur allzu gerne rettend aufgefangen. Als sie die letzte Stufe hinter sich hatte und schließlich lächelnd auf dem Kiesboden stand, hielt sie einen Augenblick lang inne und sah in musternd an. Ihm fiel nichts Besseres ein als das eine Wort: „Angekommen"!
Da Björn in diesem entscheidenden Augenblick aufwachte, war der Traum zu Ende und er wusste nicht, wie er weitergegangen wäre.
Weshalb hatte sich seine körperlose Traumfee nicht festhalten lassen?
Ach ja, seine geheimen Wünsche steuerten wieder einmal sein Unterbewusstsein!
Wie soll ich mich freuen, wenn ich im tiefsten Grunde traurig und voller Sehnsucht bin und wenn mein Traum nur Schaum ist? ging es Björn durch den Kopf.

Er wusste, wie sich Trauer um den Verlust eines Menschen anfühlt.
Er wusste, dass nur derjenige, der um einen anderen Menschen trauert und weint, diesen überhaupt je geliebt haben konnte.
Er wusste gleichfalls, dass seelischer Schmerz kein Dauerzustand ist.
Na, das war vielleicht ein Trost!
Uns treffen Schicksalsschläge und wir stehen wieder auf, philosophierte er während des Schwimmens. Kurz bevor seine sentimentalen Gedanken ihren Höhepunkt erreichten, schluckte er in einem Augenblick der Unachtsamkeit jedoch so viel Wasser, dass er heftig husten musste, ohne seine Weisheiten in Gedanken gründlich ausformulieren zu können. Innerlich lachte er in diesem Moment über sich selbst.

Er würde nach dem Frühstück eine Weile auf dem Balkon lesen und sich danach seinen Studien widmen. Er hatte vor kurzem ein neues Interessengebiet für sich entdeckt, nämlich das der Familienforschung. Brennend bewegte ihn die Frage, unter welchen Umständen das Zusammenleben von Menschen funktionierte – oder vielmehr nicht!

So lange Björn zurückdenken konnte, hatte er seine Tagesabläufe stets strukturiert, am Besten im Stundentakt. Er gestand sich ein, dass er sich damit zwar so gut wie jegliche Spontaneität nahm und andere Menschen nerven musste, aber manchmal gelang es ihm eben doch, sprichwörtlich über seinen eigenen Schatten zu springen und alle Vorausplanung zu vergessen. Für Jennifer zum Beispiel hatte er sich bereits mehrmals Zeit genommen, obwohl das gar nicht vorgesehen gewesen war. Es kam also immer darauf an, für *wen* oder *wofür* er vom entworfenen Plan abwich!

Sollte sich das Wetter halten, würde er noch vor dem Mittagessen mit dem Boot auf den See hinausrudern. Björn war kein Angler, aber mit dem Ruderboot unterwegs zu sein, würde zu seiner Fitness beitragen und ihm auch ein wenig Ruhe bringen, wenn das Boot nämlich nur noch leise auf dem See schaukelte.
Für den Nachmittag hatte er heute erstaunlicherweise noch keine Pläne, aber das würde sich schon finden. Vielleicht würde er einige Kilometer wandern oder ins Kleist-Museum nach Frankfurt/Oder fahren.

Oder sollte er Jennifer einen Brief schreiben?
Was könnte denn darin stehen?
Welche Tonart wäre da zu wählen?
Hätte es Sinn gehabt, sie mit Ironie oder mit Vorwürfen zu überschütten oder sollte er ihr in einer Ich-Botschaft ehrlich mitteilen, was er trotz ihrer bisher kurzen Bekanntschaft wirklich für sie empfunden hatte und wie sehr er sich getäuscht und verletzt fühlte?
Er war sich einmal mehr im Unklaren, wie Frauen eigentlich wirklich tickten.

Björn war kein Freund der Ironie, weder privat noch beruflich. Er liebte jedoch den Wortwitz und alle möglichen Formen von Situationskomik.
Er mochte keine Doppeldeutigkeiten, sondern war sehr direkt in seiner Ausdrucksweise. Seine Gefühle waren ihm oft ins Gesicht geschrieben.

Wenn er – und das geschah nur selten – zornig war, machte alle Welt einen großen Bogen um ihn herum. Allerdings konnte er sich meistens gut beherrschen und ließ seinem Ärger kaum jemals freien Lauf. Vielleicht aber hätte es ihm und der Sache manchmal gut getan! Möglicherweise würde Jennifer in seinem Brief aber doch ungewollt einige Breitseiten herber Kritik abbekommen, obwohl ihm Vorwürfe doch zuwider waren! Sie hätte manche seiner Worte auf ihre Person beziehen müssen und hätte es ihm möglicherweise nie verziehen, so deutlich geworden zu sein.

Aber – wäre es darauf überhaupt noch angekommen?

*

Das Wetter war schön geblieben. Björn hatte seinen Plan eingehalten. Im Augenblick schaukelte er sanft in seinem Ruderboot mitten auf dem See. Er trug einen schützenden Sonnenhut und hatte darauf geachtet, dass sein Körper mit Ausnahme seines Gesichts und seiner Hände gegen die sengenden Sonnenstrahlen durch Kleidung gut geschützt war. Er hielt wieder einmal seinen Skizzenblock auf dem Schoß. Es war wirklich schwer, die Bewegung der sich kräuselnden Wellen festzuhalten. Noch viel schwieriger erschien es ihm, eine fühlbare Stimmung einzufangen und mit dem Stift wiederzugeben. Aber er wollte der Welt der Dinge auf dem Wege der Beobachtung näher kommen und dabei seinen Blick schärfen. Diese Welt änderte sich jedoch ständig, je nach Sonnenstand und Schattenspiel. Damit änderte sich auch unaufhaltsam die von ihm beobachtete Wirklichkeit!

Er war immer noch Anfänger im Zeichnen – das gestand er sich ein – und das würde er auch bleiben und es wohl nie zum berühmten Maler bringen. Auch auf dem Gebiete der Musik hatte er es leider nicht sehr weit gebracht!

Halt! War da nicht schon wieder sein Hang zu Perfektion und Leistung herauszuhören?

Sollte es nicht genügen, dass für ihn das Musizieren und das Zeichnen einfach nur sinnvolle Beschäftigungen waren, die seinem Leben auf jeden Fall Farbe gaben?

Es genügte doch, an bestimmten Tätigkeiten einfach nur Freude zu haben ohne gleich ein Meister darin sein zu wollen!

Hatte er etwa einen angeborenen Hang zur Unzufriedenheit und zur Nörgelei mit sich selbst?

132

Wenn ja, dann verprellte er damit ganz bestimmt andere Menschen und wurde ihnen gegenüber letztlich ungerecht!

Hiermit verspreche ich mir feierlich, dass ich künftig Heiterkeit und einfache Freude als jene Grundstimmung empfinden werde, in der ich mich ab heute dauerhaft befinde, schwor er sich im gerade abdriftenden Boot. *Meine künstlerisch unvollkommenen Bilder leben doch immerhin alle von hellem Licht und dunklen Schatten – so wie auch das Leben kräftige Schlagschatten wirft und selten ein harmonisches Ganzes bildet!* Eigentlich liebte Björn Sinnsprüche nicht besonders, aber er hielt seine kleinen Weisheiten diesmal fast für druckreif.

Er spürte die brütende Sonne auf der Haut, hörte das Plätschern der Wellen an der Bordwand, roch das moorige Wasser, schmeckte sein Pfefferminzbonbon und verglich mit prüfenden Augen das, was er sah, mit dem, was er bereits aufs Papier gebracht hatte. Na, ja...
Er atmete tief durch und bemühte sich um ein Gefühl der Zufriedenheit.

Siehst Du, flüsterte er sich lächelnd zu, *es geht doch – das mit der einfachen Freude!*

37

Christine brauchte zur Ausübung ihres Schlachtplanes Nikes und Jennifers Unterstützung. Auch Olaf durfte dabei sein, aber er sollte sich anfangs dezent im Hintergrund halten. Außerdem würfelten sie, mit wessen Auto sie unterwegs sein wollten; denn ein wenig Handgepäck mussten sie bei aller Bescheidenheit schon mitnehmen! Also brauchten sie genügend Stauraum für ihre Fahrt zu viert.
Die Situation vertrug wenig Aufschub, weil die Sachlage so schnell wie möglich zu klären war um überhaupt noch etwas für die Beziehung zwischen Jennifer und Björn zu retten!
Weshalb sollten Tränen fließen und Herzen brechen, wo doch Freude und Glücklichsein angesagt waren?
Zumindest erschien Christine ihr Vorhaben einen Versuch wert. Sie ahnte, wo sich Björn einquartiert hatte. Der Hotelrezeption gegenüber gab sie sich am Telefon als enge Freundin und Kollegin von Björn aus,

die ihm mit weiteren drei Freunden aus gegebenem Anlass einen Überraschungsbesuch abstatten wolle. Die Auszubildende am anderen Ende der Leitung durchschaute in ihrer Gutgläubigkeit diesen Trick offenbar nicht und bestätigte Christine, dass da noch ein Bungalow auf dem weiträumigen Gelände zu vermieten sei, in den sie gern zu viert einziehen könnten.

So, die erste Hürde war damit genommen, wenn auch ein wenig an den Spielregeln der Diskretion vorbei!

Christine wählte bei der Anfahrt die Route über die E 30 mit Ausfahrt Müllrose. Die Fahrt durchs Schlaubetal über Fünfeichen und Kieselwitz führte sie auf wenig befahrenen Straßen durch eine hügelige Landschaft mit weiten Sonnenblumenfeldern und dichtem Waldbestand. Eine landschaftliche Perle, vor den Toren Berlins gelegen, heute eingetaucht in den herrlichsten Sonnenschein und überwölbt von blauem Himmel. Dieser Naturschutzpark war vielen Menschen nur vom Hörensagen bekannt. Mit Bahn und Bus konnten Wanderer hier an Sommerwochenenden preiswert unterwegs sein, aber war das etwa ein Paradies für junge Leute? Gab es hier Reiterhöfe oder Golfplätze oder Discos? Die kleinen Ortschaften sahen tagsüber eher verschlafen aus und waren nachts sicherlich mausgrau.

Wer wollte es schon in der Waldeinsamkeit aushalten, sofern er sich nicht selbst genug war und sich ständig sinnvoll beschäftigen konnte?

Das war nichts für jene, die immer in Aktion sein und von einem gesellschaftlichen Highlight zum nächsten flitzen mussten!

Mitten während der Fahrt kam ihr allerdings ein unheimlicher Gedanke. Nun aber war es zu spät, darüber tiefsinnig nachzudenken und sie alle bewegten sich unaufhaltsam auf ihr Ziel zu.

Weshalb nur war sie nicht darauf gekommen, sicherheitshalber herauszubekommen, ob Björn Einzelgast sei?

Weshalb hatte sie dieses doch so wichtige Detail übersehen?

Wäre diese Frage nicht ein wenig zu direkt gewesen?

Was aber, wenn ihr Plan ein Eigentor würde?

War Björn vielleicht nur deshalb so hastig aufgebrochen, weil sich seine Verflossene unvermutet bei ihm gemeldet und auf Aussprache und Versöhnung gedrungen hatte?

War es ihm zuzutrauen, dass er denselben Fehler ein zweitesmal machen und das Risiko eingehen würde, ihr eine zweite Chance zu geben, ihre Beziehung aufzuwärmen und sich erneut hintergehen zu lassen? Ein Mantelstoff ließ sich bekanntlich nur einmal wenden und nichts im Leben war umkehrbar!

Jennifer wirkte während der Fahrt sehr still und in sich gekehrt. Sie hatte im Autoradio klassische Musik eingestellt und hing schweigsam ihren Gedanken nach. Sie sah wirklich nicht sehr glücklich aus!
Nike und Olaf auf der Rückbank unterhielten sich leise, waren aber vorn angesichts der Fahrgeräusche kaum zu verstehen. Sie schienen jedoch in unbeschwerter Stimmung zu sein. Ihr Glück fühlte sich ja auch gut an!
Christine fuhr sehr konzentriert. Sie schwieg unterwegs eisern und redete sich Zuversicht ein. Ihr Plan würde gelingen. Er musste einfach gelingen! Sie würde am Ende die Glücksfee sein und Rosen streuen! Mit Sicherheit blieb schließlich auch für sie noch ein Stück vom großen Kuchen übrig! Heute und jetzt ging es für sie aber einzig und allein um Jennifer und Björn! Beiden von ihnen war sie freundschaftlich verbunden!

Sie erwischte die richtige Abfahrt hinunter zum Hotel am See und erreichte über eine S-Kurve den weiträumigen Parkplatz mit den typischen eingelassenen Betonplatten aus DDR-Zeiten. Kein Wunder, dass diese großzügige Anlage vor der Wende fürs einfache Volk Sperrgebiet war und nur jenen vorbehalten blieb, die sich als Funktionäre für gleicher als alle anderen hielten!

Beim Einchecken erfuhren sie, dass Björn gerade mit dem Boot abgelegt hatte. Als sie ihren gemeinsamen Bungalow bezogen, erklärte Christine die weitere Vorgehensweise. Jennifer, Nike und Olaf hörten ihr aufmerksam zu.

Christine atmete auf; denn auch die zweite Hürde war genommen!

38

Christine war eine geübte Schwimmerin. Sie hatte scharfe Augen und sah vom Steg aus Björns Ruderboot in einiger Entfernung vom Ufer sanft auf dem scheinbar stillen Wasser schaukeln und immer wieder sachte wegdriften, weil der See eine leichte Unterströmung hatte. Björn war allein! Er hatte dem Ufer und damit auch ihr den Rücken zugewandt und konnte sie deshalb nicht sehen, geschweige denn hören. Gelegentlich musste er sein Boot mit einigen korrigierenden Ruderschlägen in die alte Position bringen, weil sich sonst bei seiner Landschaftsskizze die Perspektive ständig geändert hätte. Aus der Entfernung sah sie seinen Sonnenhut mit der breiten Krempe und seinen leicht nach vorn gekrümmten Rücken. Es musste sich um ihn handeln; denn es war im Augenblick nur eines der vier Leihboote unterwegs. Und wer außer ihm würde bei sengender Hitze schon mitten auf dem See zeichnen?

Vorsichtig stieg sie die Leiter am Steg hinunter und ließ sich geschmeidig und lautlos ins Wasser gleiten. Möglichst wenige Schwimm- und Atemgeräusche verursachen! Sie bemühte sich, ihre Arme unter Wasser zu halten, den Kopf halb einzutauchen und nur ganz leise Luft zu holen, so dass von ihr kaum etwas zu sehen und zu hören war. Auch wenn Björn seitwärts blicken sollte, würde er sie kaum wahrnehmen. Die letzten fünfundzwanzig Meter legte sie tauchend zurück und schlug trotz der schlechten Sicht im trüben Wasser zielsicher und unbemerkt am Heck des Bootes an.

„Hallo, Herr Kapitän, leisten Sie bei Seenot auch Erste Hilfe"? fragte sie von hinten. Björn erschrak ein wenig, aber irgendwie kam ihm diese weibliche Stimme vertraut vor. Ohne seine Position auch nur im Geringsten zu verändern, antwortete er lässig und mit einem Lächeln auf den Lippen: „Wo ist der Sturm denn heute stärker, Backbord oder Steuerbord?"

Christine stemmte sich keuchend an der linken Bugseite hoch und schwang sich in sportlichem Bogen ins Boot. Als Björn mit männlichen Künstleraugen ihren schlanken und gebräunten Körper im hellblauen Bikini betrachtete, fielen ihm vor großem Erstaunen beinahe die Malutensilien aus der Hand.

„Übrigens, Strandgut gehört dem Finder", sagte er scherzend. „Mit Betreten meines Territoriums bist Du auf dem besten Wege, in meinen Besitz überzugehen".

„Björn, wo siehst Du hier inmitten des Sees einen Strand? Ich sehe nur verwurzelte Uferstreifen weit und breit und dies auch erst in ziemlicher Entfernung! Du hast die falsche Gegend gewählt. Wenn es Dich tröstet, darfst Du mich aber kurz skizzieren und dann gehört Dir wenigstens mein Abbild. Aber bitte vergiss nicht, dass ich einen Bikini trage! Lass

ihn nicht etwa weg! Dir muss einstweilen und auch künftig mein Körper in wenigstens spärlich bekleidetem Zustand genügen! Das Honorar für einen Ganzkörperakt wäre sowieso unbezahlbar"!
Christine kicherte frech.
Björn ließ sich diese Chance nicht entgehen, ließ die Landschaft beiseite, klappte ein neues Blatt auf und während er mit einigen gelungenen Strichen ihre Umrisse rasch skizzierte, erklärte er ihr: „Ich bin zwar geübt in der Kunst des Selbstporträts, aber Aktzeichnen am lebenden Modell war für mich bisher immer nur ein Traum. Aktmodelle sind nämlich wirklich teuer! Übrigens ist die korrekte Darstellung der Körperproportionen eine große Herausforderung für mich. Hast Du schon einmal darüber nachgedacht, dass eigentlich erst der bekleidete Körper besonders sexy wirkt? Nackt ist viel weniger erotisch"!
Christine kicherte immer noch.
„Klar doch, weil Du Dich bei Deiner männlichen Phantasie immer fragst, was sich wohl *unter* dem Bikini verbirgt. Ich hoffe aber inständig, dass meine Proportionen stimmen und Dich halbwegs zufrieden stellen, *trotz* oder meinethalben *wegen* des Badezeugs", lachte Christine eine Stufe herausfordernder, als er es ihr zugetraut hätte. Sie hatte sich auf die Querbank gesetzt und ihre langen schlanken Beine wohlig und unbewusst verführerisch ausgestreckt.
„Du siehst ein wenig aus, wie aus dem Wasser gezogen", gab ihr Björn trocken zur Antwort, „ aber ich sehe, was ich sehe und das allein ist real. Sei ganz beruhigt – bei Dir ist wirklich alles dran und genau da, wo's hingehört", fügte er ziemlich frivol hinzu.
„Für Dich ist also nur *das* Wirklichkeit, was Du siehst"? hakte Christine nach. „Genau", bestätigte Björn. Nur, was meine Augen sehen, ist ein Spiegelbild der Wirklichkeit".
„Wie willst Du wissen, dass ich keine Fata Morgana bin"? versuchte Christine ihn herauszufordern.
„Christine, sieh doch, wie Du tropfst und meinen Kahn gleich zum Sinken bringst! Obwohl ich wirklich nicht weiß, von wo Du kommst und weshalb Du hier bist, bist Du die schönste und realste Nixe weit und breit"!
„Kunststück, wenn keine andere da ist", konterte sie nüchtern.

Nach einer Weile des Schweigens fragte Björn nachdenklich: „Sag mal, wie hast Du überhaupt herausgefunden, wo ich mich einquartiert habe und was führt Dich zu mir"?

„Doppelfrage! Erster Teil der Antwort: Du hast mir einmal erzählt, wohin Du Dich in bestimmten Situationen zurückziehen würdest um zu Dir zu finden", erklärte sie ihm. „Kannst Du Dich daran noch erinnern? Also, erstens habe ich Dir neulich gut zugehört; zweitens habe ich kombiniert und drittens habe ich meine Helfershelfer"!

„Das war vor einer Ewigkeit und in einer glücklicheren Phase meines Lebens! Ich glaube, inzwischen hat sich das Glück wieder einmal von mir verabschiedet". Björn wirkte in diesem Augenblick niedergeschlagen.

Nach einer Gedankenpause sagte Christine leise: „Das wäre wirklich schade und würde mit Sicherheit jemand anders ebenfalls sehr traurig machen".

Björn wurde stutzig, bemerkte dann aber ein wenig trotzig: "Wen denn schon außer mir"?

Christine blieb ihm die Antwort schuldig und fuhr fort: „ Zweiter Teil der Antwort: Würdest Du mit mir den Rundweg um den See herum wandern? Wenn ich hier nämlich noch länger in Deinem Boot sitze, versengt meine Haut unter den gefährlichen Sonnenstrahlen. Du willst doch nicht, dass ich Dein Pflegefall werde – oder?

Ich wette, dass ich bis zum Steg schneller schwimmen kann als Du in Deinem behäbigen Kahn ruderst"!

Das Ruderboot schaukelte, als sich Christine auf die Querbank stellte und es schaukelte noch stärker, als sie mit einem eleganten Startsprung ins Wasser eintauchte. Die Richtung war vorgegeben und Björn nahm die Herausforderung an.

Er drehte sein ächzendes Boot so schnell er konnte und sah, dass er gegen Christines Schwimmkünste überhaupt keine Chancen hatte. Dieses Teufelsweib!

Nachdem er den Kahn an seinem Stellplatz im Bootshaus angeschlossen hatte, ging er die paar Schritte zum Steg hinüber. Christine hatte sich inzwischen abgetrocknet und umgezogen. Sie trug jetzt eine helle sportliche Jeanshose und ein T-Shirt in Regenbogenfarben. Ihre Füße steckten in bequemen Laufschuhen. Ihr Handtuch ließ sie zum Trocknen auf der Bank zurück. „Wird sicherlich niemand mitnehmen", sagte sie verschmitzt, "und wenn schon"!

Björn hatte seine Zeichensachen in seine leichte Sporttasche getan, die er wie einen Rucksack an zwei Schulterriemen trug.

„Nach links oder nach rechts"? fragte er sie. „Uhrzeigersinn"! gab Christine wortkarg zur Antwort, sah ihn forschend von der Seite an und hakte sich für einen Augenblick bei ihm ein. Nur für einen Augenblick, aber es fühlte sich für ihn sehr vertraut und zugleich verlockend an!

39

„Ich habe Dich gestern auf Jennifers Examensfeier vermisst", nahm Christine die Unterhaltung auf. Ich habe gehört, Du seiest am Anfang zwar da gewesen, dann jedoch ohne ein Wort des Abschieds plötzlich unauffindbar verschwunden. Jennifer war tief enttäuscht und völlig verzweifelt. Sie hatte sich so sehr auf Dich gefreut und konnte gar nicht verstehen, weshalb Du einfach gegangen bist. Wir waren alle sehr besorgt und dachten, es sei etwas Schlimmes passiert"!
„Mich wundert es, woher Du Jennifer überhaupt kennst und woher Du über ihren Seelenzustand so gut Bescheid wissen willst. Aber es stimmt genau", bestätigte Björn. „Ich habe dort im Garten etwas gesehen, was ich lieber nicht hätte sehen sollen! Ich war in bester Absicht gekommen und bin doch zutiefst enttäuscht worden. Genauer gesagt, ich habe mich verraten gefühlt – wieder einmal! Sage mir jetzt bitte nicht, Jennifer habe sich auf mich gefreut! Und sage mir bitte auch nicht, sie habe nicht verstehen können, weshalb ich gegangen sei! Sie konnte nämlich weder enttäuscht noch verzweifelt sein! Das wäre doch wohl mehr als scheinheilig"! In Björns Stimme schwangen Zorn und Verbitterung mit und er war plötzlich lauter geworden als man es von ihm gewohnt war. Christine versuchte ruhig zu bleiben und ihn milde zu stimmen.
„Darf ich fragen, *was* Du gesehen hast"? wollte sie wissen.
„Natürlich, Christine! Inzwischen kennen wir uns so gut, dass wir uns gegenseitig vertrauen können und nichts vor einander zu verschweigen brauchen. Als mich Jennifer spontan von einem Tag zum andern zu ihrer Party einlud, da glaubte ich fest daran, es sei nicht nur aus reiner Höflichkeit mir gegenüber geschehen, sondern dass ein wenig mehr im Spiel sei. Du solltest wissen, dass ich Jennifer von Anfang an sehr mochte, das heißt, *mögen* ist noch stark untertrieben. Dass sie mich aber dermaßen vorführen würde, hätte ich nie im Leben gedacht! Ich wäre in diesem Falle doch niemals auf der Bildfläche erschienen um mir solch einen Korb abzuholen"! Christine spürte, wie sehr seine Seele kochte.

„Björn, ich weiß immer noch nicht, *was* Du nun wirklich mit eigenen Augen gesehen hast", bohrte Christine nach, obwohl ihr klar war, was es gewesen sein musste. So nämlich und nicht anders!

Björn blieb stehen, ergriff Christine an beiden Händen und sah ihr ernst in die Augen.

„Christine, Jennifer ist in ihrem Leben von jemandem unendlich wehgetan worden Mir aber auch! Uns Beiden"!

Christine blieb ganz ruhig, atmete tief durch und bat ihn eindringlich: „Hättest Du zeichnen können, was Du gesehen hast – was wäre dann auf Deinem Bild zu sehen gewesen?"

„Wie Jennifer einen mir fremden jungen Mann derart intensiv umarmt und küsst, dass es reif für einen Liebesfilm gewesen wäre"!

„Ich verstehe", ließ sich Christine leise vernehmen und wiederholte seine Worte von vorhin: „Was wir mit den Augen sehen, ist ein Spiegelbild der Wirklichkeit, stimmt's"? Dann fügte sie nachdenklich und mit einem seltsamen Unterton hinzu: „Meistens jedenfalls".

Sie spürte immer noch Björns innere Erregung, die er erfolglos zu bändigen versuchte, weil er sich zutiefst verletzt fühlen musste. Gleichzeitig war ihr bewusst, wie gut es ihm tat, im Augenblick gemeinsam mit ihr auf federndem Waldboden zu gehen, umgeben von hohen Laubbäumen, die kühle Schatten warfen und durch deren Blätter der See silbrig schimmerte. Hier konnte er sich abreagieren! Björn erschien ihr auf bemitleidenswerte Weise niedergeschlagen und sein Gesicht und seine Haltung spiegelten seine Traurigkeit und seine bittere Enttäuschung unübersehbar wider. Sie hatte ihn schon in den unterschiedlichsten Situationen erlebt und immer war er ausgleichend, durch nichts aus der Ruhe zu bringen und stets er selbst. Nichts an ihm wirkte aufgesetzt. Jederzeit war er bereit, geduldig zuzuhören, Mut zu machen und zu helfen. Wenn es jedoch um seine eigene Person ging, schien er plötzlich leicht angreifbar und wehrlos und so, als könne er sich selbst nicht helfen.

Es war ein beredtes Schweigen, das einige Augenblicke zwischen ihnen herrschte. Er ließ ihre Hände wieder los und als sie nebeneinander den Weg am Seeufer entlang gingen, sagte er schuldbewusst:

„Entschuldigung, Christine, ich habe soeben meine Beherrschung verloren und mich nicht genügend im Griff gehabt. Tut mir leid"!

Christine strich zum Trost mit ihren Fingern über seine Wange und sagte nichts. Schweigend gingen sie eine Weile nebeneinander her und hingen ein jeder seinen Gedanken nach.

„Weißt Du, Christine, wenn ich nur wüsste, was an mir falsch ist! Wenn mir doch endlich jemand ehrlich sagte, was ich an mir ändern sollte. Ob ich mich allerdings ändern könnte oder wollte, weiß ich nicht. Aber zumindest hätte ich doch die Chance, es zu versuchen"! Seine Worte klangen kläglich.

„Bleib' so, wie Du bist. Es wird sich alles fügen, weil viele Dinge eine überraschende Erklärung haben", tröstete sie ihn.

Es war ihm nicht klar, woher sie ihre Zuversicht nahm. Gemessen an dem Vorfall klangen ihre Worte einerseits geradezu zynisch! Andererseits glaubte er, Christine mittlerweile etwas genauer zu kennen und daher hatten ihre Worte genügend Kraft, ihn innerlich wieder aufzurichten. Sie hatte ihm schon mehrmals uneigennützig geholfen, ihn niemals enttäuscht und er stand bei ihr tief in der Kreide! Wenn es doch mehr solcher Menschen gäbe wie sie!

Sie hatten die Brücke am Ende des Sees erreicht, nämlich dort, wo die Quelle der Schlaube ein müdes Rinnsal bildete, folgten nun dem Weg westwärts nach rechts und gingen der allmählich hinter den Bäumen verschwindenden Sonne entgegen – nein, sie gingen ihr hinterher.

Da geschah es!

Björn sah, wie hinter einer Wegbiegung zwei weibliche Gestalten auftauchten und ihnen entgegenkamen. Es waren zwei junge Frauen, die beim Näher kommen aussahen wie das doppelte Lottchen. Offenbar Zwillinge! Nicht zu fassen! Jennifer – im Doppelpack!

Björn war völlig überrascht und verwirrt, als Christine ihn fragte: „Was siehst Du vor uns"? Björn hielt ihre linke Hand fest und stammelte vor Sprachlosigkeit: „Das kann doch nicht wahr sein"!

„Ist es aber! Björn, was Du hier siehst, ist *auch* ein Spiegelbild der Wirklichkeit. Aber es gibt dabei ein Rätsel zu lösen: Wer ist wer? Wer ist *Jennifer* und wer ist *Nike*"?

Als sie langsam näher aufeinander zukamen, schüttelte Björn immer noch fassungslos den Kopf und rieb sich die Augen. Sprachlos standen sie sich am Ende paarweise gegenüber und plötzlich wusste er ganz genau, wer Jennifer war; denn er erkannte die kleine Narbe über ihrer linken Augenbraue.

Jennifer kam ihm zu Hilfe: „Tut mir leid, ich hätte es Dir vorher sagen sollen, aber ich hatte einfach nicht daran gedacht, weil ich viel zu sehr mit mir und mit Dir und mit uns Beiden beschäftigt war. Björn, Du bist nicht der Erste, der uns verwechselt hat. Eine Laune der Natur hat uns einen Streich gespielt und als Zwillinge der Welt ausgesetzt!"

Jennifer ging erwartungsvoll auf ihn zu und flüsterte bittend: „Nimm mich einfach in den Arm und halte mich fest. Ich will nicht mehr traurig sein, sondern mich wieder freuen dürfen".

Björn drückte sie fest an sich und fühlte sein Herz schlagen. Er war wie befreit und atmete tief durch. Er lockerte seine Umarmung, ergriff sie an beiden Schultern, sah ihr in die Augen und flüsterte mit brüchiger Stimme: „Ach, Jennifer"...

Beide fühlten sich wie von einer tiefen Last befreit! Da standen sie nun wie angewurzelt und sprachlos und völlig außer Fassung. Sie bemerkten gar nicht, wie Christine und Nike unauffällig an ihnen vorbeigehuscht waren und diskret den Rückweg eingeschlagen hatten um sie allein zu lassen.

Es schien, als hätten Jennifer und Björn in ihrem Glückstaumel die Welt um sich herum vergessen!

„Wenn es Dir nichts ausmacht, darfst Du mich einmal kurz küssen. An welcher Stelle, das bleibt *Dir* überlassen", neckte ihn Jennifer, die ihre Fassung als Erste wiedergewonnen hatte.

Björn küsste ihre Stirn, ihre beide Wangen und ihre Nasenspitze. Dann fragte er sie scheinbar verunsichert: „Habe ich beim Küssen eine andere sensible Stelle in Deinem Gesicht vergessen"?

Nun nahm Jennifer das Heft in die Hand:

„Du hast mich zwar viermal geküsst, tapferer Ritter, aber anscheinend muss man Dir wohl zeigen, wie es richtig geht"!

Sie zog ihn an sich und sie küssten sich immer und immer wieder und sehr intensiv! Und diesmal richtig! Diese Augenblicke der zärtlichen Berührung erschienen ihnen wie das Glück pur!

Als die Zeit zum Atemholen kam, sah ihr Björn mit verliebtem Blick ganz tief in die Augen: „Ich habe heute eine wichtige Lektion gelernt: nicht immer ist das, was wir sehen, tatsächlich ein Abbild der Wirklichkeit. Ich bin gestern in Eurem Garten einer optischen Täuschung erlegen und habe daraus die falschen Schlüsse gezogen. Ich plädiere in eigener Sache auf *unschuldig*. Andererseits habe ich Dir nicht genug vertraut und mich damit *schuldig* gemacht. Insgesamt bitte ich allerdings um eine milde Strafe"!

Jennifer wurde für einen Augenblick ernst:

„Björn, ich konnte mir zuerst gar nicht erklären, weshalb Du ohne ersichtlichen Grund und vor allem ohne Abschied von meinen Eltern wieder weggefahren bist und war unendlich verzweifelt. Aber dann habe ich mir alles sehr genau berichten lassen, darüber nachgedacht und herausgefunden, durch welches Missverständnis Du Dich so gekränkt gefühlt haben musst. Glücklicherweise ist ja jetzt alles aufgeklärt und niemand braucht sich mehr brüskiert zu fühlen! Ich bin so unendlich froh, dass ich Dir nicht gleichgültig bin! Bitte nimm es mir ab, dass ich nicht mit Dir spiele! Weder mit Dir noch mit Deinen Gefühlen! Niemals! Gegenseitiges Vertrauen können wir nur schwer erbitten, aber wir können es uns schenken"!

Björn war beeindruckt von ihren ernsthaften Worten, ihrem liebevollen Lächeln und ihren warmen zärtlichen Augen. Er zog sie abermals an sich. Ihre Lippen suchten seinen Mund und sie küssten sich – diesmal doppelt so innig wie vorher.

Hand in Hand schlenderten sie den Weg entlang, wobei sie nur langsam voran kamen; denn immer wieder blieben sie stehen und ließen ihren zärtlichen Gefühlen freien Lauf. Ja, sie waren ineinander verliebt! Aber noch verzichteten sie darauf, es sich gegenseitig allzu deutlich zu sagen. Sie spürten, dass sie Zeit brauchten und sich erst noch besser kennen lernen sollten!

Kurz vor dem Hotel blieben sie auf jener Holzbrücke stehen, unter der die Schlaube den Wirchensee verlässt. Sie lehnten sich gegen das Brückengeländer und sahen verträumt auf den See, in dem sich die Abendsonne spiegelte. Björn legte seinen Arm um ihre Schulter und sie umfasste seine Hüfte. Es war so friedlich hier. Ein tiefer Zauber lag über diesem unvergesslichen Augenblick und sie sprachen Beide lange Zeit kein einziges Wort.

Schließlich sagte Björn fast unhörbar: „Heute geht es mir gut – so richtig gut".
„Ist das nicht eine Untertreibung"? fragte Jennifer herausfordernd. „Nur *gut*? Mir geht es nämlich *bestens*"!
„Jennifer, meinem Herzen geht es unvorstellbar gut! Wie ginge es mir wohl ohne Dich"?

„Schon besser", sagte sie befriedigt und schmiegte ihren Kopf an seine Schulter.

Jennifer erschien ihm in diesem Augenblick mit ihren strahlenden Augen besonders froh gestimmt und glücklich. Auf ihrem entspannten Gesicht lag nun auch ein tiefer Friede.

Sie hatten es zwar beide nicht offen ausgesprochen, aber er hatte das Gefühl, sie seien sich stillschweigend darin einig, dass echte Liebe dennoch Zeit zum Wachsen brauche und dass sie sich diese Zeit nehmen und einander geben müssten. Nur nichts überstürzen!
Sie befanden sich hier nicht in einem Liebesfilm, wo es im Schnelldurchlauf zu einem glücklichen Ende mit vollem Programm kommen musste!
Echte Liebe hatte es nicht eilig! Sie konnte warten.
Björn summte im Stillen den Refrain eines seiner Lieblingslieder: *Liebe ist wie Weizen und ihr Halm ist grün.*
Sie würden sich im Verlauf der Zeit noch näher kennen lernen und alles Notwendige voneinander erfahren müssen, insbesondere, welche Vorstellungen sie von einem Leben miteinander hatten.

Björn sah sie musternd an und verspürte dabei, dass er an ihr festhalten würde.
Jennifer hatte das starke Gefühl, dass Björn zu ihr passte und dass sie ihn nicht loslassen wolle.
Echte Liebe hieß doch wohl, ohne Vorbehalte zum anderen *ja* zu sagen!
Echte Liebe kam für sie aus dem Herzen, aber den Verstand wollte sie dabei auf gar keinen Fall ausschalten! Wie wurde oft so kitschig-schön gesagt?
Wenn sie Beide vom Ich übers Du zum Wir gelangt sein würden, dann wäre am Ende alles gut – so oder so ähnlich! Auch wenn dies ein Gemeinplatz sein sollte, so schätzte sie derlei Binsenweisheiten!
Auf das Gemeinsame würde es ankommen und auf die Fähigkeit, die Welt mit den Augen des Partners zu betrachten!
Sie wollte sich von Björn verstanden wissen! Natürlich würde auch sie sich bemühen, ihn zu verstehen. Das wäre sicherlich ein hartes Stück Arbeit!
Sie sah ihn von der Seite an und hatte das beruhigende Gefühl, dass ihnen gemeinsam der große Wurf gelingen könnte!

40

Es wurde am Abend eine feucht-fröhliche Fünferrunde. Sie saßen bei milden Temperaturen zuerst draußen im Kastaniengarten und aßen, was die Küche an typischen Gerichten der Region hergab. Jennifer und Björn lächelten insgeheim darüber, dass sie unabhängig von einander diesmal beide dunkles Bier bestellt hatten!
Wie sich herausstellte, kannten sich Olaf und Björn flüchtig, aber das war Berufsgeheimnis! Olaf war einige Jahre jünger als er. Olaf gehörte zu Nike. Sie waren ein Paar. Das war auch hier und heute deutlich zu sehen. Gut so!

Einmal mehr war Björn heute klar geworden, welches Maß an Tatendrang und Willenskraft in Christine schlummerte um Gutes zu stiften!
Wie es schien, sprang sie völlig uneigennützig gern dort ein, wo offensichtlich Not am Mann war! Sie spürte sofort, wenn jemand Kummer hatte oder in Schwierigkeiten steckte und Hilfe brauchte. Sie kümmerte sich! Sie vermittelte und fädelte ein, organisierte und brachte Dinge ins Lot. Sie hatte diplomatisches Geschick und war zugleich konsequent. Sie schien von sanfter Wesensart, konnte aber energisch Grenzen ziehen, die niemand übertreten durfte! Das hatte Björn neulich auf dem Rückflug von London nach Berlin und auch heute wieder bei seinen tastenden Annäherungsversuchen ihr gegenüber im Boot erlebt.
War sie glücklich? Hoffentlich lebte sie in einer erfüllten Beziehung. Björn hätte es ihr gewünscht.

Björn hatte schon mehrfach eineiige Zwillinge in seiner Schule erlebt und kannte die Schwierigkeiten auf Lehrerseite, diese auf Anhieb voneinander zu unterscheiden und sich nicht vorführen zu lassen. Man musste schon auf feinste Unterschiede achten um zu wissen, mit wem von den Beiden man es jeweils zu tun hatte. Er hatte davon gehört, dass sie mitunter als Mutprobe in die Rolle ihrer Geschwister geschlüpft und für einander „vertretungsweise" eingesprungen waren. Hoffentlich war er darauf noch nie hereingefallen! Wer weiß...
Eltern waren gut beraten, ihre Zwillinge in unterschiedliche Klassenverbände zu geben, weil ihre Sprösslinge trotz derselben äußeren Voraussetzungen und Lernbedingungen eben nicht immer

gleichwertige Leistungen erbrachten und dann einer von Beiden zuhause oder in der Schule in peinlichen Erklärungsnotstand geriet. Jennifer und Nike sahen sich wirklich täuschend ähnlich und Björn musste, wenn sie nebeneinander saßen, höllisch aufpassen um sie nicht schon wieder zu verwechseln! Aber er hatte bald den Dreh raus, weil er inzwischen Jennifers Erkennungszeichen kannte.

Als draußen im Freien die Mücken zur Plage wurden, zogen sie ins Kaminzimmer um.
In der heutigen Fünferrunde waren Anekdoten angesagt.

Christine erzählte als Erste von ihrer gemeinsamen Englandfahrt mit Björn. *Big Ben* war eines Tages ihr Ziel gewesen und der hochrangige *Guide*, nämlich der Verwaltungschef der *Houses of Parliament* höchstpersönlich, hatte Björn so gegen 11.58 Uhr unmerklich ganz nahe mit dem Rücken vor die große Glocke bugsiert. Als diese dann Punkt 12 Uhr dröhnend anschlug, war Björn mit einem entsetzten Aufschrei und mit einem Riesenschreck von der Glocke weg nach vorne gesprungen und, bleichgesichtig stolpernd, in Christines Armen gelandet, die ihn auffing und beruhigte. Sie ereiferte sich heute immer noch über diesen faulen Trick und sagte, sie hätte den lauthals lachenden feisten Guide am liebsten erwürgen wollen, habe er sich doch auf Kosten eines harmlosen Touristen belustigt! Björn konnte den Schreck sozusagen nur mit der Kraft von zwei Herzen überstehen!

Björn wiederum erzählte, wie er zunächst gemeinsam mit Christine *Kew Gardens*, den Botanischen Garten, besucht hatte. Nachdem er in die U-Bahn eingestiegen war, hatte auf der gegenüberliegenden Querbank ein Farbiger einem weißen Jungen eine Pistole an die linke Schläfe gehalten und Geld gefordert. Björn war aufgestanden und hatte sich aus der Gefahrenzone hinaus zur Tür begeben. Der Junge habe wie in Totenstarre ganz regungslos auf seinem Sitz verharrt, woraufhin der dreiste Bandit am nächsten Bahnhof unverrichteter Dinge ausgestiegen und entkommen sei. Wer hatte es schon bemerkt und wer hätte ihn festhalten wollen? Wieder einmal, so stellte Björn fest, habe er an sich selbst entdeckt, dass er nicht zum Helden geboren sei und der Mut ihn oft schnell verlasse, wenn er sich seiner Sache nicht hundertprozentig sicher sei.

Nike erzählte von ihrer ersten Verabredung mit Olaf, den sie vom Ausbildungsseminar her kannte. Er wollte sie von zuhause abholen, aber als es klingelte, war sie noch nicht passend angezogen. Also öffnete Jennifer die Tür. Olaf wollte sie freudig umarmen, aber Jenny hielt ihn mit starrem Arm auf Distanz. Olaf konnte dieses ablehnende Verhalten überhaupt nicht verstehen und kehrte gekränkt auf dem Absatz um. Als Nike begriff, was sich an der Haustür gerade abgespielt hatte, lief sie ihm hinterher und als sie ihn einholte, ergab sich eine hitzige Debatte. Olaf erzählte, wie er sie verzweifelt gefragt habe, weshalb sie ihn gerade so schnöde hatte abblitzen lassen. Als Jennifer ihrerseits hinzukam, sei Olaf total verblüfft gewesen und Björn erkannte nun mit einem Male die Parallelen zu seinem eigenen Missverständnis am gestrigen Tag!

Jennifer schließlich erzählte, wie ihre Großeltern mit ihrem eigenen Kabinenkreuzer auf dem Dalslands-Kanal in Schweden unterwegs gewesen seien. Nachdem sie in eine der vielen Schleusen eingefahren waren, vertäuten sie das Boot versehentlich zu fest an einem Poller. Als das Wasser in der Schleusenkammer abgelassen wurde, bemerkten sie erst im allerletzten Moment, wie sich das Tau spannte und ächzte und hätten sie den Knoten nicht mit gemeinsamer Kraft schnell noch gelöst oder das Seil gekappt, wäre es vermutlich zu einem erheblichen Schaden am Boot gekommen, das ja im nächsten Augenblick in der Luft gehangen hätte und womöglich zur Seite gekippt wäre!

Olaf hatte einmal mit seinen Eltern eine Bootstour auf dem River Shannon in Irland unternommen. Nachdem sie eines Abends am Ufer angelegt hatten, wollten sie in einem Pub essen gehen. Durch die Fenster sahen sie, wie fast alle Gäste hysterisch kreischend auf den Tischen und Stühlen standen. Das kam ihnen sehr seltsam und unerklärlich vor. Als sie die Tür öffneten, sauste eine fette Ratte quiekend an ihnen vorbei ins Freie und hinunter zur Mole. Der Koch hatte sie im Vorratsraum hinter der Küche entdeckt und mit einem riesigen Kochlöffel in die Flucht geschlagen. Da das verängstigte Tier aber kein passendes Schlupfloch fand, verbarg es sich abwechselnd unter einzelnen Tischen und die in Panik geratenen Gäste wussten keinen anderen Ausweg als auf die Tische zu steigen! Diese Anekdote war seitdem bekannt unter dem Titel *Die Ratte von Rooskey*.

„Würdest Du gern einmal mit dem Kabinenkreuzer auf dem Dalslands-Kanal fahren?" wurde Björn von Nike gefragt. Sie musterte ihn aufmerksam. Auch Jennifer sah ihn eindringlich an und wartete gespannt seine Reaktion ab. Christine lächelte geheimnisvoll.

„Durchaus", gab Björn zur Antwort, „aber mir fehlt leider noch der Bootsführerschein. Oder braucht man in Schweden sogar ein Kapitänspatent"?

„Sei ganz beruhigt", erklärte ihm Jennifer gelassen, „eine kurze Einweisung vor Antritt der Fahrt genügt".

Seltsam, sagte er sich, *wie kommt sie nur auf diese Idee*

41

Als sie schließlich allesamt müde wurden, verließen sie gemeinsam das Kaminzimmer und traten ins Freie. Björn atmete tief durch und wünschte den Anderen eine gute Nacht. Er wirkte sichtbar unschlüssig. Wie sollte er sich in dieser ungewohnten Situation von Jennifer verabschieden?

Olaf und Nike zogen leise flüsternd und gut gelaunt quer über die Wiese zu ihrem angemieteten Bungalow und nahmen Christine mit, die sich darin vermutlich ein zweites Zimmer mit Jennifer teilen würde. Jennifer gab Nike ein Zeichen, blieb ein wenig zurück und hakte sich bei Björn ein. Sie hatte sich nun einen leichten Pullover um den Nacken und über die Schultern gelegt.

Es waren tagsüber geradezu tropische Temperaturen gewesen und die Erde gab noch immer die Hitze des Tages ab. Jennifer folgte Björn schweigend die Treppen zum Ponton hinunter. Der See war ganz still. Wie eine dunkle Wand erschienen jetzt die gegenüberliegenden Uferbereiche, die sich kaum merklich vom Sternenhimmel abhoben. Es war zwar schon spät am Abend, aber noch dämmerte es hin zur Nacht. Das Mondlicht spiegelte sich im Wasser. Ab und zu war ein Käuzchenschrei zu hören, gelegentlich schnatterte irgendein verspäteter Wasservogel auf seinem Heimweg ins Schilf und von Zeit zu Zeit schoss ein Fisch aus dem Wasser um im Hechtsprung sogleich wieder darin einzutauchen. Die letzten Hotelgäste waren auf ihre Zimmer gegangen oder aber durch den Wald nach Hause gefahren. Oben im Restaurant konnte nun alles für das morgendliche Büffet eingedeckt werden. Bis auf die Mücken und allerlei fliegendes Getier war kaum noch ein Laut zu vernehmen. Die Natur hatte sich schlafen gelegt. Die meisten Hotelbewohner auch.

Die Beiden setzten sich auf die kleine Bank links. Sie rückten ganz eng zusammen und Björn legte seinen rechten Arm behutsam um Jennifers Schulter, die es sich gern gefallen ließ. Sie genossen die Stille und sagten lange Zeit kein Wort.
Nach einer Weile drehte sich Jennifer seitwärts, legte ihren Kopf in Björns Schoß, gähnte verlegen und stellte ihre Beine angewinkelt auf die Bank. Sie konnten nun mit ein wenig Mühe einander in die Augen sehen und waren sich ganz nah. Björn spürte Jennifers wohliges Vertrauen, in das sie sich hatte fallen lassen. Sie war verstummt und er teilte ihr Schweigen. Für seinen rechten Arm suchte er scheu eine schickliche Bleibe auf ihrem Körper, fand diese endlich und am Ende fühlte er, dass alles stimmig war.

War wirklich alles stimmig?
Da gab es etwas, was ihn sehr bekümmerte!

Er fragte sich insgeheim, ob sie beide wirklich schon in der Lage wären, sich innerlich von ihren früheren Beziehungen erfolgreich zu lösen. Würden sie jetzt schon frei und für einander bereit sein? War es denn überhaupt möglich, sich von seinen Erinnerungen so weit zu entfernen, dass man vertrauensvoll eine neue Beziehung aufbauen konnte?
Andererseits hatte es doch wirklich keinen Sinn, ständig die Erinnerungen an den verflossenen Partner mit sich herumzuschleppen und in trüben Stunden sogar aufkommende Wehmut zuzulassen!
Mit welcher Elle würden sie nun einander messen? Halt! War es überhaupt angebracht und nötig, den Anderen vergleichend zu messen? Wenn sie nicht *jetzt* zueinander zu stehen bereit waren, wann dann?

Und da nagte noch etwas in ihm:
Jennifers Familie machte auf ihn einen sehr sympathischen und harmonischen Eindruck.
Björn liebte seine Familie ebenfalls. Auch bei ihm hielten sie tapfer zusammen, aber es war seine Mutter, die sich verzweifelt ihren Weg zurück ins Leben erkämpfte – und das war belastend für alle!

Sollte er Jennifer sagen, was ihn bedrückte und persönlich in die Pflicht nahm?

Sollte er es ihr *bald* sagen – ehe es vielleicht zu spät war und ihr Vertrauen belastete?

Sein Leben und seine Beziehung zu Jennifer brauchten keine neue Krise; denn an beruflichen und privaten Herausforderungen hatte er schon tagtäglich genügend zu meistern! Und sie selbst würde in Zukunft manche noch unerwartete Herausforderung zu bestehen haben!

Björn sehnte sich nach dem einfachen Glück, nach Verlässlichkeit und nach einer Schulter, an die auch *er* sich bei Bedarf anlehnen konnte! Er sehnte sich nach einem Leben in ruhigem Fahrwasser und wollte vor allem nicht noch einmal verladen werden! Er würde gerne Pflöcke einsetzen, die ihm künftig Halt gaben und die Richtung anzeigten. Falls Jennifer glaubte, dass er innerlich auf festem Boden stand, so verdiente diese Annahme Einschränkungen. Er war sehr dünnhäutig geworden und vor allem misstrauisch! Es war ihm unklar, wie er auf andere Menschen wirkte und womit er sie auf Dauer für sich gewinnen konnte. Oft wusste er sich in seiner Ratlosigkeit nicht zu helfen. Er war es gewohnt, Stärke zeigen zu müssen, aber wie sehr litt er doch an seinen Selbstzweifeln und Schwächen!

War jetzt die Gelegenheit, es ihr zu sagen?

Nein, eher nicht! Sie hatte ihre Augen geschlossen und atmete ganz friedlich und sanft. Jennifer war wohlig müde! Sie schien zu schlummern. Sie fühlte sich in seinem Schoß wohlig geborgen und spürte sein Verlangen nach ihr.

Jennifer fiel von einem Sekundenschlaf in den anderen. Sie befand sich in einem Zustand zwischen Wachen und Schlafen. Sie genoss den Augenblick und wünschte, er würde anhalten und ihr unvergesslich bleiben. Sie hörte, wie Björn ganz leise flüsterte, so, als wäre er mitten in ein Selbstgespräch vertieft:

„Jennifer, wir kennen uns, genau genommen, erst seit drei Tagen – verteilt auf mehrere Wochen – und doch scheinst Du mir inzwischen so sehr vertraut, als wäre es ewige Zeiten her! Es ist wie ein Zauber, Jenny! Ich wünsche mir Glück für unsere Beziehung! Ich werde alles tun, damit es mit uns Beiden klappt, auch wenn ich hin und wieder völlig unausstehlich sein sollte. Trotzdem will ich Dich nicht enttäuschen"!

Jennifer öffnete ihre Augen, blinzelte ein wenig und sagte zu ihm:

„Björn, vielleicht will uns das Schicksal mitteilen, dass unsere traurigen Erfahrungen einfach nur eine notwendige Lehrzeit waren – ein Auftakt, der uns reif gemacht hat für eine echte Beziehung, eine Beziehung, die diesen Namen verdient und alle Stürme übersteht. Ich wünsche mir gleichfalls, dass es mit uns klappen wird. Ob es auf Dauer gelingen wird, liegt sicherlich an uns – zum größeren Teil jedenfalls. Was immer uns bedrückt, wir werden über alles reden und für einander da sein! Das müssen wir uns gegenseitig fest versprechen: einfach da sein, Fehler eingestehen und uns verzeihen und alles miteinander aushalten"!

Jennifer löste sich für einen Augenblick aus seiner Umarmung, richtete sich ein wenig auf und sah ihm in die Augen.
„Björn, wir sitzen hier inmitten der Dunkelheit auf der kleinsten Bank weit und breit, ganz eng und unschuldig aneinander geschmiegt. Enger geht's schon gar nicht mehr! Sag mir, dass Du es scheußlich findest, mir für immer dermaßen nahe zu sein"!
Björn presste seine Lippen lächelnd auf ihren Mund und dann antwortete er: „Scheußlich ist gar kein Ausdruck!"
Jennifer war plötzlich hellwach, buffte und knuffte ihn mehrmals und legte schließlich ihren Kopf wieder friedlich an seine Brust. „Björn, Du hast Recht, Du bist wirklich unausstehlich", sagte sie mit einem leisen Lachen.
Zärtlich streichelte er ihr Haar und ihre Schulter. Jennifer sprach nun ganz leise: „Weißt Du, auf dem Wege von Berlin hierher hatte ich große Angst. Ich hatte Angst, ich würde Dich hier nicht allein, sondern in Begleitung antreffen und – aus der Traum"!
Björn versuchte sie zu beruhigen:
„Siehst Du irgendwo jemanden, der uns ins Gehege kommen könnte"?
„Wie denn? Wo denn? Wen denn?" fragte Jennifer. „Es ist doch viel zu dunkel"!
Sie spürten beide, wie sie vergnügt über ihre kleinen Wortgefechte lächeln mussten und zugleich war ihnen klar, dass sie sich zwischen den Zeilen das Wesentliche doch sehr glaubhaft gesagt hatten.

Mittlerweile war es richtig dunkel geworden und auch ein wenig kühl. Sie lösten sich schweren Herzens voneinander, streckten, leise gähnend, ihre müden Glieder aus und tasteten sich Hand in Hand die Treppen hinauf. Björn begleitete sie noch bis zum Bungalow.

„Morgen früh werde ich um sieben Uhr aufstehen und eine Runde im See schwimmen", weihte er sie flüsternd in den Beginn seines bevorstehenden Tagesprogramms ein.

„Nimmst Du mich mit"? fragte Jennifer. Björn nickte und erhob keinen Einwand.

„Bitte, denke an mich, wenn du einschläfst", sagte sie, als sie ihn zum Abschied umarmte und liebevoll küsste. Dann fügte sie, wie als Entschuldigung, hinzu: „Gib mir bitte noch die einmalige Chance, eine Schlafprobe hier im Bungalow bei den Anderen zu machen. Bei Dir drüben wäre es vermutlich auch ganz reizvoll.

„Ohne Frage", bemerkte Björn trocken. „Der Bungalow ist wirklich allerhöchstens zweite Wahl und längst nicht so verführerisch".

Als sie ihm noch einen Kuss zuwarf und die Tür dann leise hinter sich ins Schloss zog, war er überglücklich und machte innerlich Luftsprünge; denn er fühlte sich bei Jennifer am Ende zu Hause und sie war dabei, sein Herz erfolgreich zu heilen. Erobert hatte sie es doch schon längst! Nun galt es, auf alles andere zu warten, bis die Zeit gekommen wäre.

Er kannte sie wirklich erst seit drei Tagen, aber entscheidend waren doch die ersten drei Sekunden ihres Kennenlernens gewesen!

42

Jennifer bewegte sich im Bungalow auf Zehenspitzen um Christine, Nike und Olaf nicht zu wecken, falls diese schon schlafen sollten. In der Tat, Christine schien fest im Reich der Träume unterwegs zu sein und gleichmäßig zu atmen. Als sich Jennifer schließlich hingelegt hatte, war sie von den heutigen Eindrücken derart überwältigt, dass sie noch lange wach lag. So viel stand für sie felsenfest: sie war in Björn verliebt – und er mit Sicherheit auch in sie!

Aber wie fühlte sich denn Verliebtsein wirklich an?

Waren es die berühmten Schmetterlinge im Bauch; die weichen Knie; der betörende Kuss, der einem die Sinne raubte; der erhöhte Adrenalinspiegel bei der körperlichen Berührung des Partners; der Aufruhr der Hormone und damit der Gefühle; das unbändige Verlangen nach einander und das Gefühl, ohne den Partner hohl und leer zu sein?

Jennifer fühlte sich zu Björn stark hingezogen und bei ihm geborgen! Küssen, so dachte sie, konnte er und er küsste sie oft und gern.

Sie wollte Björn aber mit niemandem vergleichen und ihn schon gar nicht bewerten! Ihn nicht und seine Küsse noch viel weniger! Björn war Björn und er war wie kein anderer!

Umgekehrt wollte sie allerdings auch von ihm nicht bewertet werden! Da sollte nicht ständig eine fremde Frau unsichtbar zwischen ihnen schweben – eine Frau, die sich vielleicht griffiger anfühlte oder gewinnender lächeln konnte. Eine Frau, die im Beruf bereits etwas darstellte und gut in der Küche war und auch sonst wo!

Sie sollten einander weder in einzelnen Bereichen noch im Ganzen zensieren! Das hatte mit Verliebtheit nichts zu tun und mit der großen Liebe schon gar nichts!

In Sachen Liebe war die Summe von einzelnen Eigenschaften des Partners sowieso nie das Ganze!

Jennifer wollte sich auf ihr Herz verlassen. Pochte es in seiner Gegenwart etwa stärker als gewöhnlich? Schwer zu sagen bei ihrem ansonsten stabilen Kreislauf!

Schön und gut, aber das mit dem pochenden Herzen und den weichen Knien und den Schmetterlingen im Bauch war doch am Ende lediglich eine schicke Aneinanderreihung von gängigen Allgemeinplätzen!

Es kam vielmehr darauf an, sich nach einander zu sehnen und diese Spannung möglichst lange im Leben durchzuhalten! So wie bei ihren Eltern und Großeltern! Diese Sehnsucht und das gegenseitige Verlangen waren das große Geheimnis! Und Geheimnisse ließen sich nun einmal nicht erklären! Aber man konnte sie doch herbeiwünschen!

Obwohl sie ihn wirklich erst seit kurzem kannte und der große Test vielleicht gar nicht mehr lange auf sich warten ließ, gestand sich Jennifer ein, dass Björn bei ihr schon jetzt sehr vorteilhaft abschnitt. Was wollte sie denn für den Augenblick noch mehr? Ein Leben ohne Risiko?

Trotzdem – eine Beziehung hatte sich im grauen Alltag zu bewähren! Jennifer musste Björn unbedingt erst noch näher kennen lernen! Sie musste herausfinden, in welchen Situationen er Nerven und Schwächen zeigte und wann er bereit war, Farbe zu bekennen! Sie wollte erfahren, wann ihm der Geduldsfaden riss, wie er mit seinem Zorn umging, wie er Niederlagen wegsteckte und wie stark er zu ihr halten würde! Natürlich wollte Jennifer keine Konflikte provozieren – niemals! Das entsprach überhaupt nicht ihrer Wesensart!

Würde sie sich auf Dauer bei ihm in Sicherheit wiegen oder langweilen, weil ihm am Ende Feuer und Leidenschaft fehlten und sie sich vernachlässigt fühlen müsste?

Er hatte sie vorhin zu nichts gedrängt. Sie fragte sich, wie dies zu deuten sei. Vielleicht würde er niemals etwas von ihr verlangen, womit sie nicht einverstanden wäre. Darüber konnte sie eigentlich nur froh sein. Sicherlich wollte er ihr zeigen, dass er rücksichtsvoll sei und warten könne.

Mit Sicherheit verspürte er ihr gegenüber Respekt und auch Verantwortung!

Die Beziehung zu ihm würde ihr jetziges Leben total verändern und verlangte daher eine große Entscheidung von ihr ab.

Dies galt natürlich für beide Seiten!

Sie musste herausfinden, wie seine Zukunftspläne aussahen und ob es da Berührungspunkte mit ihren eigenen Wunschvorstellungen gab.

Würde er in Berlin und in Deutschland bleiben wollen?

Würde er hier gern heiraten und eine Familie gründen?

Würde er ihr genügend Zeit lassen, bis sie ihre Berufsausbildung in Ruhe abschließen konnte? Daran war ihr selbstverständlich gelegen nach all den Jahren mühsamer Vorbereitung und ausgestandener Ängste!

Christine hatte sich bei der Herfahrt auf ihren Navigator im Auto verlassen und er hatte sie präzise geführt. Ein Navigator basiert bekanntlich auf dem Ist-Zustand einer Sache, hat also ausschließlich mit der Gegenwart zu tun. Das beseelte Leben erschien Jennifer hingegen viel komplizierter und nur per Handsteuerung zu bewältigen! Da wir bekanntlich vorwärts und auf die Zukunft hin leben, zeigt sich die Qualität unserer Entscheidungen immer erst später – oft erst viel zu spät! Alles ist so unendlich kompliziert und ohne verlässliche Garantie!

Jennifer seufzte, atmete noch ein paar Mal kräftig durch und kuschelte sich in ihr Kissen. Sie träumte in der Dunkelheit noch eine Weile bei geschlossenen Augen und schlief dann sanft ein – in der Hoffnung, dass sich schließlich alles fügen werde.

*

Björn hatte trotz der späten Stunde auf seinem Balkon eine Kerze angezündet und sich ein Glas Rotwein eingeschenkt. Zwischen den

Bäumen schimmerte immer noch der Mond und seine Strahlen wurden in der Stille der Nacht vom See wie leuchtende Kristalle reflektiert. Welch einen ereignisreichen Tag hatte er heute erlebt!

Da hatte sich Christine mitten auf dem See wie eine schöne Wassernixe völlig unverhofft zu ihm ins Boot gehangelt und ihm eine Lektion in Sachen sinnlicher Wahrnehmung erteilt! Trickreich und wortlos hatte sie das große Geheimnis um Jennifer und Nike gelüftet. Ein wenig Situationskomik, das musste er zugeben, war schon dabei gewesen! Wie hatte er später die vergnügte abendliche Gesprächsrunde zu fünft genossen! Wie süffig war das Bier gewesen!

Wie sehr hatte es ihn nach Jennifer verlangt und wie bedeutsam erschien ihm ihr Zwiegespräch unten am See!

Jennifer hatte längst sein Herz in Beschlag genommen, aber er wollte nichts überstürzen und ihre Beziehung nicht unbedacht gefährden.

Er hatte sich dazu entschieden, alles sehr behutsam anzugehen und Jennifer auf gar keinen Fall stürmisch zu bedrängen. Sie mussten Beide für einander bereit sein! Natürlich ließ sich überwältigende Zuneigung nicht steuern, aber ihre Liebe sollte wie eine Pflanze Zeit zum Wachsen haben! Er befand ein wenig selbstironisch, dass dies ungemein vernünftig klang!

Körperliche Wunden, so wusste er inzwischen, verheilen nur langsam, seelische nie! Er wollte für Jennifer kein Lückenbüßer sein und andererseits hatte sie es verdient, von ihm nur um ihrer selbst willen geliebt zu werden!

Sie hatte viel Zeit, Kraft und Nerven in ihr Studium investiert und noch war sie längst nicht am Ende ihrer Ausbildung angelangt. Sie durfte ihre Talente und ihre jahrelange Mühe nicht achtlos verschenken, sondern musste die Chance erhalten, sich selbst auf eigene Füße zu stellen. Er wünschte sich eine unabhängige Frau, die aufgrund ihrer sozialen Position Verantwortung übernehmen konnte. Sie sollte mit dem, was sie tat und mit sich selbst zufrieden sein und niemals spüren, dass sie von ihm in irgendeiner Weise abhängig war!

Er wusste aus eigener Erfahrung nur zu gut, dass die zweite Ausbildungsphase sie nicht nur stark fordern, sondern auch wesensmäßig spürbar verändern würde. Der Berufsalltag mit seinen Anforderungen und seiner Hektik würde ihre Erfahrungen zwar bereichern, aber keineswegs spurlos an ihr vorübergehen! Er würde mit Sicherheit an Körper, Geist und Seele zehren! Erfolg und Misserfolg müssten verkraftet werden – tagtäglich! Er würde ihr regelmäßig geduldig zuhören, sich mit viel Gefühl in sie hineindenken und sie auch trösten und stärken müssen! Hoffentlich würde es ihm gelingen, sich dabei niemals aufzuspielen und vieles besser wissen zu wollen! Er nahm sich vor, Zurückhaltung an den Tag zu legen, ohne dass sie dabei je den Eindruck bekam, sie wäre ihm gleichgültig. Er würde sich unter Kontrolle halten müssen!

Ach, das klang alles schon wieder so wahnsinnig vernünftig und abgeklärt und wenig spontan! Würde Jennifer im Zusammenleben mit ihm die Leichtigkeit des Lebens spüren? Er wollte ihr ein guter Partner sein – aber *was* war gut für sie?

Ob Jennifer seine Beschützermentalität gefallen würde, sollte sich diese einmal unbeabsichtigt bemerkbar machen? Björn schien gerade erfolgreich auf der Spur nach seinen charakterlichen Schwachpunkten zu sein. Er hatte zugleich Angst, dass er bei ständiger Selbstkontrolle seine Authentizität verlieren könnte. Er würde am Ende womöglich nicht mehr er selbst sein!

Er fragte sich, ob er nicht demnächst an einem Lehrgang in Sachen Liebe und Partnerschaft teilnehmen solle. Gab es überhaupt solch ein Angebot? Wenn nicht, dann tat sich hier eine viel versprechende Marktlücke auf!

Björn ließ seine Gedanken noch einmal Revue passieren und dabei fiel ihm auf, dass Jennifer längst zu seiner persönlichen Zukunftsplanung gehörte! Drei Sekunden Augenkontakt hatten genügt!

43

Mit dem Montagmorgen war die dritte Ferienwoche angebrochen. Es versprach, heute ein sonniger und warmer Tag zu werden.

Pünktlich um sieben Uhr stieg Björn die Stufen zum Steg hinunter – aber da war schon jemand, der im Wasser seine Kreise zog. Björn schwamm in Richtung Seemitte und erkannte zu seiner Freude Jennifer, die offenbar am Schwimmen genau so viel Gefallen fand wie er selbst. Als er sie erreicht hatte, drosselte er sein Tempo, schwamm ganz langsam auf sie zu und begrüßte sie mit einem feuchten Kuss. Mit einigen kräftigen Schwimmstößen löste sie sich von ihm und er hatte Mühe sie einzuholen. „Alle Achtung, Du bist eine schnelle Schwimmerin", keuchte er. Jennifer freute sich über sein Lob. „Na ja, zur Meisterklasse hat es zwar nie gereicht, aber ich habe früher im Schwimmverein viel trainiert. Als sie in ihrem Bikini vor ihm die Leiter hochstieg, befand er, dass auch sie darin mit ihren langen Beinen und ihrer schlanken und durchtrainierten Figur einfach umwerfend aussah! Insgeheim tadelte er sich dafür, dass er immer alles aus dem ästhetischen Blickwinkel betrachtete! Sie nahmen ihre Handtücher und als Jennifer überhaupt keine Scheu zeigte, ihre Badesachen komplett abzulegen und sich einen Augenblick lang splitternackt und wohlgeformt vor ihm zu zeigen, tat er es ihr gleich. Ein Hauch von Paradies! Wie hätten sie sich sonst auch vernünftig abtrocknen können?

Verstohlene Blicke auf einander waren zugelassen! Was machte es außerdem schon, wenn ihnen jemand bei ihrer Freikörperkultur zuschaute – hier, im ehemaligen Gebiet der DDR und überhaupt?

Sie hatten nach dem Umziehen noch eine Weile Zeit bis zum Frühstück. So setzten sie sich auf ihre kleine Bank von gestern Abend und blinzelten zufrieden über den See, der in der Morgensonne lag.

Björn fasste sich schließlich ein Herz und beschloss, Jennifer in seine etwas prekäre Familiensituation einzuweihen. Nur keine Heimlichkeiten!

„Jennifer, Du wirst es künftig natürlich nicht nur mit mir zu tun bekommen, sondern auch mit meiner Familie. Ich möchte nicht, dass Du mir eines Tages zu Recht vorwirfst, ich hätte Dir da etwas sehr Wesentliches verschwiegen. Vor einigen Jahren konnte ich noch sagen, wir seien als Familie einigermaßen intakt, aber die Situation hat sich traurigerweise dramatisch verändert!

Als Björn nach Worten suchte, um es Jennifer möglichst schonend beizubringen, sagte sie in die Stille hinein:

„Björn, ich will Dir nicht ins Wort fallen, aber ich spüre, was Dich so stark belastet. Ich spüre es und ich weiß in groben Zügen schon Bescheid über Eure Lage. Sicherlich fällt es Dir nicht leicht, darüber zu reden, gerade jetzt am Anfang unserer Freundschaft.

Eure Familie ist hart getroffen, das muss man schon sagen; aber es könnte auch meine eigene Familie unverhofft treffen! Es könnte einen von uns Beiden treffen! Ich mag gar nicht daran denken! Was immer uns das Schicksal bestimmt, wir müssen uns ihm stellen! Es ist noch gar nicht so lange her, da wusste ich selbst weder ein noch aus und habe meinem Leben kaum noch einen Sinn abgewinnen können. Allerdings wollte ich es nicht wegwerfen! Glücklicherweise waren meine Familie

und meine Freunde da und haben meine Pechsträhne gemeinsam mit mir ausgehalten. Sie haben mir zugehört, aber wie sollten sie mir helfen können? Irgendwie hat dann jemand die Fäden für mich gezogen und plötzlich waren da Streifen am Horizont. Ich konnte wieder Mut fassen und Schritt für Schritt ging mein Leben in eine neue Richtung".
Gedankenpause.
Björn schluckte und sagte nichts. Jennifer fuhr fort:
„Ich bin sicher, dass Ihr in Eurer Familie alle treu und tapfer zueinander steht. Björn, in Andeutungen von Christine wusste ich bereits von Dir und der Situation, in der Ihr Euch befindet. Ich bin Dir dennoch unendlich dankbar, dass Du mir nichts verschweigen wolltest und mir auch nichts vorgemacht hast. Glücklicherweise haben wir uns zur rechten Zeit kennen gelernt; denn jetzt bin ich ja auch noch da – eine Person und zwei Hände mehr als vorher! Stört es Dich, wenn ich Dir sage, dass ich Dich jetzt sogar noch mehr, ich meine, noch mehr…
…ach, ich will nicht rührselig werden und schließlich musst Du ja nicht alles über mein Gefühlsleben wissen!"
Auf ihre Weise hatte Jennifer trotz des ernsten Themas wieder einmal eine leise Pointe gelandet und damit Björn ein wenig von seiner sichtlichen Befangenheit genommen. Er fühlte sich außerdem wie von einer großen Last befreit. Sie war überhaupt nicht bereit, von der Sache viel Aufhebens zu machen! Erstaunlich!
„Jenny, ich hatte vor dieser Offenlegung der Wahrheit sehr große Angst", gestand er ein.
Jennifer blickte nachdenklich und sichtlich betroffen auf den See hinaus, überlegte eine Weile und sagte dann: „Björn, wer spricht schon gern über die Schattenseiten des Lebens und über die Schicksalsschläge seiner Familie? Am Ende aber geht doch tatsächlich noch ein weiterer Sympathiepunkt Dich; denn auch der sonst so gelassen wirkende Björn zeigt Nerven und kennt seine Grenze! Ich weiß längst, was das für ein elendes Gefühl ist, dumpfe Angst zu haben und keine Lösung zu wissen! Weißt Du, lass uns doch künftig uns selbst und anderen einfach nur ein wenig Halt geben!"

Als Björn sie daraufhin stumm an sich zog, hatte sie abermals ein gutes Gefühl. Er lehnte sich an sie, seufzte aus tiefstem Herzen und schien innerlich bewegt. Sie streichelte ihn zärtlich und flüsterte: „Björn, für uns Beide und für unsere Familien wird sicherlich alles irgendwie erträglich".

Sie nahmen ihre Badesachen über den Arm und stiegen die Steintreppe zu den Hotelanlagen hinauf. Björn zuerst, Jennifer hinter ihm. Als sie oben angekommen waren, ergriff Jennifer seine Hand und hielt ihn zurück. Es lag auch ihr offensichtlich etwas auf dem Herzen.

„Björn, ich fahre heute nach dem Frühstück mit Christine, Nike und Olaf zurück nach Berlin. Leider! Ich würde gern hier bleiben, hier bei Dir, aber ich brauche zu Hause noch einige Tage um in Ruhe meine Angelegenheiten zu ordnen. Sicherlich wird jetzt in den Großen Ferien nicht viel zu erreichen sein, aber ich möchte die Zeit nutzen und alles erledigt haben, bevor es dann Ernst wird".

Björn nickte wie zur Bestätigung verständnisvoll mit dem Kopf; aber er wurde das Gefühl nicht los, als wolle sie ihn noch etwas fragen.

„Björn, wie lange gedenkst Du hier zu bleiben – ich meine, allein und ohne mich"?

Björn wiegte den Kopf ein wenig unschlüssig hin und her und sagte: „Eigentlich bist Du für mich inzwischen wirklich unverzichtbar! Aber ich könnte noch längere Zeit bleiben, falls Dich das beruhigt. Weißt Du, ich kann hier meinen Urlaub von Fall zu Fall abbrechen oder verlängern. Du kannst gern wieder herkommen, wenn Du in Berlin alles erledigt hast. Das Haus ist nicht ausgebucht. Platz für Dich gäbe es jederzeit – übrigens auch kostenlos in meinem Doppelzimmer, falls Dir das angenehm wäre! Natürlich muss ich hier meine Zelte spätestens *dann* abbrechen, wenn die Ferien zu Ende gehen."

Jennifer zögerte einen Augenblick und setzte dann noch einmal an: „Könntest Du Deine Zelte hier vielleicht schon vor Ende dieser Woche abbauen? Am kommenden Freitag werden wir nämlich einige Gäste bei uns zuhause haben und Du bist herzlich eingeladen. Diesmal wird es sicherlich keine Missverständnisse mehr geben!"

Björn brauchte keine Zeit zum Überlegen. „Danke, ich komme sehr gern! Da die Entfernung nach Berlin ja nicht so groß ist, könnte ich irgendwann danach doch hierher zurückfahren".

„Nein, Björn, eben nicht! Ich brauche Dich für die darauf folgenden zwei Wochen – Dich allein, pausenlos und höchstpersönlich"!

Jennifer sah ihn bittend an. „Frage mich jetzt nicht, weshalb. Bitte, vertrau mir, es könnte nämlich sehr schön für uns Beide werden"!

Plötzlich legte sich ein verschwörerisches Lächeln auf Björns Gesicht.

„Jennifer – für zwei lange Wochen? Wo denkst Du hin? Mit Dir ganz allein? Und das soll am Ende auch noch vergnüglich werden – sogar *sehr* schön"?

Jennifer trat auf ihn zu und trommelte wieder einmal lachend mit ihren Fäusten gegen seine Brust: „ Du bist fies und gemein – weißt Du das, Björn Bergwald? Wie kannst Du glauben, Dich mit mir zu langweilen"?

Björn ließ seine über den rechten Arm gelegten Badesachen fallen und zog Jennifer voller Leidenschaft an sich.

„Nein, ich glaube das überhaupt nicht! Aber so lange ich Dein großes Geheimnis nicht kenne, kann ich meine Gefühle noch nicht so recht einordnen".

In diesem Augenblick spürte Björn Jennifers nassen Bikini und ihr feuchtes Badehandtuch an seiner Brust.

„Jennifer, was eigentlich in Deinen Bikini reingehört, wäre vermutlich trockener und prickelnder als das Wenige, was jetzt tatsächlich noch drin ist! Was Du mir hier anzubieten hast, setzt mich total unter Wasser! Da reicht diesmal aber kein Taschentuch! Ich fürchte, ich muss mich noch einmal umziehen gehen".

Er sah sie belustigt an und forderte sie heraus: "Na, hast Du diesmal keinen flotten Spruch zur Entschuldigung auf der Zunge? Keinen passenden Kommentar oder etwas Ähnliches"?

Jennifer prustete los vor Lachen: "Nein! Wenn ich Dich so mit Deinen Wasserflecken sehe, dann habe ich das Gefühl, Du hättest Dich zum Schwimmen gar nicht erst ausgezogen"!

*

Jennifer ging hüpfend hinüber zum Bungalow um die feuchten Badesachen in ihrer Reisetasche zu verstauen und die Anderen zu wecken. Letzteres war aber gar nicht mehr nötig, weil Christine, Nike und Olaf bereits aufgestanden und reisefertig waren. Björn zog sich in seinem Zimmer rasch um, weil sie sich anschließend gemeinsam zum Frühstücksbuffet begeben wollten.

Als Björn neben Christine am Buffet stand und bei dem reichhaltigen Angebot an Brot und Brötchen und Belag kaum wusste, was er denn zuerst nehmen solle, sagte er leise zu ihr: „Danke für alles, was Du für Jennifer und mich getan hast. Christine, das werde ich Dir nie vergessen!" Christine sah ihn gedankenvoll an: „Ich habe es sehr gern für Euch Beide getan und dabei natürlich in erster Linie an mich selbst gedacht". Die letzten Worte wusste Björn wieder einmal nicht zu deuten, aber das war eben typisch für Christine. Sie liebte Anspielungen, über die man stolpern musste.

Diesmal losten sie feierlich aus, wer den Wagen zurück nach Berlin fahren sollte und das Los fiel auf Olaf. Er strahlte, weil er gerne Auto fuhr. Nike nahm auf dem Beifahrersitz Platz. Christine drückte Björn beim Abschied fest die Hand und flüsterte ihm zu: "Mission erfüllt! Wer weiß, vielleicht fällt irgendwann zur Abwechslung wieder einmal *Dir* die Aufgabe zu, den Glücksritter zu spielen". Als sie ihn auf die Wange küsste, überlegte Björn: „Glücksritter! Brauche ich dazu ein Pferd"? Christine sah ihn schelmisch an. „Das Pferd könnte ich Dir besorgen, aber mit der Rüstung könnte es schon schwieriger werden, vor allem beim Aufsitzen"!

Jennifer war anzusehen, dass sie beim Einsteigen unendlich traurig war. Björn nahm sie noch einmal in den Arm und deutete auf sein Auto: „Wenn Du unterwegs umkehren willst, so rufe mich einfach nur an. Ich hole Dich sofort ab und wir gehen in den nächsten Tagen jeden Morgen im See schwimmen".
Jennifer sah ihn zweifelnd an: „Mehr nicht"?
Wenn das keine Anspielung war!
Björn lachte und sagte leise: „Jenny, wenn Ihr jetzt losfahrt, dann winken wir uns Beide bitte *nicht* zu. Winken macht mich beim Abschied nämlich immer schrecklich melancholisch. Ehrenwort"?
„Großes Indianer-Ehrenwort"! verkündete Jennifer feierlich.
Kaum setzte sich der Wagen in Bewegung, als ihm Jennifer aus dem Rückfenster lachend mehrere Luftküsse zuwarf, die er postwendend zurücksandte.
Nein, sie hatten sich wirklich nicht mehr zugewinkt, aber vielleicht waren die Luftküsse sogar noch viel schöner als das Winken!

44

„Hast Du Jennifers strahlende Augen gesehen"? fragte Einar seine Frau.
„Nicht nur ihre Augen glänzen", bestätigte Antje. "Sie geht seit ihrem

Kurztrip zu Björn letztes Wochenende nur noch singend und pfeifend durch das Haus und wirkt wie verwandelt. Ich freue mich so sehr für sie"!

„Bist Du ihm immer noch böse, weil er unser Haus letzte Woche verlassen hat ohne ein Wort zu sagen"? wollte ihr Mann wissen.

„Am Anfang wusste ich nicht, wie ich mit dieser Situation umgehen sollte. Ich fühlte mich als Mutter und als Gastgeberin ein wenig, na, sagen wir – brüskiert. Offensichtlich hatte er sich aber Hoffnungen auf Jennifer gemacht und fühlte sich durch das, was er zu sehen glaubte, getäuscht und gedemütigt. Wie hättest Du damals reagiert, wenn Du mich in den Armen eines anderen Mannes gesehen hättest"?

„Ich hätte ihn zum Duell herausgefordert und diesen Mistkerl über den Haufen geschossen"! antwortete Einar, blähte sich theatralisch auf, zielte mit seiner imaginären Pistole und lachte.

„Aufgrund Deiner tödlichen Eifersucht wärst Du dann vermutlich hinter schwedischen Gardinen gelandet und das wäre wohl das Ende unserer länderübergreifenden Beziehung gewesen. Schade eigentlich", sinnierte Antje. „Wirklich schade"!

*

Lena hatte sich entschlossen, Jennifers Einladung nach so kurzer Zeit noch einmal zu folgen, alle privaten Termine abzusagen und in die Hauptstadt zu fahren, obwohl sie doch gerade erst dort gewesen war. Es hatte sich dringend angehört. Jennifer holte sie auch heute vom Bahnhof ab. Stürmisch umarmte sie auf dem Bahnsteig ihre Tante, drehte sich mit ihr übermütig im Kreise und wollte sie gar nicht mehr loslassen! Lena war verblüfft und sagte: „Jennifer, Du musst ja das große Los gezogen haben! Was wirst Du denn mit Deinem neuen Reichtum anfangen"? Natürlich kannte sie den tieferen Grund für die Ausgelassenheit ihrer Nichte. Es war die Liebe, das war doch klar zu sehen! Aber sie wollte ihre Neugier ein wenig verschlüsseln und nicht zu direkt fragen. Jennifer ging auf Lenas harmlose Zweideutigkeit ein und antwortete: „Lena, noch ist der Gewinn nicht ausbezahlt, aber wenn kein Irrtum vorliegt und alles überprüft ist, dann wird es uns allen noch viel besser gehen als bisher! Ich werde Euch nämlich ein wenig von meinem Glück abgeben"!

Lena hakte sich stillvergnügt bei Jennifer ein, die den kleinen Koffer ihrer Tante die Treppen hinunter zum Auto trug.

„Heute muss ich mich beeilen", stellte Jennifer schmunzelnd fest, „damit Björn diesmal nicht aus Versehen in *Nikes* Armen landet"! Sie malte sich dieses neue Stück Situationskomik in bunten Farben aus und kicherte angesichts der möglichen Komplikationen vor sich hin.

„Wenn wir es wirklich eilig haben, dann fahre bitte langsam, Jenny", riet Lena. Jennifer gefiel dieser scheinbare Widerspruch, aber er hatte wohl etwas für sich!

*

Auch heute war Björn pünktlich bei den Lunds. Als er an der Haustür empfangen wurde, lachte ihm Jennifers Ebenbild entgegen und beinahe hätte er tatsächlich aus Versehen Nike umarmt, die ihm jedoch die Hand reichte und ihn auf Abstand hielt. *Sie* war sich nämlich absolut sicher, dass *er* sich auf den ersten Blick gar nicht so sicher gewesen war, wen er denn diesmal vor sich hatte! Björn ärgerte sich insgeheim über die neuerliche Beinahe-Katastrophe und darüber, dass er es nicht sogleich bemerkt hatte, dass doch Nike das Erkennungsmerkmal ihrer Schwester fehlte.

„Schön, dass Du da bist", flötete Nike. „Jennifer wird sich ganz besonders darüber freuen, dass Du gekommen bist"! Als Jennifer die Türklingel gehört hatte, war sie sofort die Treppe hinuntergelaufen, aber Nike war ihr zuvorgekommen. Jennifer nahm Björn die zahlreichen Mitbringsel ab und stellte sie auf die Anrichte. „Natürlich werden Deine Geschenke nachher den Empfängern feierlich überreicht werden und gebührend gewürdigt. Aber zuallererst muss ich doch den Überbringer in die Arme schließen"!

Sie umarmte Björn, der ihr gestand: „Ich hatte tatsächlich unerwartete Sehnsucht nach Dir! Das hatte ich in dieser Stärke bei mir gar nicht für möglich gehalten! Aber fast fünf Tage ohne Dich sind..." Björn musste nach geeigneten Worten suchen,

„...wie Suppe ohne Salz", vervollständigte Jennifer seinen Satz.

Nachdem sie längere Zeit eng umschlungen in der Wohnhalle gestanden hatten, fiel Björns Blick auf eine Fotografie an der Wand. „Das ist doch Christine auf dem Foto – oder? Wer ist denn der smarte junge Mann neben ihr"?

Jennifer sah Björn lächelnd an. Sven, unser Bruder – wir sind nämlich *drei* Geschwister"!

163

Björn dämmerte es nun langsam und er konnte sich plötzlich Christines wiederholte Zurückhaltung ihm gegenüber erklären. Ganz einfach – sie *hatte* einen Freund und sie hielt offenbar treu und fest zu ihm!

„Ich glaube, gegen Deinen Bruder wären meine Chancen bei Christine wohl gleich null", gestand Björn kleinlaut ein. „Aber schwärmen darf ich für sie doch hoffentlich immer noch – oder"?

„Auch *Du* hast Qualitäten, die ich sehr an Dir mag", wurde er von Jennifer getröstet. „Natürlich, Du darfst für Christine jederzeit schwärmen; aber mir, bitte schön, bleibst Du treu"!

„Versprochen"! erklärte Björn feierlich und er sagte es mit großem Ernst.

45

Ein wenig später trat Jennifer gemeinsam mit Björn auf einen soeben angekommenen Gast zu. Es war Christine und Jennifer sagte lachend: „Ich habe Björn gerade die höchstpersönliche Erlaubnis erteilt, ganz legal für Dich schwärmen zu dürfen"!

„Ehrlich gesagt, das tut er schon eine ganze Weile, aber er versucht es geschickt zu verbergen", teilte ihr Christine amüsiert mit und fügte hinzu: „Sei aber ganz beruhigt, es besteht keine Sturmwarnung"!

Jennifer entschuldigte sich für einen Moment, als leise nach ihr gerufen wurde. Es war Lena, die die Treppe herunter gekommen war. Björn erkannte sie sofort, stutzte kurz und begrüßte sie dann herzlich, jedoch immer noch ein wenig verwundert über ihre unerklärliche Anwesenheit.

„Ich brauche Dir meine Tante nicht vorzustellen", sagte Jennifer. „Ihr kennt Euch ja bereits bestens"!

*

Björn wandte sich in einem geeigneten Augenblick Christine zu.

Er glaubte nämlich, vorhin einer interessanten Sache auf die Spur gekommen zu sein.

„Seit wann kennst Du eigentlich Jennifer"?

Christine überlegte eine Weile. „Seit längerem. Weshalb fragst Du?"

„Nun, ich selbst kenne sie erst seit relativ kurzer Zeit. Zusammengerechnet erst seit wenigen Tagen, obwohl es mir inzwischen viel länger vorkommt. Aber irgendwie werde ich das Gefühl nicht los, dass sie mir vorher schon einmal begegnet ist. Eventuell in meinem früheren Leben"?

Er sah Christine mit einem prüfenden Blick an.

„Stimmt", pflichtete diese ihm bei. „Du hast sie vermutlich zum ersten Male in Hannover oder später im Zug nach Berlin gesehen, aber das ist ja auch noch nicht allzu lange her".

„Nachdem sie bei ihrer Tante in Hannover gewesen war", versuchte Björn das Puzzle zusammenzufügen, „und ihre Tante heißt Lena und Lena ist mir tatsächlich bekannt! Ob Jennifer auch *mich* zum ersten Male im Zug gesehen hat"? dachte er laut nach.

„Nein, Herr Vorsitzender", sagte Christine nun etwas ungewohnt spitz, „diese Angabe ist bei weitem nicht präzise genug!

Björn, Deine nächste Frage lautet vermutlich, ob ich Jennifers Tante ebenfalls seit längerer Zeit kenne. Ich will die Antwort vorwegnehmen: ja, das tue ich. Um es kurz zu machen: sie hat Dich nach Hannover eingeladen und zwar auf meine Empfehlung hin"!

Christine schlenderte mit ihm über die Terrasse und weiter über die abschüssige Rasenfläche, bis sie sich beide außer Hörweite fühlten.

Björn rückte mit der Sprache heraus: „War es ein Geschenk des Himmels oder ein menschlicher Plan, dass ich Jennifer über den Weg gelaufen bin"?

„Ach Björn, stell Dir vor, Du würdest einen kompetenten Arzt brauchen. Stell Dir weiterhin vor, *ich* würde einen kennen und Dich zu ihm schicken. Würdest Du Dir von ihm helfen lassen, obwohl er *mich* kennt oder ihn allein schon aus diesem Grunde für befangen halten"?

Björn war erstaunt über diese Gegenfrage.

„Christine, ich wäre Dir vermutlich für Deine Empfehlung dankbar. Ich würde ihn freundlich von Dir grüßen und mich vertrauensvoll in seine Hände begeben", gab er ihr zur Antwort. „ Einerseits vertraue ich Dir und andererseits dürfte er doch genügend Sachverstand und Unabhängigkeit besitzen, um ohne Rücksicht auf persönliche Beziehungen eine objektive Diagnose stellen zu können. Mit Sicherheit würde ich auch die von ihm verordnete Medizin geduldig schlucken und hoffentlich wieder gesund werden"!

Björn zögerte und sagte dann zur Erinnerung: „Du hast aber meine Frage noch gar nicht beantwortet".

Nochmals wich Christine aus.

„Ich kenne Menschen, deren Aufgabe es ist, Prüfungen abzunehmen und Leistungen zu bewerten. Natürlich müssen sie dabei kompetent und objektiv sein, genau wie unser Arzt! Diese Messlatte würdest Du ja mit Sicherheit auch anlegen! Was aber geschieht, wenn einem Menschen in dieser verantwortlichen Position eine entscheidende Eigenschaft fehlt"?

Christine holte tief Atem.

„Jedenfalls ist Objektivität ohne Seele, also ohne Empathie, schlichtweg seelenlos"!

Sie redete sich in Fahrt.

„Ich muss mich doch im Lehrberuf ständig fragen: Wer ist eigentlich mein Gegenüber? Wen und was habe ich da wirklich zu beurteilen? Kommt es nicht auch darauf an, vor welchem persönlichen Hintergrund er seine Leistung erbracht hat? Sollte man als Prüfender nicht tunlichst wissen, welche individuellen Startschwierigkeiten oder Nackenschläge der Kandidat zuvor hat ertragen müssen? Gibt es niemals mildernde Umstände oder Bonuspunkte?

Lass mich nun über Jennifer reden: sie ist bei ihrem ersten Prüfungsversuch dieser scheinheiligen Objektivität in Person begegnet und diese Begegnung hat ihr sofort die Kehle zugeschnürt und am Ende das Genick gebrochen"!

„Da konnte sie ja wirklich von Glück sagen, dass sie eine zweite Chance hatte". Björn spürte sofort, dass seine Bemerkung nicht gerade geistreich war. Christine schien dies aber gar nicht registriert zu haben.

„Natürlich hatte sie eine zweite Chance verdient – diesmal aber unter günstigeren Voraussetzungen als beim ersten Male!

Stell Dir vor, ich hatte zufällig von Dir gehört, Dich zufällig nach London begleitet, Dich auf dieser Reise näher kennen gelernt und mir dann einen Plan zurechtgelegt um Jennifer zu helfen. War meine simple Frage an der für die Ansetzung der Prüfungstermine zuständigen Stelle, ob man *Dich* in diesem speziellen Falle nicht einsetzen könne, wirklich so verwerflich? Ich habe doch niemanden unter Druck gesetzt und Du bist mit Jennifer weder verwandt noch verschwägert! Hast Du Dir oder ihr etwa irgendwelche Vorteile verschafft? Nein! Also konntest Du Jennifer gegenüber gar nicht befangen sein, es sei denn, Du hast Dich bereits während der Prüfung unsterblich in sie verliebt! Dann könntest Du allerdings zu ihren Gunsten voreingenommen gewesen sein. Geschadet hat's ihr aber erst recht nicht und niemand wird es vermutlich gemerkt haben"!

Björn hatte es nicht für möglich gehalten, dass Christine sich dermaßen ereifern konnte! Sie war gar nicht mehr zu bremsen und fragte:

„Hältst Du es, nebenbei gesagt, nicht auch für möglich, dass ein Mensch, der *Dich* nun einmal sympathisch findet und sich von *Dir* verstanden fühlt, schnell über sich hinauswächst und Leistungen erbringt, über die er ehrlicherweise selbst nur staunen kann? Versuche doch bitte einmal, Deine persönlichen Gefühle für oder gegen einen bestimmten Menschen auszuschalten. Gib mir Bescheid, wenn Du glaubst, es sei Dir gelungen! Auch Du, Björn Bergwald, bist nun einmal kein wertneutraler Übermensch – niemals im Leben! Nein, das bist Du glücklicherweise wirklich nicht! Wärst Du es, so würde ich Dich nicht zu meinen Freunden zählen! Niemand könnte es dann nämlich noch neben Dir aushalten"!

Björn musste lachen: „Christine, ich bin wirklich kein unschlagbares Vorbild! Im Gegenteil, ich habe jede Menge Fehler. Ich kann sie gar nicht alle an mir zählen"!

Christine beachtete diesen Einwurf nicht, sondern fuhr fort:
„Zu Deiner Ehre darf ich Dir sagen, dass Jennifer trotz Deiner Unvollkommenheit *bei* Dir und *mit* Dir Glück gehabt hat"!
Leise fügte sie hinzu: „Hoffentlich in jeder Beziehung".

Björn war nachdenklich geworden und fühlte sich geschmeichelt.

„Björn, frage nicht, unter welchem Stern Jennifers zweite Chance stand! Bitte, tue es nicht. Du brauchst kein schlechtes Gewissen zu haben, dass Du sozusagen unbeabsichtigt an ihrem Glücksrad mitgedreht hast. Freue Dich über ihren wohlverdienten Erfolg und zeige ihr deutlich, was Du für sie fühlst! Halte sie einfach fest"!

Björn sah sie erstaunt an. Seine Augen lächelten.
„Christine, Du hast mir wirklich immer gut getan und geholfen. Du mischst Dich ein, wenn es irgendwo etwas zu bewirken gilt. Du hilfst, ohne nach dem eigenen Vorteil zu schielen. Vielleicht kommt einmal der Tag, an dem ich mich zum Ausgleich für *Dich* einsetzen und *Dir* helfen kann. Ich hoffe, dies klingt jetzt nicht zu pathetisch"!

„Und wenn schon", sagte Christine leise. „Mit Dir war für mich bisher vieles leichter, ohne dass es Dir immer aufgefallen wäre und Du hast schon vorher bei mir Boden wettgemacht! Wer weiß, vielleicht schwärme ich insgeheim auch ein bisschen für Dich".

Björn sah sie scheinbar ungläubig an: „Nur ein bisschen"?

46

Arne und Greta Lund waren jedes Mal überglücklich, ihre Enkelkinder bei sich zuhause in Schweden zu sehen. Sie hatten Einar, ihren Sohn, damals nur ungern nach Deutschland ziehen lassen. Berlin war ihrer Meinung nach viel zu weit weg und die politische Zukunft des Landes war bis zur Wende höchst ungewiss gewesen.
Einar hatte Antje, das junge Berliner Mädchen, auf einer Wettkampf-Reise mit seinem Schwimmverein kennen gelernt und es war seinerseits Liebe auf den ersten Blick gewesen. Auch Antje hatte Gefallen an ihm gefunden. Wenn sie zusammenbleiben wollten, dann mussten sie sich entscheiden, wo sie sich künftig niederlassen würden; denn eine Fernbeziehung hätte keiner von beiden ausgehalten. Arne und Greta sahen schließlich ein, dass Kinder nicht Eigentum der Eltern sind und ein Recht auf ihre eigene Lebensgestaltung haben. Einars Zukunft würde sich also nicht auf ihrem Nachbargrundstück abspielen, sondern weit weg von ihnen. Antje war allerdings eine Schwiegertochter, die ihnen mit ihrer Warmherzigkeit schnell ans Herz gewachsen war und die sie sofort lieb gewonnen hatten. Sie konnte sich nämlich einfühlsam in die Lage ihrer Schwiegereltern hineinversetzen. Sie lernte fleißig schwedisch und ihre Kinder wuchsen zweisprachig auf. So oft sich die Gelegenheit bot, reiste die junge Familie in den Sommerferien zu den Großeltern nach Schweden und Arne und Greta waren häufig bei ihnen in Berlin zu Gast, obwohl da jedes Mal erst die Urlaubsfrage zu klären gewesen war. Großvater Arne hatte als Vorsteher eine Bankfiliale geleitet und Greta hatte bei einem Steuerberater gearbeitet. Es hatte sie geschmerzt, dass sie nur aus der Ferne mitverfolgen konnten, wie ihre Enkel heranwuchsen. Antjes Eltern hingegen halfen bei der Kindererziehung vor Ort so oft, wie sie gebraucht wurden und mussten dabei Arne und

Greta ersetzen. Wie gut es doch nach deren Meinung Antjes Eltern in Berlin hatten!

Inzwischen hatten sich Arne und Greta aus dem Berufsleben zurückgezogen und fürchteten sich ein wenig vor dem Älterwerden. Sie verbanden damit Vorstellungen von Krankheiten, Hilfsbedürftigkeit und einem einsamen Leben, wenn der Andere einmal nicht mehr da sein würde. Arne und Greta stemmten sich mit aller Macht diesem Schicksal entgegen, indem sie sich unermüdlich in der Gemeinwesenarbeit engagierten. Sie wussten, dass man in die Welt hinausgehen müsse, weil diese nicht ins Haus geschneit komme. Ihnen war klar, dass Leben *Bewegung* heißt und dass jeder Stillstand nur Rückschritt bedeutet. Sie hatten sich vorgenommen, für ihre Familie in der weiten Ferne da zu sein, aber auch für ihre Wohngemeinde und – für sich selbst!

Konnte von einer richtigen Familie jedoch die Rede sein?

Sie hüteten sich davor, ihren Kindern und Enkelkindern jemals vorzuhalten, wie wenig sie einander sähen. Natürlich schmerzte es sie, aber als positiv denkende Menschen freuten sie sich vielmehr jedes Mal über ein Wiedersehen! Sie zeigten diese Freude und genossen die gemeinsamen Tage. Sie verhielten sich jedoch zurückhaltend, solange sie nicht ausdrücklich um ihre Meinung gefragt wurden. Sie verbeugten sich keineswegs vor Einars akademischem Werdegang und dem ihrer Enkelkinder, weil sie der festen Meinung waren, dass jeder ehrliche Beruf seinen angestammten Platz in der Gesellschaft habe und dass es lediglich darauf ankomme, seinen Lohn mit gutem Gewissen zu verdienen. Sie waren bodenständig geblieben! Sie fühlten sich einer Generation zugehörig, die sich, technisch gesehen, selbst überholt hatte und waren am Ende froh, dass die Möglichkeiten der Mobilität und vor allem der Kommunikation so vielfältig geworden waren! Manchmal kamen sie sich trotz ihres Alters richtig modern vor!

Als sie von Jennifers Liebeskummer und ihrer anschließend verpatzten Examensprüfung gehört hatten, waren sie tief betroffen und beunruhigt und mussten wieder einmal mehr erfahren, wie oft sie doch zur Passivität verurteilt waren und einfach nichts tun konnten.

Sie wollten Jennifer nicht mit banalen Worthülsen abspeisen, aber was hätten sie aus dem fernen Schweden schon beitragen können um sie innerlich aufzurichten? Sie kannten leider keine Medizin gegen Seelenqualen! Sie trösteten sich damit, dass Jennifer wusste, dass sie bei ihren Großeltern in Schweden jederzeit herzlich willkommen war und diese wiederum konnte von Glück sagen, dass sie von ihrer Familie in

Berlin so verständnisvoll aufgefangen wurde und natürlich auch von ihrer Tante Lena in Hannover, bei der sie sich jederzeit ausweinen konnte.
Wie glücklich waren Arne und Greta, als Jennifer ihre Examensprüfung schließlich im zweiten Anlauf geschafft hatte. Sicherlich hatte sich Jennifer nun eine Erholungspause verdient!
Arne und Greta besaßen einen ansehnlichen Kabinenkreuzer, der im Augenblick unbenutzt am Steg im See dümpelte.
Was lag da näher, als ihren Enkelkindern das Boot für eine Fahrt auf dem Dalslands-Kanal anzubieten und alle anfallenden Kosten zu übernehmen? Wäre das nicht ein angemessenes Examensgeschenk für Jennifer?

47

Jennifer hatte, bevor das Buffet eröffnet worden war, zu Björns Erstaunen allen Gästen einen kleinen weißen Zettel in die Hand gedrückt und sie sehr geheimnisvoll darum gebeten, spontan und ohne lange nachzudenken einen beliebigen Begriff, ein Substantiv, darauf zu schreiben. Mit einem undurchdringlichen Lächeln hatte sie dann diese Zettel wieder an sich genommen, einmal gefaltet und in ein Kästchen gelegt.
Wie es bei den Lunds Brauch war, wurde irgendwann nach dem Essen und Trinken im nächsten Teil des geselligen Abends jeder der Gäste in die Wohnhalle eingeladen um dort in fröhlicher Runde Platz zu nehmen. Getränke und Knabberzeug wurden gereicht und es war am Geräuschpegel zu hören, dass sich ein jeder wohl fühlte.

Jennifer setzte sich schließlich an den Flügel und Nike stimmte ihre Querflöte. Nach ihrem kleinen Konzert, das mit herzlichem Beifall bedacht wurde, erhob sich Jennifer als die heutige Gastgeberin und Moderatorin der Feier.

„Ich freue mich, dass Ihr alle noch einmal zu uns und zu mir gekommen seid um gemütlich beisammen zu sein. Wisst Ihr, vor einiger Zeit hat mich die Idee des Stegreiftheaters begeistert. Keine Angst, niemand von uns muss heute Theater spielen! Nein, ich möchte vielmehr jeden von

Euch dazu einladen, zu einem von ihm aus diesem Kästchen gezogenen Begriff einige Worte aus dem Stegreif zu sprechen.
Papa, Du bist der Erste".

Einar zog sein Los und ein breites Lächeln erhellte sein Gesicht.

„Mein Begriff lautet: *Totes Meer.*

Nun, vor vielen Jahren war ich im Heiligen Land und machte an einem der Reisetage einen Abstecher zum Toten Meer. Ich wollte mich dort als erster Brustschwimmer der Welt qualifizieren, aber es war einfach unmöglich, ins Guinness-Buch der Rekorde zu kommen! Du kannst dort nur auf dem Rücken im Wasser liegen und mit den Armen rudern. An richtiges Schwimmen ist nicht zu denken, weil Deine Beine ständig aus dem Wasser ragen. Du kannst sie nicht eintauchen! Im Übrigen verspürte ich überall am Körper stechende Schmerzen, weil das Salz in alle unsere Poren und Hautrisse dringt. Ich habe dort gelernt, dass es sich nicht lohnt, Unmögliches vollbringen zu wollen. Ich habe erfahren, dass uns stark salzhaltiges Wasser trägt. Ich habe verspürt, dass auch kleinste Wunden schmerzen können!"

Einar sprach ein flüssiges Deutsch, aber es war nicht zu überhören, dass er aus Skandinavien stammte.
Björn beobachtete, wie sich Jennifer fleißig Stichwörter aufschrieb.

Dann las Einar als Zugabe einen Brief von Arne und Greta vor. Dieser Brief war auf Schwedisch und Björn verstand leider kaum etwas davon, obwohl er sich doch im Selbststudium einige Brocken Norwegisch angeeignet hatte. Da am Ende aber mehrere Gesichter strahlten, schien dieser Brief eine positive Nachricht zu enthalten.

Nun war Antje an der Reihe.

„Mein Stichwort lautet: *Versteckspielen.*

Als ich klein war, versteckte ich mich gern – vor anderen Kindern und vor Erwachsenen. Ich verspürte jedes Mal ein aufregendes Kribbeln im Bauch und kam mir sehr wichtig vor, denn ich war für mindestens eine

Spielrunde die Hauptperson, nach der die Anderen suchen mussten. Es war doch zu hoffen, dass sie nach mir suchten!

Natürlich habt Ihr Euch als Kinder später auch vor uns Eltern versteckt und manchmal waren Eure Verstecke so gut ausgewählt, dass ich Angst hatte, ich würde niemanden mehr finden und Euch als vermisst melden müssen! Sich verstecken heißt, für einige Zeit unsichtbar zu werden. Man will gesucht und man will gefunden werden! Wehe, die Anderen geben die Suche vorzeitig auf oder man wird vergessen! Wir suchen nach etwas, weil es uns gehört oder nach jemandem, der *zu* uns gehört und wir wollen fündig werden! Wie oft musste ich auf unseren gemeinsamen Radreisen unterwegs Papa suchen, weil er mir abhanden gekommen war"!

Große Heiterkeit und Einars Protest:

„Stimmt nicht! Meistens habe ich nach *Dir* suchen müssen, weil Du wortlos hinter mir angehalten hattest, um mal wieder einen schönen Ausblick zu fotografieren. Das ist kein gutes Gefühl, wenn einem die eigene Frau ständig verloren geht"!

„Aber ich bin Dir immer treu geblieben und über die Fotos hast Du Dich später gefreut", rechtfertigte sich Antje und gab Einar einen Versöhnungskuss.

Abermals Heiterkeit und viel Verständnis für die beiden vorgetragenen Positionen.

Anschließend beschrieb Antje, wie sie als Mutter ihre Kinder begleitet hatte und wie froh sie darüber war, dass sich das Blatt für Jennifer schließlich zum Guten gewendet habe.

Nun griff Lena nach ihrem Los. „Mein Begriff heißt *Sternschnuppen.*

Wer eine Sternschnuppe sieht, darf sich etwas wünschen; aber er darf niemandem seinen Wunsch verraten. Wünsche sind immer mit Hoffnungen verbunden. Ohne Hoffnung wird unser Leben farblos und öde. Was aber tun, wenn der Himmel bedeckt ist und keine Sternschnuppen unterwegs sind? Dann schreibe in Gedanken einen Begriff in Deine Handfläche, balle sie zur Faust und wünsche Dir ganz intensiv, was Du so heiß ersehnst. Allerdings dürfen unsere Wünsche nicht maßlos oder unerfüllbar sein! Vielleicht geht es manchmal auch eine Nummer kleiner"!

Lena hatte ein Gedicht geschrieben, das Jennifer gewidmet war und wichtige Stationen ihres Lebens – und vor allem ihre letzte und so wichtige Reise nach Hannover – auf heitere Weise betrachtete.

Jetzt war Christine an der Reihe. „Mir ist der Begriff *Entscheidung* zugefallen.
Ich erinnere mich, wie ich neulich mit Vereinskameraden durch den Wald gejoggt bin. Von einer Lichtung gingen drei Wege ab und einen davon mussten wir wählen. Die Chance, dass es der richtige Weg war, stand drei zu eins – aber wir *mussten* wählen, sonst hätten wir dort Wurzeln geschlagen. Ich halte es übrigens für ein Privileg, sich überhaupt frei entscheiden zu dürfen! Uns fallen damit Rechte und Pflichten zu. Diese Freiheit möchte ich an niemanden delegieren! Allerdings müssen wir zugleich auch Verantwortung übernehmen – nämlich für uns selbst und für das, was wir tun oder lassen. Sich entscheiden, heißt mutig *ja* oder *nein* zu sagen, wohl tausendmal am Tag"!

Nun lagen nur noch zwei Zettel im Kästchen. Einen davon zog Olaf.

„Ach Du liebe Zeit! Ich soll über den Begriff *Irrgarten* reden!
Ehrlich gesagt, ich war bisher weder in einem künstlich angelegten Irrgarten noch in einem Labyrinth. Ich muss erst einmal kurz nachdenken…"
Olaf hatte es sichtlich die Sprache verschlagen und alle drückten ihm die Daumen, dass er ehrenvoll aus dieser Nummer herauskäme.
„Ich hab's", triumphierte er plötzlich.
„Also, vor vielen, vielen Jahren…"
„Übertreibe nicht"! rief da jemand. „*So* lange kann es gar nicht her sein, dafür bist Du viel zu jung"! Olaf jedoch ließ sich nicht beirren.
„… fuhren wir mit unseren Eltern zu einem Vergnügungspark. Irgendwo in Oberbayern. Wir stellten unser Auto auf einem riesigen Parkplatz ab. Da gab es viele Schneisen im Gelände und von denen gingen links und rechts kleine Parkhäfen ab. Als wir ausstiegen, tat mein Vater etwas sehr Merkwürdiges. Zwischen die Fahrertür und das Autodach klemmte er ein kleines Fähnchen – eine Deutschlandflagge aus Stoff – an einem langen biegsamen Plastikstiel".
Mit einer Handbewegung beschrieb Olaf anschaulich, was er meinte und jeder konnte sich dieses Fähnchen gut vorstellen.

„An einer Astgabel des Bäumchens neben unserm Auto befestigte er außerdem einen langen Streifen Silberfolie. Damals wunderte ich mich, wie er diese Art von Ausrüstung so plötzlich hervorzaubern konnte. Ehrlich gesagt, was er da veranstaltete, war mir ziemlich peinlich!

Der Tag im Erlebnispark mit seiner Achterbahn, dem Riesenrad, der Wasserrutsche und den Autoskootern war ungemein aufregend! Aber irgendwann wurden wir auch müde! Als wir uns am späten Nachmittag auf den Heimweg machten, erhielten wir Kinder die Aufgabe, unser Auto zu suchen. Ständig waren wir auf dem Holzweg und liefen in die Irre. Wir hatten morgens nämlich immer nur den Eingang des Vergnügungsparks sehnsüchtig im Auge gehabt und uns überhaupt nicht umgedreht. Die Welt sieht, rückwärts betrachtet, ja völlig anders aus! Überhaupt nicht wieder zu erkennen!

Plötzlich entdeckte ich fast wie zufällig das Fähnchen am Wagendach und den Silberstreifen im Baum. Gerettet!

Mir war das eine Lehre: Vergiss nie, wo Du hergekommen bist! Schau zurück! Schaffe Dir Markierungspunkte"!

Olaf hatte seiner Meinung nach genug geredet. Er schenkte Jennifer ein gut gelungenes Foto von ihr im Rahmen – eine Porträtaufnahme, über die sie sich sehr freute.

Björn wusste, dass nun *er* an der Reihe wäre. Da gab es kein Entrinnen! Eigentlich gefiel ihm dieses Spiel, da es von allen viel Improvisationskunst abverlangte. Nebenbei lernte man die Anderen aber ganz gut kennen.

Sein Stichwort lautete: *Kunstwerk.*

„Es ist sicherlich kein Geheimnis mehr, dass ich gern zeichne. Ich brauche zuallererst ein Motiv. Wenn ich mich einmal auf dem Absatz um die eigene Achse drehe, dann habe ich Motive auf Vorrat! Olaf hat Recht. Die Welt verändert sich mit jedem Perspektivwechsel!

Ferner benötige ich unterschiedliche Papiersorten, unterschiedliche Mal- und Zeichenutensilien und ganz verschiedene Farben. Was immer ich male oder zeichne – alles erfordert seine eigene Technik. Ein einziger falscher Strich – und eine Federzeichnung ist hin! Ist mein Selbstportrait auch nur eine Nuance zu dunkel, dann bin ich plötzlich um Jahre gealtert. Natürlich kann ich mich auch jünger machen"!

„Auch schöner"? fragte da jemand mit spitzer Zunge.

„Da gibt es leider keine Steigerung mehr"! konterte Björn.

„Ich muss also vorher sehr genau überlegen und planen, sonst kommt am Ende nicht viel Gescheites heraus!

Will ich zum Beispiel ein Chorwerk wie ein Kunstwerk gestalten, dann darf bei den Einsätzen niemand hinterher hinken, die Intonation muss sauber sein, das Tempo muss stimmen und die Artikulation muss so deutlich sein, dass die Zuhörer auch verstehen, was wir singen. Eine einzige Nachlässigkeit – und die Aufführung ist bestenfalls zweitklassig und der Beifall fällt dementsprechend aus. Wir haben also oft nur eine einzige Chance, von vornherein alles gut und richtig zu machen!

In der Schule gibt es keine wirklich perfekte Unterrichtsstunde von mir – schade eigentlich!

Gibt es überhaupt eine perfekte partnerschaftliche Beziehung?

Leider – oder auch zum Glück – bin ich selbst nicht perfekt.

Mein bisheriges Leben ist alles andere als ein Kunstwerk, aber natürlich freue ich mich über Entscheidungen, die sich als richtig erweisen, und ich bin traurig über meine Fehler. *Was* prinzipiell richtig war, hat sich allerdings oft erst sehr viel später herausgestellt. Fehler sind mir dagegen meistens viel schneller aufgefallen"!

Eigentlich hatte sich Björn ans Klavier setzen wollen, aber als er die Gitarre in der Ecke stehen sah, griff er sie mit einem bittenden Blick zu Jennifer hinüber und begleitete sich zu einem Songtext der Beatles. Zugegeben, dieses Lied war nicht mehr ganz up-to-date und die Beatles gehörten zu einer Generation, die nicht mehr die seine war.

Dieser Song handelte von einer zerbrochenen Beziehung und von dem Bekenntnis, dass der Sänger doch jemanden brauche, den er lieben könne.

Was Jennifer und ihn und ihre früheren Beziehungen anging, so waren sie Beide gestraft worden und trotzdem sehnte sich ein jeder von ihnen nach ehrlicher Liebe und nach einem Neubeginn!

Jennifer und er selbst hatten Hilfe erfahren von Menschen, die ihnen zu Freunden geworden waren.

Björn sang gern und liebte die sanften Akkorde der Naturgitarre.

Jennifer sah ihn mit großen Augen an, weil sie von seiner Musikalität noch gar nichts gewusst hatte.

48

Jennifer hatte sich das Schlusswort vorbehalten. Mit Hilfe ihrer Notizen wollte auch sie ihre Dankesrede aus dem Stegreif halten.

„Ich danke Euch dafür, dass Ihr bei meinem Stegreifspiel mitgemacht habt! Ich glaube, ich habe gerade viel von Euch und über Euch erfahren.
Es ist noch gar nicht so lange her, Mama, da wollte ich mich selbst verstecken und am liebsten unsichtbar machen. Ich hatte ja nichts Unmögliches angestrebt, sondern geglaubt, dass meine Wünsche und Pläne erfüllbar seien. War ich wirklich blind oder unbescheiden gewesen?
Ihr alle habt gesehen, wie es mir am Ende ging und wie stark mein Selbstbewusstsein beschädigt war.
Ich danke Euch, Mama und Papa, dass Ihr mich erduldet habt und dass ich auf Euerm Wohlwollen treiben durfte, so wie Papa damals auf dem Salzwasser im Toten Meer. Wenn schon kleinste Wunden schmerzen können, wie weh erst hat mir mein persönlicher Kummer getan!
Wenn immer ich zurückschaue, sehe ich mein Elternhaus. Es ist wie eine Festung mit erleuchteten Fenstern in der Dunkelheit und mit einer einladend offenen Tür!
Meine Familie, unser Haus und meine Freunde, lieber Olaf, waren die wichtigen Markierungspunkte, die Du vorhin in einem anderen Zusammenhang erwähnt hast. Schützende Halteseile, die nie gerissen sind! An erster Stelle danke ich meinen Eltern. Ich weiß genau, dass Ihr mir bei allem, was ich getan und ersehnt habe, Glück gewünscht habt. Ihr habt mit mir gelitten, wenn ich Pech hatte. Nie habt Ihr mir Vorwürfe gemacht. Ihr habt mir zu verstehen gegeben, dass Ihr an mich glaubt und mich einfach so nehmt, wie ich bin. Ihr seid von meinen Fähigkeiten überzeugt gewesen, habt mich zum Nachdenken gebracht und mir gut zugeredet.
Ich danke meinen Geschwistern! Nike, wenn immer ich traurig war, hast Du, wie vorhin, spontan mit mir musiziert und ich konnte wieder durchatmen.
Ich danke Lena, dass sie mich ohne viele Worte einfach in den Arm genommen und getröstet hat. Wenn ich Dich brauchte, bist Du gekommen oder ich durfte zu Dir fahren. Du hast einen zuverlässigen

Spürsinn, der Dir verrät, wie es um die Anderen gerade steht und was zu sagen oder zu tun ist.

Es gibt *eine* gute Freundin in unserm Kreise, die stets treu und loyal zu mir gestanden hat. Sie hat oft für mich mitgedacht und Dinge für mich eingefädelt, ohne dass ich es immer sofort gemerkt habe. Manchmal hat sie sogar ein wenig Glücksfee gespielt. Danke, Christine, für Deine Freundschaft!

Es ist wunderbar, Euch zu haben! Ich bin dankbar dafür, dass Ihr mich bis hierhin begleitet habt und hoffe, dass Ihr mich auch künftig nicht loslassen werdet!

Ich hatte bis vor wenigen Monaten keine rechte Vorstellung davon, wie es persönlich und beruflich mit mir weitergehen würde. Aber ich habe „Ja" gesagt zu mir selbst und zu meiner persönlichen Zukunft. Ich habe einen neuen Anlauf gewagt. Ich hatte eine zweite Chance und wünschte mir nichts sehnlicher als einen bescheidenen Erfolg. Es müsste doch wenigstens beim zweiten Versuch gelingen, wenn ich nur von Anfang an alles richtig machen, meine Ängste überwinden und niemals die Orientierung verlieren würde!

Lena, ich habe vorhin in Gedanken gleich mehrere Wünsche auf meine Handfläche geschrieben.

Ich wünsche mir, eines Tages eine eigene Familie zu haben. Natürlich darf und wird sie keine Kopie meiner jetzigen Familie sein, aber meine Eltern haben Maßstäbe gesetzt, die mich immer wieder daran erinnern werden, dass ich mit meinem Mann und unseren Kindern bestimmt am Besten auskommen werde, wenn es mir gelingt, das tägliche Leben möglichst oft von verschiedenen Standpunkten her zu betrachten.

Ich wünsche mir Erfolg und Erfüllung im Beruf, den ich auch auszuüben gedenke. Ich werde Verantwortung tragen!

Ich möchte mich binden und mir dennoch ein größtmögliches Maß an Unabhängigkeit bewahren!

Ich möchte vertrauen dürfen und hoffe, dass mir selbst Vertrauen geschenkt wird.

Bin ich perfekt? Ich werde es nie sein!

Christine, ich stehe im Augenblick auf Deiner Waldlichtung. Ich werde meine Wanderkarte sehr genau prüfen und dann den Weg wählen, der mir richtig erscheint. Mit allen Risiken und Nebenwirkungen!

Björn, bis heute wusste ich gar nicht, wie gut Du singen und Dich dazu auf der Gitarre begleiten kannst. Kein Wunder; denn wir kennen uns erst seit kurzem und doch kommt es mir bereits sehr lange vor!
Du hast davon gesungen, dass sich die Dinge schon finden werden, wenn gute Freunde ein wenig helfen.
Du hast davon gesungen, dass sich jeder Mensch nach Liebe sehnt..."

Plötzlich verspürte Jennifer einen Kloß im Hals, ihre Stimme versagte und Tränen rollten. Sie verlor den Faden.
Eine Weile herrschte beredtes Schweigen und dann erhielt sie für ihre vorzeitig beendete Stegreifrede donnernden Beifall.

Björn ließ Jennifer in diesem Augenblick nicht hilflos da vorne stehen, sondern eilte rasch auf sie zu. Er umarmte sie und flüsterte ihr stammelnd ins Ohr:
„Gute Rede! Große Klasse! Ich bin glücklich! Wir sind uns begegnet. Wir haben uns gefunden. Weggefährte im Irrgarten gefällig"?
Jennifer verharrte stumm in seinen Armen. Björn hatte sich zu ihr bekannt – hier und vor aller Augen! So oder so ähnlich musste sich wahre Liebe anfühlen.

49

Björn hatte sich einige Zeit danach für paar Augenblicke allein auf die Terrasse zurückgezogen um über das Gesagte nachzudenken und war quer über den Rasen geschlendert – nochmals hinunter zum Ufer des zauberhaften Wassergrundstückes, ungefähr dort, wo er vorhin mit Christine gestanden hatte. Die Blumen waren nach und nach schlafen gegangen und verströmten keinen so intensiven Duft mehr wie tagsüber.
Björn war innerlich bewegt – nein, er war emotional aufgewühlt!

Die Familie Lund wohnte am Rande der Großstadt, deren Getriebe hier aber nicht mehr zu spüren war. Die Luft erschien Björn heute besonders klar und rein und die Ruhe tat ihm gut. Auf der Bank am Ufer konnte er mit Sicherheit seinen Gedanken nachhängen und das wollte Björn jetzt tun, wenigstens für einige Augenblicke.
Als er da so traumverloren saß, hörte er Schritte hinter sich.

Jennifer setzte sich zu ihm.

Sie spürte sein Bedürfnis nach Ruhe, gab ihm Zeit, lehnte sich an ihn und schwieg eine ganze Weile. Schließlich aber sagte sie:

„Björn, wir müssen noch etwas miteinander bereden. Ich habe Dich vor ein paar Tagen darum gebeten, Dir die kommenden zwei Wochen freizuhalten – erinnerst Du Dich daran"?

„Natürlich. Und ich rätsele schon die ganze Zeit darüber, welche Überraschung mich wohl erwarten wird".

„Mein Vater hat vorhin den Brief meiner Großeltern vorgelesen. Als ein spezielles Geschenk für mein bestandenes Examen wollen sie mir für die nächsten zwei Wochen ihren Kabinenkreuzer für eine Fahrt auf dem Dalslands-Kanal überlassen. Sollte die Fahrt länger dauern, wäre es auch nicht schlimm! Allerdings geht die Saison bald ihrem Ende zu und die Schleusen werden danach nicht mehr bedient. Das Boot ist sehr geräumig und großzügig ausgestattet und ohne Dich…"

Wieder einmal brach Jennifer ihren Satz vorzeitig ab. Ihre Tonlage verriet jedoch unmissverständlich, dass sie sich Björn als Begleitung wünschte.

„Jenny", flüsterte er nach einer Weile, „hast Du Dir das auch wirklich gut überlegt, mich mit aufs Hausboot zu nehmen? Ich kann nämlich sehr unausstehlich sein und dann genügt auch kein noch so geräumiges Boot mehr, um mir aus dem Weg zu gehen! Was geschieht, wenn wir uns streiten? Wissen denn Deine Großeltern überhaupt von mir? Ist es ihnen nicht unangenehm, einen Fremden auf ihrem Boot zu wissen"?

Jennifer lehnte noch einmal ihren Kopf zärtlich an seine Schulter.

„Viel zu viele Fragen auf einmal! Ob meine Großeltern schon von Dir wissen, fällt unter das Beichtgeheimnis und wird nicht verraten"!

Pause.

„Weshalb sollten wir uns streiten? Es genügt doch, wenn wir uns die Meinung sagen und dann gemeinsam beratschlagen. Nike und ich sind keineswegs immer derselben Meinung und wir haben auch nicht unbedingt den gleichen Geschmack. Das können wir aber gut aushalten und wir mögen uns trotzdem! Es gibt nämlich viel mehr, was uns vereint als was uns trennt. Ich bin sicher, dass Du Dich hier und da ändern wirst, aber vieles von dem, was Du bist und denkst und tust, kann doch schon einmal so bleiben!"

Pause.

„Das Boot hat im Bug und im Heck jeweils eine Doppelkoje und ist in der Mitte recht geräumig. Es ist mit Tisch und Sitzecke ausgestattet. Wir haben eine Küchenzeile und ein WC mit Dusche an Bord. Außerdem können wir bei gutem Wetter auf dem Vorderdeck sitzen. Es sind also einige Schmollwinkel vorhanden, in die wir uns je nach Belieben zurückziehen können, wenn wir uns gegenseitig unausstehlich finden sollten oder unsere Ruhe haben wollen. Also, wenn Du willst, dann kann ich ja noch einmal das Hausboot fragen, ob es Dich denn auch wirklich mitnehmen will".

Björn ließ sich Zeit mit einer passenden Bemerkung. Nach einer Weile sagte er dann aber nachdenklich:
„Jenny, Du hast *Deine* eigene Biografie, genau so, wie ich *meine* habe. Was wir Beide erlebt haben an Höhen und Tiefen, werden wir nie vergessen. Es ist Bestandteil unserer Lebensgeschichte und zwar für immer!
Wenn ich mich auf diese Bootsfahrt einlasse, dann werde ich Dir zuvor versprechen müssen, keine unsichtbare Dritte mit an Bord zu nehmen. Das Gleiche muss umgekehrt aber auch für Dich gelten! Ich möchte mich nicht jeden Tag aufs Neue bewähren müssen und könnte es auch nicht ertragen, wenn Du eine falsche Meßlatte an mich anlegen würdest".
Jennifer sah ihn ernst und eindringlich an.
„Das verstehe ich nur zu gut! Wenn wir aber irgendwann einmal *Ja* zueinander sagen wollen, dann sollten wir es aus Überzeugung und von ganzem Herzen tun. Das Band, das uns dann verbindet, muss halten! Ich kann aber nur dann überzeugt von Dir sein, wenn ich Dich und mich und uns zusammen wirklich aus Erfahrung kenne"!
Sie ergriff seine Hand. „Eigentlich hast Du mich ja längst überzeugt, aber ich habe gelernt, dass man mit Menschen und vor allem mit der Liebe nicht spielen darf und dass dauerhafte Liebe mehr ist als nur ein flüchtiges Wort und ein vorübergehendes Gefühl.
Was wir jetzt ganz intensiv für einander empfinden, muss sich auch im Alltag bewähren, bei Wind und Wetter"!

Björn war beeindruckt von Jennifers Geradlinigkeit und der Abgewogenheit ihrer Gedanken. Mehr denn je wünschte er sich eine Frau wie sie an seiner Seite. Für immer!
Sie wusste, wer sie war, woher sie kam und wohin sie gehen wollte.

Sie wusste etwas von seelischen Qualen und von seelischer Stärke, von Dankbarkeit und von Mitgefühl!

Nach einer Weile sagte er:

„Jenny, sage bitte Deinem Hausboot, dass ich ganz nebenbei auch ziemlich umgänglich sein kann und nicht unbedingt immer das letzte Wort haben muss – auch, wenn es mir oft schwer fällt!
Wo aber bleiben denn Nike und Olaf während dieser Zeit? Verbringen sie den Sommer in Berlin? Wären sie denn nicht traurig, wenn Du sie nicht auch einladen würdest mitzukommen?

Jennifer sah ihn mit großen Augen an. „Danke, Björn, mit diesem Vorschlag hätte ich, ehrlich gesagt, gar nicht gerechnet", sagte sie. Dann aber konnte sie es sich nicht verkneifen, ihn zu necken: „Heißt das etwa, dass Du Dich mit mir alleine nicht traust"?

Björn nahm ihren heiteren Ton auf. „Weißt Du, es wird für mich eine gewaltige Herausforderung sein, das Boot und angesichts meiner Verliebtheit auch noch gleichzeitig Dich in den Griff zu bekommen"!

Jennifer begann zu lachen und wieder einmal mussten seine Rippen ihre zärtlichen Boxhiebe aushalten.
Dann fragte sie sicherheitshalber nach, wie um sich zu vergewissern: „Hast Du eben gesagt, dass Du in mich verliebt bist"?
„Muss ich wohl", sagte Björn „und ich bin es schon, seitdem wir uns im Zug kennen gelernt haben".
„Freust Du Dich also auf unsere waghalsige Reise ins Glück?" fragte sie ihn.
„Und wie"! gab er zur Antwort. „Ich bin bereit, zusammen mit Dir bis zum Horizont zu reisen um unser Glück zu finden"!
Jennifer erschrak bei diesem Bild.
„Unser Glück liegt doch hoffentlich schon weit *vor* dem Horizont – sonst würden wir es ja nie mit Händen greifen können"!
Wo sie Recht hat, da hat sie Recht, dachte Björn bei sich und schwieg stillvergnügt.
Er zog Jennifer sanft an sich und hielt sie fest.
Ganz fest.
Weshalb sollten sie sich je wieder loslassen?

Titelbild: Rainer Sturm / pixelio.de